절정

절정

ⓒ 이성아, 2005

초판 1쇄 발행일 | 2005년 2월 17일
초판 2쇄 발행일 | 2005년 3월 2일

지은이 | 이성아
펴낸이 | 김현주
펴낸곳 | 이룸

편집 | 김미정
디자인 | 송소영

출판등록 | 1997년 10월 30일 제10-1502호
주소 | 121-840 서울시 마포구 서교동 395번지 172호 상록빌딩 2호
전화 | 편집부 (02)324-2347, 영업부 (02)2648-7224
팩스 | 편집부 (02)324-2348, 영업부 (02)2654-7696
www.erumbooks.com

ISBN 89-5707-136-9 (03810)

값 9,500원

● 잘못된 책은 교환해 드립니다.
● 저자와의 협의하에 인지는 생략합니다.
● 이 책은 2004년 문예진흥 창작지원금을 받아 출판되었습니다.

절정

이룸

지은이의 말

겨울산에 올랐다. 잎을 모두 떨군 앙상한 가지들이 파란 하늘을 배경으로 한 폭의 추상화를 그리고 있다. 누구의 전언인가, 한참을 올려다본다. 여름날에 보이지 않던 가느다란 산길이 드러나고 쓰러진 채 뒤얽혀 흙으로 돌아갈 날 기다리는 고목들도 보인다. 겨울산은 적막하다. 그러나 외롭지 않다. 그리움과 기다림이 그 안에 설레고 있음을 이제는 알겠다.

겨울산이 좋아지기 시작할 무렵 서울을 떠났다. 사람들 사이에서 복닥거리면서도 외롭던 것이 침묵과 적막 속에서 저녁놀처럼 풀어졌다. 거리가 멀어지자 그들 하나하나가 오히려 가슴 깊이 아프게 파고들었다.

첫 단편을 발표하고 6년 만에 창작집을 낸다. 시차가 큰 작품들을 모아놓고 보니, 야생밭에서 캐다놓은 풀뿌리들처럼 들쭉날쭉이다. 금방이라도 숨이 넘어갈 것처럼 시들시들하기까지 하다.

다시 불러일으켜 단장이라도 시키려니 콧등이 시큰하다. 발길 더딘 것도 모자라 하나같이 어리고 흔들리고 불안하다. 늦되고 허물 많은 영혼들이다. 그게 바로 내 모습인 것을, 나만 모르고 있었나 보다. 다만, 도피하거나 외면하지 않았다는 걸로 위안을 삼아본다. 그리하여 어느 구석에 나처럼 미혹되고 늦된 영혼 하나 있어 작은 위로라도 된다면…….

외롭고 지루한 날들이었지만 이 글들을 쓸 때 가장 명료하고 예민하게 세상을 느끼고 깨어 있었던 것 같다.

앞으로도 바라는 것 하나 있다면, 그렇게 깨어 있고 싶다.

책이 나오면 누구보다 기뻐해 줄 두 사람이 이 책을 준비하는 동안 앞서거니 뒤서거니 세상을 달리했다. 소설을 쓰면서 도망치고 싶던 시간 속으로 오히려 들어가고 있는 나를 발견했다.

잘 됐든 못 됐든, 여기까지라도 밀어준 건 바로 그 시간들이었다. 이승에서 끝내 화해에 실패한 아버지에게 이 책이 징검다리라도 되어준다면 좋겠다.

쇄빙선처럼 미욱한 머리를 깨우쳐준 송기원 선생님, 내 삶의 스승인 벗들과 가족, 그리고 첫 번째 창작집을 묶어준 이룸 식구들에게 감사 드린다.

2005년 1월
원주 매지리에서

이성아

절정

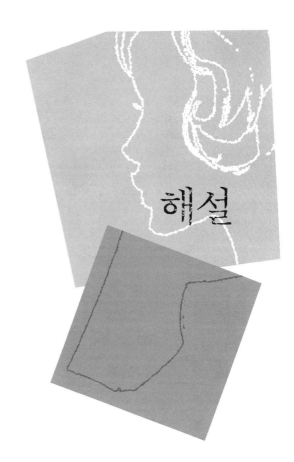

해설

아마, 4월 초쯤이었을 겁니다. 시절은 봄이라고 하는데, 봄시샘이 얼마나 심하던지요. 황사바람이 몹시 불었던 기억이 납니다. 병실에 들어서는데 갑자기 창밖이 어둑해졌습니다. 대낮이었고 형광등이 환히 켜 있는 데도 정전이 된 것처럼 어두컴컴해졌지요. 새까맣게 메뚜기 떼가 몰려오듯이 먹장구름이 우르릉, 굉음을 내며 하늘을 뒤덮었습니다. 그 일은 저의 첫 일이었습니다. 이혼 후, 생계가 막막하던 저는 간병인 훈련을 받았고 제 첫 환자를 만나러 간 날이었습니다. 어쩐지 불길한 느낌이 들었지만, 갖가지 사연을 안고 병원에 삶을 저당 잡힌 환자들에 비길 수 있겠습니까. 도토리가 후드득 떨어지듯이 육중한 소리를 내며 기어코 굵은 빗방울이 떨어지기 시작했습니다. 무언가 알지 못할 기운에 사로잡혀 하늘을 올려다보고 있던 사람들이 체념한 듯 쾅쾅, 창문을 닫고 돌아서더군요.

저를 부른 건, 환자의 장모였습니다. 장모라고 불러도 될지 모르겠네요. 며칠 지나서야 알게 된 것입니다만, 먼저 말씀드리지 않을 수 없겠군요. 그러니까 저를 부른 중년부인 옆에 초췌한 표정으로 서 있던 젊은 여자와 환자는 결혼식을 올린 지 채 100일도 되지 않은 신혼부부였습니다. 두 사람은 직장 동료로서 만나 일 년 정도 교제하다가 결혼을 했다고 합니다. 모든 것이 평탄하고 무난했다고 했어요. 어디에도 불행의 전조나 기미는 없었다는 거지요. 남들이 하듯이 평범하게 치른 결혼식이 끝나고 신혼여행을 떠났습니다. 어지간하면 요즘은 동남아나 하다 못해 제주도라도 갈 텐데, 신부가 고소공포증이 심해서 비행기를 못 탄다고 하더군요. 배를 타고 가는 여행도 계획해봤지만 두 사람 다 직장에 매인 몸이라 일주일간의 휴가로는 빠듯했다고 합니다. 그래서 자동차를 렌트해서 마음 가는 대로 전국 일주를 하는, 오히려 특별하고 낭만적인 계획을 세웠답니다. 자동

12

차 말이지요. 그런데 바로 그 자동차가 사고가 난 것입니다. 그것도 신혼여행 첫날, 첫날밤도 지내지 못한 채 말이지요. 신기하게도 신부는 말짱했습니다. 휴게실을 다녀와서 여자는 바로 안전벨트를 착용했는데, 남자는 미처 안전벨트를 매기 전이었다는군요. 조수석에 앉은 여자가, '자기는 이제 혼자 몸이 아니야'라고 말하는 순간, 한쪽 바퀴가 빠지면서 중앙선을 넘더니 팽이처럼 팽그르르 회전하더랍니다. 그리고 맞은 편에서 시커먼 곰처럼 덮치는 덤프트럭을 피해 핸들을 돌렸는데 그만 도로 옆 산사면으로 곤두박질치며 처박혔다더군요. 마치 팽팽하던 풍선에서 순식간에 바람이 빠져나가듯이 도저히 뭘 어째볼 수 없는, 속수무책으로 온몸의 피가 빨려나가는 것을 지켜보고 있는 듯한, 그렇게 무기력한 순간이었답니다.

　두 사람을 뭐라고 불러야 할까요. 결혼식은 마쳤으나 혼인신고도 하지 않은, 초야조차 치르지 못한 두 사람을 말이지요. 물론 그때까지도 두 사람은 혼인신고를 하지 않은 상태였습니다. 지당한 일이겠지요. 여자가 보름 정도 입원 후 퇴원한 것에 비해 남자는 한 달이 넘게 사경을 헤매고 있었답니다. 그때의 모습을 찍어놓은 사진을 저도 봤는데, 마치 당시 상황을 결코 인정할 수 없노라고 항변이라도 하듯이 두 눈을 부릅뜨고 있더군요. 검은 눈동자가 돌이킬 수 없이 양쪽으로 돌아간 데다, 박박 깎은 머리와 가슴에는 심전도와 뇌파기에 연결된 가느다란 줄이 거미줄처럼 얽혀 있고 소변 주머니를 달고 있는 몰골이 살아 있는 사람이라고 할 수 없었습니다. 혼인신고고 뭐고 할 정신도 없었겠지만 주위에서, 그러니까 신부 측에서 혼인신고를 하게 내버려뒀겠습니까?

환자가 젊은 남자라고 해서 내심 긴장했었습니다. 그때까지 남자의 벗은 몸이라고는 남편 외에는 본 적이 없었으니까요. 환자의 장모와 이야기를 나누면서 곁눈질로 흘깃 본 남자는, 그래요, 그는 남자라든가 젊다라는 느낌은 쏙 빼버린 한낱 살덩이에 지나지 않아 보였습니다. 물에 퉁퉁 불은 것처럼 살이 찐 데다 소처럼 끔벅거리기만 하는 두 눈에는 아무런 표정도 의미도 담겨 있지 않았으니까요. 내심 안도했습니다. 환자를 환자로서 본다는 것, 그것이 제가 간병인 생활을 시작하면서 나름대로 세운 수칙 제1호였거든요. 일단 그것만큼은 지켜낼 자신이 있다는 생각이 들었습니다.

신부 어머니는 제게 잘 부탁한다고 했습니다. 무슨 말을 더 할 것처럼 머뭇거리다가, 다 부질없는 짓이라는 듯 땅이 꺼져라 한숨을 내쉬며 딸의 손목을 잡아끌었습니다. 비운의 신부는 차마 발이 떨어지지 않는 듯 이를 악물고 버텼습니다. 제가 하루에 받는 보수가 5만 원인데, 신부의 월급은 그것도 안 된다고 했습니다. 그러나 어머니가, 길게 봐서 직장을 그만두면 절대로 안 된다고, 지금 돈이 문제가 아니라고 신부를 억지로 설득했던 것 같습니다. 게다가 자동차 보험사에서도 아직 시시비비를 가리지 못한 상태라고 했습니다. 보험사도 호락호락하지 않겠지만, 렌터카 회사로서도 그 사건으로 인해 타격이 적지 않을 것이기 때문에 한 치의 양보도 없이, 자동차 정비사 측으로 잘못을 떠넘기려 한다고 했습니다. 변호사에게 소송을 의뢰한 상태였지만 어느 천년에 끝날지 아무도 모르는 일이었습니다. 원래는 두 사람이 결혼하는 것과 동시에 여자가 퇴사할 예정이었다고 합니다. 그러나 남자가 퇴직금을 받고 퇴사하는 조건으로 여자의 복귀를 받아들이기로 타협을 본 것 같았습니다. 그렇지 않으면 회사로서도 난감한 일이었을 겁니다. 하여간 그렇게 해서 신부가 직장으로 복귀하게 되는 바람에 저를 부른 것입니다.

그렇지요. 돈이 문제가 아닌 것이지요. 그깟 하루 5만원의 간병인 비를 아끼려고 앞날이 새파란 신부를 어둑신한 병실에서 썩으라고 누가 강요할 수 있겠습니까. 신부는 사지를 침대에 포박 당한 듯 꼼짝 못 하고 있는 신랑에게 작별 인사를 했습니다. 반드시 나을 거라고, 그걸 믿어야 한다고, 언제까지 나를 이렇게 내버려둘 거냐고, 나를 위해서도 일어나야 하는 거라고 눈물 범벅이 되어서 신랑의 얼굴을 쓰다듬었습니다. 다른 침상에 있던 환자들과 보호자들이 소리 없이 눈물을 흘리며 그들을 지켜보고 있었습니다. 아름다운 광경이었습니다. 저도 눈물이 났으니까요. 저렇게 아름다운 신혼부부에게 왜 이다지도 잔인한 시련을 주시는지, 신이 있다면 저라도 대신 나서서 물어보고 싶었으니까요. 그리고 망설이며 시작한 저의 일에 대해 보람과 긍지를 느꼈습니다.

그러나 그건 그거고 병실에서 흘러 다니는 이야기는 따로 있었습니다. 제가 미련했던 걸까요? 그걸 알기까지 한 달이나 걸렸으니……. 저는 두 사람의 아름다움에 취해서, 남자가 반드시 일어날 거라고, 그렇게 굳게 믿으며 정말이지 간절한 마음으로 그를 간호했습니다.

남자의 병세는 생각보다 심각했습니다. 도대체 수술을 몇 번이나 했는지 여기저기 꿰맨 수술바늘 자국 때문에 그의 몸은 어디 한 군데 성한 데가 없었습니다. 마치 가난한 집 아이가 가지고 노는 헝겊인형처럼 가련한 모습이었습니다. 아닌 게 아니라 뇌손상으로 인한 언어장애 때문에 말하는 것이 이제 막 말을 배우는 아이처럼 어눌했습니다. 핸들에 심하게 눌린 갈비뼈는 금이 가고 그 바람에 폐수종이 생겨 호스로 물을 빼줘야 했습니다. 출혈이 워낙 심했던 탓에 혈압도 비정상적으로 떨어지는 일이 많았습니다. 무엇보다 절망적인 건, 어쩌면 영영 걷지 못할지도 모른다는 것이었습니다. 부러진 척추뼈는 철심을 박아 고정시켰지만 하반신 마비를 일으키는 신경을 잡는 수술은 그다지 성과를 보지 못한 것 같았습니다. 왼쪽 다리는 아무리 꼬집

16

고 때려도 모를 만큼 감각이 없는데, 오른쪽 다리는 아주 얇은 시트가 살짝 스치기만 해도 비명을 지를 정도로 고통스러워했습니다. 감각이 있다는 건 희망이 있는 거라고 위로해주면 차라리 잘라버리고 싶다고 말하더군요.

그래도 기적이라고 할 밖에요. 멀쩡하던 바퀴가 빠져서 자동차가 전복됐는데도 신부는 갈비뼈와 다리뼈에 금이 간 정도고, 그리고 신랑도 어쨌거나 목숨을 건졌지 않습니까. 두 사람 모두 혹은 어느 한쪽이 죽었다고 가정해보세요. 그건 또 얼마나 가혹한 일이겠습니까.

신랑 신부를 가만히 지켜보노라면, 지금껏 한 번도 생각해본 적이 없는 신이 자꾸만 떠올랐습니다. 두 사람 다 죄라고는 모르는 선량한 사람들인데 어째서 그런 일이 생겼을까요. 멀쩡하게 있다가 벼락을 맞은 사람 이야기는 몇 번인가 신문에서 본 적이 있습니다만, 벼락을 맞는다는 것, 그건 정녕코 신의 심판이라는 느낌을 지울 수가 없지 않겠는지요? 사람이 벼락을 맞을 확률은 6백만 분의 1이라고 하더군요. 교통사고야, 요즘은 놀랄 만한 뉴스 거리도 아닐 겁니다. 하지만 막 신혼여행길에 오른 신혼부부의 교통사고는, 벼락을 맞는 것만큼이나 희귀한, 그야말로 신의 영역에 속한 일이 아닐는지요.

오래 전에, 버뮤다 삼각지란 것에 대해 들은 적이 있습니다. 비행기가 버뮤다 상공의 어느 지점에만 접어들면 삼차원의 세계에서 사차원의 세계로 흔적도 없이 사라진다고 하는 이야기 말입니다. 아직도 그런 일이 있는지 모르겠습니다.

어쨌거나 저승사자의 수첩에는 그 날 그 자리, 그 시간에 끔찍한 사고가 예정되어 있었던 게 아닌가, 하는 생각에 사로잡히게 됩니다. 하필이면 그때 착하고 아름다운 한 쌍의 신혼부부가 지나간 것이지요. 물론 과학적으로 분석해본다면 그 날 렌터카 회사의 정비공정에 문제가 있었다든지 라고 밝혀질지 모르겠습니다.

신부는 거의 매일 저녁 병원에 들렀습니다. 올 때마다 시내 백화점에서 사온 죽이나 과일을 들고 왔습니다. 그리고 성경책을 한 장씩 귀에 대고 읽어주고 아주 오랫동안 기도를 했습니다.

그 모습, 어떻게 설명할 수 있을까요. 버스를 타면 운전석 앞에 붙어 있곤 하던 사진 중에, '오늘도 무사히' 라며 두 손을 꼭 모으고 기도하는 소녀 사진이 있었습니다. 아니, 지금 생각해보니 사진이 아니라 그림이었던 것 같군요. 그림이라면 누군가 그린 이가 있을 터인데, 어쩌면 그렇게 성스러운 소녀를 그릴 수 있었을까요. 하찮은 그림일 뿐이지만 그 그림으로 인해 모두가 무사할 것 같은, 그런 안도감을 주는 그림이었으니까요. 그녀의 모습이 꼭 그랬습니다. 하루하루 파리하게 야위어 가는 모습이 그녀를 더욱 성처녀처럼 보이게 했습니다. 그런 그녀를 말없이 바라보던 남자는 차라리 고개를 돌리고 눈을 질끈 감아버렸습니다. 그의 눈언저리가 이내 축축하게 젖어들었습니다. 그녀가 병실에 나타나면 주위 사람들은 모두 숨을 죽였습니다. 그리고 아마 마음속으로 자신들을 꾸짖고 반성하고 죄책감을 느꼈을 겁니다. 틀림없어요. 그 곳에 있는 환자들은 대부분 장기간 입원해 있던 환자들이라서, 긴 병에 효자 없다고 환자고 보호자고 간에 지치지 않은 사람들이 없었고, 그래서 툭하면 신경질이고 툭하면 다투곤 했으니까요.

그런데 그게 다는 아니었습니다. 그들은 그들 신랑 신부를 지켜보고 있었던 겁니다. 처음에는 저에게도 쉬쉬하며 웅성이곤 하던 그것은, 그들이 언제 파탄 나는가, 그것에 대한 것이었습니다. 물론 처음에는 여자가 불쌍하다, 혼인신고도 하지 않았으니 헤어지는 것이 서로를 위해서 좋은 일이라는 견해가 압도적이었습니다.

그러던 것이 여자의 한결같은 태도에 서서히 질려가고 있는 눈치였습니다. 여자에게 뭔가 다른 꿍꿍이가 있는 게 아니냐는 것이었지요. 꿍꿍이라니요. 그런 게 있을 리가 없었습니다. 여자의 엄마로부터 간간이 전해들은 이야기로는 정말이지 남자는 아무것도 볼 것이 없는, 그야말로 남자 하나 건실하고 착하며 여자를 끔찍이 사랑해준다는 것 그것뿐이었습니다. 게다가 남자의 사고 소식에 저 남쪽 어느 작은 바닷가에 사신다는 늙으신 홀아버지는 몸져누워 병원에 자주 찾아오기도 힘든 상태라고 했습니다. 형제라고는 누나가 하나 있을 뿐인데, 그 누나마저 공장에 다니며 겨우 연명하는 처지라고 했으니까요. 그런 남자에게 무엇을 바라고 여자가 그런 연기를 한단 말입니까.

사람들은 어째서 있는 모습 그대로를 봐주려고 하지 않는 걸까요. 저는 그렇게 속물적인 사람들과 한 공간에 있다는 것에 욕지기가 올라올 것 같았습니다.

하지만 남 이야기하기 좋아하는 건, 어쩔 수 없는 인간의 속성이 아니겠는지요. 게다가 삶이라기보다는 연명이라고밖에 말할 수 없는 지루한 나날들, 좁아터진 병실에서 그보다 더 흥미진진한 이야깃거리가 어디 있겠습니까. 그런 것까지 탓하고 싶지는 않았습니다.

제가 힘들었던 건, 여자가 지극할수록 남자가 더욱 고통스러워했기 때문입니다. 어떻게 보면 남자에게는 여자가 인생의 전부나 마찬가지였지만, 그 여자를 그렇게 묶어두어야 한다는 것을 견딜 수 없어 했습니다. 여자가 문병을 다녀간 날이면 남자는 더욱 힘들어 했습니다. 차라리 그때 그 자리에서 죽었어야 했다고 말하곤 했지요. 간병보다 한번씩 좌절감에 빠진 남자를 다독거리는 게 제겐 더 힘든 일이었습니다. 실제로 남자는 자살기도 비슷한 걸 한 적도 있었습니다. 비슷한 것이라고 말하는 건, 진정 자살을 하려고 했던 것인지는 저도 확신할 수 없기 때문입니다. 하지만 오히려 그것이 더 가슴을 미어지게 하더군요.

휠체어에 그를 태워 지하실에 있는 물리치료실에 다녀올 때였습니다. 그가 화장실에 가고 싶다고 했습니다. 평소 같으면 제가 화장실에 따라 들어가서 그의 바지 앞섶을 풀고 플라스틱 소변기를 대주어야 했습니다. 그것만 해도 제가 간병하는 동안 눈에 띄게 좋아진 점이었습니다. 처음 그를 돌보았던 한 달가량, 그는 휠체어에 앉지도 못했으니까요. 그래서 늘상 소변 주머니를 매달고 있었습니다. 요의를 미처 느끼지도 못한 채 투명한 호스를 통해 노란 오줌을 찔끔찔끔 흘려보내던 그가 마침내 소변줄을 떼어내고 화장실에서 소변을 보기 시작한 것입니다. 그래봐야 변비 환자처럼 얼굴이 새빨개지도록 안간힘을 써서 나오는 것이 고작 10밀리리터 정도였습니다. 그런데 그 날은 혼자 보겠으니 나가 있으라고 했습니다. 저는 상태가 조금 더 호전된 것이라고 여기며 기쁜 마음으로 화장실 앞에 서 있었습니다. 시계의 시침을 줄곧 노려보고 있으면 그 움직임을 식별할 수 없지만 잠시 잊고 있다 보면 어느 순간 시침이 성큼 움직였음을 깨닫는 것처럼, 그의 몸은 하루하루 더디지만 그래도 돌아보면 장족의 변화를 보이고 있었던 것입니다. 무엇보다 체념한 것처럼 온몸을 제게 내맡기고 있던 그가 조금씩 수치심과 자존을 회복해가고 있는 것처럼 보여 기뻤습니다.

시간이 꽤 흘렀는데 안에서 아무런 기척이 나지 않았습니다. 이상하다고 생각하는 순간 쿵, 하는 둔탁한 소리가 들렸습니다. 깜짝 놀라서 문을 열려고 했지만 열리지 않았습니다. 안에서는 계속 억눌린 듯한 신음소리가 흘러나오고 있는데 말입니다.

마침 간호사가 자리에 있어서 얼른 열쇠를 가지고 와서 문을 열었습니다. 문을 열어보니 그가 바닥에 모로 쓰러진 채 과도로 자기 배와 가슴을 마구 찌르고 있었습니다. 이를 악물고 신음소리를 삼키는 그의 두 눈에서는 눈물이 흐르고 있었습니다. 비상벨이 온 병동을 울리고 남자 간호사들이 달려와서야 겨우 그를 다시 침대로 옮길 수 있었습니다. 안정제를 맞고 그는 잠이 들었습니다.

잠이 든 그의 얼굴을 한참 동안 바라보고 있었습니다. 그때 그런 생각이 들었습니다. 어쩌면 신부의 존재가 그를 더욱 고통스럽게 하는 건 아닌지 모르겠다고 말입니다. 이런 말, 어떨지 모르겠습니다만, 신부는 나날이 더욱 아름다워지는 것 같았습니다. 밖에서는 어떤지 몰라도, 병실에 올 때 신부는 한 번도 화장을 한 적이 없습니다. 길고 검은 생머리를 잔머리 하나 없이 뒤로 넘겨서 묶고 단순한 디자인의 단색 원피스를 즐겨 입었습니다. 마치 부모님이나 남편의 상이라도 당한 여자처럼 처연했습니다. 그런데도 그녀가 점점 아름다워진다고 생각한 건 무엇 때문이었을까요. 어쩌면 바로 신랑이, 영영 불구가 될지도 모르는 신랑이 그녀를 그렇게 만드는 건 아니었을까요. 그래요, 초야조차 치르지 못한 신부 말입니다. 그녀를 보고 있으면 오래 전에 읽은 시가 한편의 그림처럼 떠오르곤 했습니다. 첫날밤에 뒷간에 가던 신랑의 옷자락이 돌쩌귀에 끼는 바람에 평생 그 자리에서 신랑을 기다리고 있던 신부 말입니다. 40년도 넘어 50년이 흐른 후, 신랑이 혹시나 하는 생각에 찾아갔더니 신부는 그때까지도 그대로 앉아 있었는데, 안쓰러운 생각에 어깨를 어루만지자 초록 재와 다홍 재로 폭삭 내려앉아 버렸다던 서정주 시인의 '신부'라는 시 말입니다. 폭삭, 그야말로 매운 재가 되어 폭삭 내려앉아 버린 비극미가 그녀를 고혹적으로 보이게 만든 것 같았습니다. 여자인 제가 보기에도, 그녀는 섹시해 보였으니까요.

한동안 밥을 먹지 않겠다고 단식투쟁을 벌인 일도 있었습니다. 그가 자조적으로 웃으며 말하더군요. 그때 화장실에서 정말 죽고 싶었는데, 나중에 눈물을 흘렸던 건 죽기 싫어서도 아니었고 죽지 못해서도 아니고, 과도가 들어갈 생각도 하지 않는 배에 긴 지방질 때문이었노라고. 살아 있다고 말할 수도 없는 몸뚱어리에 디룩디룩 살이 올라 있는 모습이 정말이지 참을 수 없었노라고 말이지요. 그래서 단식을 하겠노라고 했지만 그건 날마다 죽는 연습을 하는 것에 다름 아니란 걸 저는 단박에 눈치챘습니다. 차라리 성이 나서 말하거나 화를 냈다면 곧이곧대로 믿었을지도 모릅니다. 그런데 그 말을 하는 그는 아주 선하게 웃고 있었습니다. 그 웃음, 관세음보살의 미소라고 해야 할까요? 그 미소가 말해주었습니다. 그가 모든 걸 놓았음을 말이지요. 아무 욕망도 없는, 세상 모든 것에 집착을 버리고 놓아버린 자만이 웃을 수 있는 웃음이었습니다. 그건 저도 잘 아는 미소였습니다.

식사시간만 되면 저는 온갖 꾀를 다 짜냈습니다. 그러나 그다지 애쓸 필요도 없는 것이, 이미 비대해져버린 그는 한 끼만 굶어도 저의 함정에 곧잘 빠져버리곤 했습니다. 그때마다 그의 표정은 다음에는 절대로 먹지 않을 거야, 라고 말하는 듯 결연했습니다. 내심 굳지 못한 자신의 마음을 꾸짖는 것 같기도 했고, 토라진 어린아이처럼 보이기도 했습니다. 그러나 그는, 죽고 싶지 않았던 겁니다. 누구보다 살고 싶었고 누구보다 벌떡 일어나 걷고 말하고 사랑하고 싶었던 겁니다.

그와 씨름하는 사이, 꽃이 피는지 지는지도 모르게 성큼 여름이 다가와 있었습니다. 날씨가 좋을 때 저는 곧잘 그를 데리고 바깥으로 나갔습니다. 가만히 누워 있어도 다리가 저리고 온몸이 부서지듯이 아픈 그에게는 휠체어에 앉아 있는 것도 힘이 드는 일이었습니다. 그래도 그는 바깥바람 쐬는 걸 좋아했습니다. 바깥이라고 해봐야 병동 옥상이 고작입니다. 그래도 거길 나가면 시야가 트여 저 아래 대로를 질주하는 자동차들과 바쁘게 오가는 사람들이 보이고, 이명처럼 어디선가 아이들이 재잘거리는 소리도 들려오는 것 같았습니다. 그리고 무엇보다 햇살과 바람이 그를 어루만져 주었습니다. 햇볕이야말로 우울증에 빠지기 쉬운 환자에게 더없이 좋은 처방이라는 건 저도 잘 알고 있는 것이었습니다. 남편에게 느닷없이 이혼을 당했을 때, 저도 그처럼 죽고 싶었으니까요. 죽음의 마수에 사로잡힌 사람들에게는 죽음이 더할 나위 없이 매혹적으로 다가옵니다. 그것은 정말이지 훌쩍, 작은 개울을 건너뛰는 것 이상의 아무것도 아닌 것처럼 여겨지지요. 그리고 그 작은 개울 너머는 이승과는 완전히 다른 천국같이 보이는 것입니다. 천국이 뭘까요. 죽음을 꿈꾸는 이에게 천국은 구질구질한 이승의 인연을 훌훌 털고 바람처럼 물처럼 그렇게 자유로운 세상에 다름 아닙니다. 산다는 것은 또 무엇이랍니까. 삶의 의미라는 것, 누군가로부터 사랑 받고 누군가를 사랑하는 것까지는 바라지도 않습니다. 아침해가 떠도 나라는 존재가 아무런 의미도 없을 때, 굳이 내가 몸을 움직여 해야 할 무엇도 없을 때, 삶의 의미란 과연 무엇일까요. 그럼에도 지금 제가 살아 있는 건, 삶의 의미란 그저 주어지는 게 아니고 자기가 만들어나가야 하는 건지도 모른다는 그런 깨달음이 있었기 때문입니다. 그래서 제가 선택한 일이 간병인이었구요. 그러나 나중에 시간이 많이 흐른 후에 차분히 생각해보니, 그런 깨달음조차 사실은 지극히 단순한, 오직 살아야겠다는 그 본능이 시킨 거라는 생각이 들었습니다.

제 이야기를 듣는 그의 표정이 조금 환해지는 것 같았습니다. 오히려 저를 연민 어린 시선으로 바라보는 것 같기도 했구요. 슬픔이 슬픔을 알아보고, 고통이 고통을 치유하는 약인지도 모르겠습니다. 그도 저에게 마음 한 자락을 조심스레 열어 보였습니다. 병실에서 사람들이 뭐라고 수군거리는지 알고 있다구요. 그들의 말이 백번 옳다는 것도 안다고 했습니다. 그런데 차마 입이 떨어지지 않는다고, 차라리 혀를 깨물고 죽는 것이 쉬울 것 같다고 하더군요. 멋있게 그녀를 떠나보내지 못하는 자신의 용기없음, 비루함 때문에 미쳐버릴 것 같다고 했습니다. 평생 불구가 될지도 모른다는 절망감이 커질수록 그녀의 의미는 더욱 커지고, 그럴수록 자괴감은 더욱 깊어지는 모순을 그는 이길 자신이 없었던 겁니다. 그는 왜, 어째서 이 지독한 형벌의 주인공이 자신이어야 하는지 도저히 납득할 수 없다고, 억울하다며 끝내 눈물을 비쳤습니다.

공원에는 환자들도 나와서 쉬곤 했지만 문병 온 사람들도 많았습니다. 그들은 모두 건강하게 말하고 걸으며 자연스럽게 움직이고 있었습니다. 그는 그들을 눈이 부신 듯 바라보았습니다. 이런 시련을 상상도 하지 못하던 때의 자신을 떠올리고 있었는지도 모르겠습니다. 지금 싱싱하게 살아 움직이는 저들에게도 언제 어떤 일이 닥칠지 누가 알겠습니까. 하지만 막상 닥치기 전까지는 자신만은 영원히 안전할 거라고 생각하는 것이 인간이겠지요.

　그러니 그가 얼마나 멋진 사람이었는지 누가 알겠습니까. 그가 자신의 사진을 보여준 적이 있었습니다. 그중에서도 기억에 남는 건, 수양버들이 척척 늘어진 그늘 아래 잔디밭에 앉아 기타를 치며 노래를 부르는 모습이었습니다. 그때 살랑, 한 줄기 바람이 불었던가요. 햇살 아래 반짝이는 숱 많은 머리카락이 반듯한 그의 이마를 살짝 가리고 있었습니다. 그리고 눈을 반쯤 감은 모습은 자신의 노래에 도취된, 마치 나르시스의 모습처럼 아름다웠습니다. 무슨 노래였을까요. 물어보지는 않았습니다. 이미 사진을 보는 순간, 제 귀에는 어떤 멜로디가 아주 감미롭고 부드러운 멜로디가 흐르고 있었으니까요. 신부가 찍어준 사진이라고 했습니다. 아마도 노래는 그녀에게 바치는 사랑의 세레나데였을 것입니다. 그 말을 듣는데 왜 제 가슴 한켠이 짜르르해지는지, 묘한 기분이었습니다. 뭐라고 설명해야 할까요. 그냥 슬쩍 예리한 면도칼로 베이는 듯 순간적인 것이었는데 지금 생각해보면 질투의 감정이었던 것 같습니다. 나이 마흔이 가깝도록 사랑의 헌사 한번 받아보지 못한 여자의 억눌린 본능을 자극한 것이겠지요. 그랬습니다. 그는 그렇게 사랑스러운 남자였습니다.

짧게 자른 더벅머리를 여섯 시 오 분쯤으로 갸우뚱, 기울이고
허리춤을 끈으로 질끈 묶은 푸대자루 같은 환자복을 입고 있는
그를 보고 사람들은, 과연 그의 그런 한때를 상상이나 할 수 있
을까요? 아마 무심히 그를 지나치는 사람들은, 그는 처음부터,
이 세상에 날 때부터 그런 사람이라고 여길지도 모릅니다. 길고
가느다란 손가락으로 기타 줄을 퉁기며 아름다운 목소리로 노
래를 불러 여인의 가슴을 흔들었던 사람이라고 아무도 생각하
지 못할 것입니다.

　얼마나 시간이 흘렀을까요. 우리는 무척 가까워져 있었습니
다. 그럴 수밖에 없는 것이 우리는 거의 매일 붙어 있었으니까
요. 날마다 그의 벗은 몸을 씻겨주고 함께 식사를 했으며, 그가
잠을 이루지 못하고 뒤척일 때면 그의 귀에 대고 소곤소곤 책을
읽어주기도 했습니다. 가끔 그는 자기가 전에 좋아하던 책을 구
해달라고 하기도 했습니다. 그중에서 그가 가장 좋아한 책은
《희랍인 조르바》였습니다. 오래 전에 영화로 봤지만, 책을 정독
한 것은 그때가 처음이었습니다. '삶을 사랑하고 죽음을 두려
워하지 마라' 던 조르바의 말은 그 어느 말보다 저의 영혼을 울
렸습니다. 그는 카잔차키스를 좋아한다고 했습니다. 고향이자
무덤이 있는 크레타 섬, 그의 묘비에는, '나는 아무것도 원치
않는다. 나는 아무것도 두려워하지 않는다. 나는 자유.' 이렇게
써 있다고 하더군요.

28

그 무렵, 그는 요구하는 게 많았습니다. 음악이 듣고 싶다며 워크맨을 사다달라고 했고 생각나는 음악이 있을 때마다 테이프를 구해달라고 했습니다. 우리는 이어폰을 하나씩 꽂고 음악을 들었습니다. 그가 눈부시게 푸르른 청년이었을 때, 그의 오감을 울렸던 감각과 정서가 이어폰 줄을 타고 저에게 흘러드는 것 같은, 마치 정신적 수혈을 받는 것 같은 짜릿한 순간들이었습니다.

간간이 여자 이야기도 들려주었습니다. 두 사람의 사랑은 얼마나 격정적이던지요. 솔직히, 조금 차가운 청순가련형에 가까운 신부의 인상을 생각하면 상상하기 어려운 이야기였습니다.

두 사람이 서로를 처음 안은 것은 어느 여인숙이라고 했습니다. 두 사람 모두 직장을 다니는 데 돈이 없어서 여인숙에 갔겠습니까. 헤어지기가 싫어서 이리저리 걷다 보니 한적한 곳까지 가게 되었는데, 어느 순간, 여자의 허리를 감은 남자의 팔에 힘이 들어갔고 두 사람은 키스를 했습니다. 얼마나 오랫동안 서로를 탐닉했던지, 다음 날 여자의 입술이 부르터 있더라고 했습니다. 그때까지 가벼운 키스가 고작이었던 두 사람은, 누구라고 할 것 없이 서로에 대해 더 이상 참을 수 없을 때까지 왔다는 것을 직감했습니다. 그러나 둘러봐도 여관 간판 하나 없는 너무나 적막한 거리였고 시간은 이미 자정을 넘긴 때였습니다. 만약 살이 에이는 듯 추운 겨울 날씨만 아니었다면 어느 공터에서라도 서로를 안았을 것입니다. 한참을 두리번거린 끝에 멀리서 희미한 불빛 하나가 혜성처럼 끄먹거리고 있었는데 그게 여인숙이었답니다.

남자는 신발을 들고 들어가야 하는, 이불은 때에 절고 퀴퀴한 곰팡내가 코를 찌르는 방에서 첫밤을 보내고 싶지 않아 머뭇거렸습니다. 그런 남자를 여자가 잡아끌었습니다.

그 날 이후, 두 사람은 마치 잃어버린 반쪽의 심장처럼 서로를 애타게 갈망했습니다. 그러나 그저 교제중일 뿐인 처녀 총각이 매일 여관에 가자고 누가 먼저 말할 수 있었겠습니까. 그래서 어둑신한 카페에서 손이나 만지작거리다가 가끔 주인의 눈치를 보면서 입맞춤을 하며 참고 참다 보면 결국, 자정이 넘어서야 여관을 찾아서 마구 뛰어다녔던 것입니다. 어떤 날은 그 많던 여관 간판이 하나도 보이지 않아 다리가 후들거리도록 달린 날도 있었고, 여름 날 땀으로 흥건한 몸을 미처 씻을 겨를도 없이 서로를 안은 날도 있었습니다. 그는 무엇보다, 깊은 잠에 빠져 있던 사물들이 하나둘 눈을 떠 뜨겁게 몸이 달아오른 두 연인을 가만히 내려다보고 있었을 허름하고 어둑신한 밤거리가 회한에 차도록 그립다고 했습니다.

사실 그와 그녀는 나이가 들어서 만난 처지였기 때문에 서로가 처음이 아닐 거란 건 이미 짐작하고 있던 일이었습니다. 남자가 내심 고민하던 문제는 다른 것이었습니다. 남자가 전에 사귀던 여자는 불감증이었던가 봅니다. 불감증이라기보다는, 그와의 섹스를 고통스러워했다는 쪽이 더 맞을 것 같군요. 그런 것을 속궁합이라고 해야 할까요. 어쨌든 남자는 지금껏 여자와 만나면서 한 번도 자신과 잘 맞는 여자를 만난 적이 없다고 했습니다. 대부분의 여자들이 고통스러워했다고 했습니다. 그런데 신부는 남자의 손길이 닿기만 해도 흥분해서 탄식을 흘렸다고 했습니다. 그가 여자의 몸속으로 깊이 들어가면 여자의 허리는 활처럼 휘고 저절로 벌어진 입술에서는 향기로운 신음 소리가 음악처럼 울려 퍼졌답니다. 남자는 생각했습니다. 남자를 전혀 모르는, 그래서 섹스의 맛을 모르는 여자보다 섹스의 맛을 알고 즐길 줄 아는 여자를 만난 것을 자기 인생의 행운이라고 생각한다고. 아마 남자와 여자의 만남을 잃어버린 반쪽에 비유한다면 자신은 비로소 그것을 찾았다고 느꼈겠지요. 어쩌면 그것을 신이 질투한 것은 아니었을까요. 여자는 그러나 능란하다거나 섹스 그 자체에 몰두한 것은 아니었습니다. 남자는 그것을 느낄 수 있었습니다. 남자는 그동안 갈고 닦은 기교로 여자의 성감을 개발하고 있다고 여겼지만, 하루하루 부끄러움이 없어지고 솔직하고 대담해지며 자신에게 활짝 열려 가는 여자를 보면서 그것은 마음의 문에 다름 아니며, 서로가 서로에게 처녀지였다는 것을 깨달았습니다. 에덴 동산의 아담과 이브처럼 말이지요.

　그의 말을 들으며 저는 저도 모르게 회한에 잠겼습니다. 섹스의 맛을 모르는 여자가 바로 저 같은 여자일 거라는 생각이 들었기 때문입니다. 남편과의 잠자리가 즐거웠던 적이 한 번도 없었거든요. 즐거움이라니요. 그건 저에게 공포였습니다. 어쩌면 겁탈을 당하듯이 시작된 우리의 일그러진 관계 때문인지도 모르겠습니다. 그러나 결혼 후 몇 년이 지나도록 도저히 섹스의 즐거움이란 것을 느끼지 못했으니 저란 여자야말로 섹스의 맛을 모르는 그런 여자겠지요. 그러니 남편인들 제게서 무슨 즐거움을 느낄 수 있었겠습니까. 어쨌든 그의 이야기는 제가 알지 못하는 세계였습니다. 그러나 동시에 아주 잘 알고 있었던 것 같은, 오랫동안 잊고 있던 정한을 일깨우듯 가슴에 사무치는 것이었습니다.

　남자가 가장 잊을 수 없는 날은, 남자가 숙직 근무를 서던 어느 토요일이었답니다. 먼저 퇴근을 했던 여자가 저녁을 사주겠다며 밖으로 불러냈습니다. 여름이었고, 어디선가 훈훈한 바람이 불어 여자의 하늘하늘한 치맛자락을 살랑 건드렸습니다. 두 사람은 가까운 불고기 집으로 들어갔습니다.

　의자에 앉아 막 불판에서 지글거리며 익어가는 불고기 한 점을 입으로 집어넣는데 여자가 말했습니다. 나, 지금 팬티 안 입고 있다. 눈이 부시도록 불빛이 환하고 퇴근 무렵의 사람들로 시끌벅적하던 식당에서 말입니다. 남자는 그 말에 자신의 성기가 그 어느 때보다 힘차게 솟구치는 걸 느꼈습니다. 그렇게 말하는 여자가 얼마나 사랑스럽던지요. 남자는 그 자리에서 여자를 식탁 위에 눕히고 싶은 걸 참느라고 이빨이 아프도록 불고기를 씹어야 했습니다.

두 사람은 사무실로 들어갔습니다. 불이 꺼진 넓은 사무실, 그의 책상 아래 방석 하나를 깔았습니다. 여자는 거기에 스스럼없이 누웠습니다. 그리고 원피스 자락을 걷어 올리는데, 희미한 달빛 아래 여자의 음모가 흑단처럼 반짝이고 있었습니다.

두 사람은 약속했답니다. 신혼여행을 가면 바닷물 속에서도 하고 물레방앗간에서도 하고 별이 쏟아지는 모래밭에서도 하자고요. 곱게만 자란 그녀가 어찌된 일인지 남루하고 거친 곳에서 오히려 더 흥분하고 원했다고 했습니다. 그녀의 파격이, 남자를 더욱 흥분시키고 행복하게 했던 것은 당연했습니다. 어쩌면 남자의 진짜 고통은 거기에 있었던 게 아닐까요? 차라리 팔을 하나 잘라 던지더라도, 두 발을 다 잃어버린다고 해도 그녀와의 섹스만은 포기할 수 없다는 생각에 절망했던 것은 아니었을까요.

그렇게 내밀한 이야기까지 터놓다 보니 마음 한 구석 신부에게 미안한 생각이 들지 않은 건 아니었습니다. 어쩌면 그의 속내를 들어줘야 하는 건, 그래서 서로를 이해하고 보다 큰사랑으로 감싸 안아야 하는 건 제가 아니라 바로 신부여야 하는데 그 자리에 제가 있는 것 같아서였습니다. 참 아이러니한 일이 아닐 수 없었습니다. 세상 누구보다 가까워야 할 부부가 아니겠는지요. 하지만 부부처럼 미묘한 관계도 없는 것 같습니다. 제 남편과 저도, 정작 자신의 고민과 고통을 서로에게 털어놓지 않았거든요. 남편의 고민을 상담해주던 여자는 후에 그의 아내가 되었습니다. 막상 남편과 아내가 되어서도 서로에 대해 흉금 없이 털어놓으며 살고 있는지는 잘 모르겠습니다. 어쨌든 그는 정말 하기 힘든 이야기는 저에게만 했습니다. 신부가 어떤 생각을 하고 있는지, 그도 나도 알 수 없었으니까요. 신부라고 뭘 알겠습니까. 그를 끝까지 믿고 기다려야 하는지, 아니면 더 늦기 전에 정말 발목이 붙잡히기 전에 지금이라도 떠나야 하는 건지, 그런 문제를 그와 상의할 수는 없지 않겠습니까. 두 사람에게 가장 중요한 문제지만 그렇다고 둘이 머리를 맞대고 의논할 수는 없는, 미묘한 문제니까요.

시간은 흘러 영영 끝날 것 같지 않던 여름도 막바지에 다다른 듯 아침 저녁으로 서늘한 바람이 불었습니다. 계절이 있다는 것이 얼마나 고마운지요. 일년 내내 겨울이거나 일년 내내 더운 나라에 사는 사람들은 어떻게 세월이 흐르는 걸 느낄까요. 순환하는 계절을 따라 나무에 나이테가 생기듯 우리 사는 일도 계절의 흐름을 따라 둥글게둥글게 뭔가 한 가지씩 매듭이 지어질 것 같은 그런 느낌이 저는 좋은 것입니다.

그는 걷기 위한 재활 치료를 받기 시작했습니다. 매일 마사지를 받고 수영장 물 속에서 걷는 훈련을 했습니다. 그리고 목발을 짚고 병원 복도를 한 바퀴씩 돌기도 했습니다. 우리 걸음으로야 채 오 분도 걸리지 않을 거리를 삼십 분이 넘게 걸려서 겨우 한 바퀴 돌고 나면 땀을 비 오듯 흘리며 기진맥진해서 통증을 호소했지만, 어쨌든 일어서지도 못하던 사람이 걷고 있었습니다. 걷는다는 것이 그렇게도 힘겨운 일이라는 걸, 그토록 엄청난 혁명이라는 걸 예전에는 몰랐습니다. 그를 보고 있노라면 가슴이 벅차 눈물이 나곤 했습니다. 한 걸음, 한 걸음 마치 달나라에 첫 발을 내딛던 우주인처럼 힘겹게 발을 내딛는 뒷모습을 조마조마한 심정으로 바라보다가 마침내 돌아서서 나를 향해 미소 지을 때, 제 가슴이 얼마나 미어지던지요. 자식을 저버린 제가 이런 말을 할 자격이 있을지 모르겠지만, 자식이 첫 걸음을 뗄 때에도 그보다 감동적이지는 않았던 것 같았습니다. 그렇게 제 앞까지 오면 저는 언제나 그를 꼭 껴안아주었습니다.

그런데 신부에게는 그 엄청난 발전이 보이지 않았던 걸까요? 그 무렵 그녀는 무척 뜸하게 들르곤 했습니다. 얼굴에는 예전의 비극미 대신 피로감이 짙게 드리워 있었구요. 어딘지 마지못해 오고 있는 듯한 느낌을 지울 수 없었습니다. 그녀는 일주일에 한 번 올 때도 있었고, 또는 이주일에 한 번, 그것도 잠깐 들렀다 가버리는 때도 있었습니다. 그렇게 드문드문 그를 보고 가는데도 그 동안 그가 얼마나 좋아졌는지 잘 보이지 않는 듯했습니다. 오히려 돌이킬 수 없이 상황이 나빠져 버린 것 같은 표정이었습니다. 제가 나쁜 여자일까요? 여자의 표정에서는 차라리 남자가 영원히 일어서지 못했으면 좋겠다는, 그래서 마음 편히 떠날 수 있게 해주었으면 좋겠다는 그런 속삭임이 들리는 것 같았으니까요. 그러나 누구라서 그녀를 비난할 수 있겠는지요. 아마 제가 그녀였더라도 그랬을지 모르겠습니다. 어쩌면 그녀보다 훨씬 일찌감치 그를 떠나버렸을지도 모를 일이겠지요. 그런다고 해도 누구 하나 그녀를 비난하지 않았을 것입니다. 그즈음 병원 사람들의 의견도 상당수 그쪽으로 기울어가고 있었으니까요.

남녀 사이에 비극이 있다면, 그건 엇갈림 때문이 아닐까요? 차라리 그녀가 떠나주었으면 좋겠다고 생각할 때 그녀가 그에게 집착했다면, 그녀의 마음이 떠나려고 하자 그가 그녀에게 집착하는 것을 보면서 그런 생각이 들었습니다.

그 즈음 그는 하루에 한 걸음을 더 걸을 수 있다는 것만으로도 기쁨에 겨워 탄성을 지르곤 했습니다. 고작 한 걸음에 불과한데도 그는 마치 당장 내일 아침에는 언제 그랬냐는 듯이 훌훌 털고 일어나서 달려 나갈 것처럼 기뻐했습니다. 물론 그것이 매일 하루 한 걸음씩 언제나 상승 곡선을 그리는 것은 아니어서 어느 날은 아예 일어나기도 싫다며 짜증을 부리거나 이유도 알 수 없이 화를 내서 제 마음을 아프게 한 적도 많았습니다. 그도 그럴 것이 재활치료의 성과가 조금 좋아진다 싶으면 혈압이 걷잡을 수 없이 떨어지거나 불덩이처럼 열이 올라 컨디션이 극도로 나빠지기도 해서 기를 꺾어놓기 일쑤였던 것입니다.

그래도 예전을 생각하면, 그는 삶의 의욕으로 넘쳤습니다. 어떻게든 그녀가 올 때 보다 나아진 모습을 보여주겠다는 일념으로 억지로라도 몸을 일으키고, 한 바퀴라도 더 걸어보려고 땀을 쏟았습니다. 무엇보다 살아야겠다는, 아니 예전의 건강한 몸으로 돌아가겠다는 의욕이 그를 버티게 했습니다. 그러나 그가 삶의 의욕으로 충만해갈수록 이상하게도 신부는 기운이 점점 없어지는 것 같았습니다. 어딘지 맥이 빠지는 분위기였습니다. 화려하지는 않아도 언제나 말끔하게 단장을 하고 원피스를 즐겨 입던 그녀가 청바지만 입기 시작한 것도 그 무렵이었습니다.

그러던 어느 날이었습니다.

신부가 왔기에 저는 그 시간을 이용해서 샤워를 하러 갔습니다. 돌아와 보니 침상이 비어 있었습니다. 신부와 함께 바람이라도 쐬러 나갔겠거니 생각하며 텔레비전 드라마를 보고 있었습니다. 그러다 퍼뜩 정신이 들었습니다. 복도에서 식판운반차의 수레바퀴 소리가 들리고 음식냄새가 풍기고 있었던 것입니다. 밖에서 삼십 분을 넘기기 힘들어 하는 그가 몇 시간째 돌아오지 않고 있었던 겁니다. 창밖을 보니 어느새 맞은 편 상가 건물에 네온등이 하나둘 켜지고 가을비가 추적추적 내리고 있었습니다. 깜짝 놀라서 옥상공원으로 달려갔습니다. 흐릿한 가로등이 켜 있는 옥상공원은 텅 비어 있었습니다. 쿵, 심장이 내려앉았습니다. 불길한 느낌이 빗물처럼 스며들었습니다. 그러다가 보았습니다. 잎을 모두 떨구고 앙상한 가지만 남은 등나무 벤치 기둥 뒤에 석고처럼 굳어버린, 자동차 바퀴가 빗물을 촤르륵촤르륵 가르며 달리는 아득한 거리를 옥상 난간에 바짝 붙어서서 내려다보고 있는 그를 말이지요. 고스란히 비를 맞고 있던 그의 얼굴을 적시고 있는 것은 빗물만이 아니었습니다. 가슴이 오그라들고 창자가 끊어지는 듯 마음이 아팠습니다. 말없이 그를 꼭 끌어안았습니다.

올 것이 온 것이었습니다. 그 무렵 병실에서는, 두 사람이 헤어진다, 헤어지지 않는다를 두고 돈까지 걸고 있었다는 걸 나중에 알게 되었습니다. 그 정도로 두 사람의 관계는 병실 환자들은 물론이고 간호사나 의사들에게까지 관심거리였습니다. 사실 그 전에 여자의 엄마가 저를 몰래 만나고 간 일도 몇 번 있었습니다. 그녀는 할 수만 있다면 시계바늘을 거꾸로 돌리고 싶다며 눈물을 보였습니다. 따져보면 좋은 남자도 많았는데, 어쩌자고 운명의 화살이 그 앞에서 멈췄는지 야속하다는 것이었습니다. 만일 그가 아닌 다른 남자와 결혼했더라면, 이런 사고가 나지 않았을지도 모르는 일이 아니냐고 말하더군요. 그리고 혼인신고도 하지 않았는데, 이 정도 했으면 할 만큼 한 게 아니냐고 저에게 동의를 구했습니다. 제가 무슨 판관도 아니고 무슨 말을 할 수 있겠습니까. 혼인신고라고 하니, 그 말도 참 우습게 들렸습니다. 그까짓 게 다 뭐란 말입니까? 대부분의 사람들이 혼인신고를 하지 않았다는 말에 탄식을 하곤 하던데, 신고를 하고 안 하고의 차이가 과연 뭘까요. 혼인신고를 한 모든 부부들이 부부의 도리에 충실하게 살아가고 있답니까? 또, 혼인신고만 하지 않으면 그전의 관계 따위는 백지로 돌릴 수 있다는 거랍니까? 오기 싫으면 내일부터라도 오지 말라고 말해주고 싶더군요. 거기에다 첫날밤을 지내지도 않았다는 말에는 생목이 오르는 것 같아 창밖만 바라보고 있었습니다. 신부 어머니는 돌아가면서 제게 돈봉투를 내밀었습니다. 딸이 오면 제발 못 오게 해달라고 말이지요. 그러나 저는 한 번도 그런 말을 하지 않았습니다. 오기 싫으면 애원을 해도 오지 않을 것이고 오고 싶으면 아무리 막아도 올 사람인데 제가 왜 나서서 그런 일을 한단 말입니까. 사실, 저는 이미 여자가 슬슬 떠날 준비를 하고 있다는 것을 눈치 채고 있었습니다. 여자들끼리는 말로 하지 않아도 느껴지는 그런 게 있거든요.

가을비가 추적추적 내리던 날, 그녀가 그를 버려두고 가버린 사정은 이랬습니다.

　서서히 회복되어 가고 있던 그는 비로소 자신의 남성에 주목했습니다. 그 전에는 당장 죽을지 살지, 하반신이 완전히 마비되어 영영 걷지도 못하는 게 아닌지 하는 판국이었으니 성기에 대해서는 생각도 하지 않았을 것입니다. 의사들도 그가 조금씩 회복되어 가는 걸 보면서 그에게 물었습니다. 발기가 되는 때가 있냐고요. 그는 고개를 저었습니다. 의사가 그의 바지를 벗기고 손가락으로 톡톡 쳤습니다. 그의 성기는 끄떡도 하지 않았습니다. 아니, 만사가 귀찮다는 듯 축 처진 모습이었습니다. 그건 의사보다도 제가 너무 잘 알고 있는 일이었습니다. 장애인 화장실에 들어가면 그는 변기 양쪽에 붙어 있는 스테인리스 바를 겨우 잡고 일어섭니다. 일어서는 데만도 혼신의 힘을 다해야 했습니다. 그러니 바지를 내리고 플라스틱 용기를 그의 고추에 대어주는 일은 언제나 제 몫이었습니다. 그의 성기는, 언제나 풀 죽은 어린아이의 고추처럼 쪼그라들어 있어 예전의 힘차게 발기했을 흔적조차 느낄 수 없었던 겁니다. 의사의 진단 결과는 20프로라고 했습니다. 20프로라는 건 뭘 의미하는 걸까요. 20프로만 발기를 한다는 것인지, 백 번 중에서 스무번을 발기한다는 것인지, 그가 제게 물었습니다.

　저라고 어떻게 알겠습니까. 하여간 그 무렵 그는 자신의 성기에 온 신경이 집중되어 있었던 것 같습니다. 마치 어린아이가 자라면서 구강기, 항문기를 거치듯이 걸음마가 어느 정도 되자 자신의 성기에 신경이 쏠린 것은 어쩌면 자연스러운 것이겠지요.

그래서였을 겁니다. 그는 가끔씩 오는 그녀에게 신체 접촉을 요구하거나 시도하는 일이 잦았습니다. 주스를 따르고 있는 그녀의 엉덩이를 쓰다듬는다거나, 침대 시트를 바로 해주는 그녀의 가슴을 만진다거나, 그녀의 손을 이불 속으로 잡아끌어 자신의 성기를 만지게 하는 식으로 말이지요. 왜 치마를 입지 않느냐고 가볍게 다툰 적도 있었습니다. 그 때마다 여자의 얼굴은 낯선 사람을 바라보듯 조금씩 냉담하게 굳어가고 있었습니다.

그러다가 그 날, 그녀와 화장실에 갔을 때였나 봅니다. 소변이 마렵다던 그가 문으로 손을 뻗어 잠김 버튼을 눌렀습니다. 그리고 그녀에게 옷을 벗어보라고 요구했습니다. 한동안 물끄러미 그를 바라보기만 하던 그녀가 윗옷을 치켜올렸습니다. 한때 자신이 그토록 탐하던 그녀의 향기롭고 풍만한 가슴이 눈앞에서 출렁거렸습니다. 그는 휠체어를 당겨 그녀의 허리를 휘어 감고 가슴에 얼굴을 묻었습니다. 그녀가 허리를 비틀었습니다. 그는 젖무덤에 이빨을 박고 젖꼭지를 세차게 빨았습니다. 그리고 그녀의 바지 단추를 풀었습니다. 지퍼를 내리는 것과 동시에 그의 손이 뱀처럼 매끄럽고 날렵하게 그녀의 아랫도리에 닿았고 손가락에 이슬이 촉촉하게 묻어났습니다. 그의 귀에, 짧고 뜨거운 그녀의 숨결이 닿는가 싶었습니다. 그러나 거기까지였습니다. 그녀는 그의 손을 빠져나가 찬바람이 쌩 도는 표정으로 매무새를 고쳤습니다. 어떻게든 다시 한 번 그녀를 쓰러뜨려 보고 싶었으나 휠체어에 앉은 그에게 겨우 한 발짝 떨어진 그녀는 너무 멀게 느껴졌습니다. 그는 절망했습니다. 그녀의 냉담함에 절망했고, 자신의 성기가 꿈쩍도 하지 않는다는 데 절망했습니다. 그러나 그렇게 포기할 수는 없었습니다. 그는 제발 한 번만, 이라며 애원했습니다. 마치 어린아이처럼 검지손가락을 세우고서 말입니다. 여자의 눈이 흔들렸습니다. 여자가 남자의 무릎에 고개를 파묻었습니다. 여자의 어깨가 들먹였습니다. 여자는 무엇이 슬펐던 걸까요. 그러나, 그걸 왜 모르겠습니까. 그토록 매력적이던 남자가, 자기 몸 속에서 자신의 영혼을 흔들어놓을 듯 퍼덕거리던 남자가 손가락을 치켜들고 제발 한 번만이라고 애원하고 있는데…….

그러나 그는 그녀의 슬픔을 읽을 여유가 없었습니다. 그는 자신의 바지춤을 풀고, 엎드려 있는 여자의 입 속으로 자신의 성기를 밀어 넣었습니다. 빨아 줘, 한 번만! 이라고 다시 애원하면서 말입니다.

누굴 탓해야 할까요.

그 날 이후, 그녀는 오지 않았습니다. 그는 말을 잃었습니다. 회오에 찬 표정으로 낙엽이 하나둘 떨어지는 창밖만 바라보고 있었습니다. 꾹꾹 누르고 있던 무엇이 터질 듯 들끓을 때면 전화기 버튼을 누른 적도 있었지만 이내 끊어버렸습니다. 그녀의 엄마가 저를 찾아왔습니다. 이제 그의 퇴직금도 바닥이 나버렸고, 그녀도 오지 않을 거라고 말했습니다. 누나가 와서 데려갈 거라고 하더군요. 그 즈음 병원에서도 할만큼 했으니 퇴원을 시키고 통원치료를 하라고 독촉하고 있었습니다. 일개 간병인일 뿐인 저는, 알았다고 그 말 한 마디만 했을 뿐입니다. 그러나 그를 어디로 데려간단 말입니까. 병중인 아버지 곁으로 데려간단 말입니까. 저는 차마 그 말을 전할 용기가 없었습니다. 사실 말이 필요하지 않았습니다. 그는 이미 모든 것을 알고 있었으니까요. 그가 알고 있다는 것을 저 역시 알고 있었구요.

창밖의 나무는 나뭇잎을 모두 떨구고 겨울을 준비하고 있었습니다. 곧 죽음과도 같은 시련의 계절이 닥쳐올 것입니다. 그러나 그것을 잘 버텨낸다면 더욱 강건해지고 아름다워진 자신을 발견할 수 있겠지요. 그리하여 돌고 도는 계절은 우주의 약속이며 위안인지 모르겠습니다. 시련을 두려워하지 말라는 속삭임인 것이지요.

저는 그를 화장실로 데려갔습니다. 그리고 문을 잠갔습니다. 저는 천천히 옷을 벗었습니다. 태양을 보아버린 사람처럼 어둠에 갇혀 있던 그의 눈동자에 서서히 빛이 돌아오고 있었습니다.

한참 동안 저를 물끄러미 바라보기만 하던 그가 마침내 손을 내밀어 저의 가슴을 어루만졌습니다. 가슴에서 배로 그리고 허리와 엉덩이로 손이 내려갔습니다. 차갑던 그의 손에서 온기가 느껴졌습니다. 싸늘하게 식어 있던 그의 심장이 비로소 다시 펌프질을 하고 맥박이 힘차게 뛰기 시작했습니다. 저는 눈을 똑바로 뜨고 그를 바라보았습니다. 저의 몸도 서서히 달아오르고 촉촉이 젖어 가는 것을 느꼈습니다. 저의 몸을 애무하는 그의 손에, 뼈에, 근육에 마침내 힘이 들어가고 뜨거워졌습니다. 그것만으로도 저는 이미 흥분하고 있었습니다. 저의 거웃을 한참 동안 쳐다보며 쓰다듬던 그가 볼을 비볐습니다. 그리고 그의 손가락이 횃불처럼 뜨겁게 제 속으로 들어왔습니다.

저는 천천히 무릎을 꿇고 그의 바지 끈을 풀었습니다. 그의 성기가 조금 움찔했습니다. 저는 그의 성기를 입 속에 넣고 사탕처럼 굴렸습니다. 건조하고 말랑말랑한 그것은 마시멜로처럼 부드럽고 쓸쓸하도록 허전했습니다. 저의 혀는 그의 성기를 정성껏 애무했습니다. 제 입 속에서 그의 성기가 조금씩 살아나고 있었습니다. 오래 전에 잊어버렸던 기억을 더듬는 듯 머뭇거리면서, 조금씩 단단해지고 조금씩 자라났습니다. 텅 비어 있던 그 곳에도 마침내 피돌기가 시작되더니 으쓱거리며 자신감을 회복해가고 있었습니다. 그리고 어느 순간 제 목구멍을 뚫고 터져 버릴 것처럼 충만해졌습니다.

그를 휠체어에서 내려 제 옷 위에 뉘었습니다. 그리고 그의 위로 제가 올라갔습니다. 이미 흥건히 젖어 있던 제 속으로 그가 힘차게 들어왔습니다. 그는 제 속에서 더욱더 우람하게 자라나고 있었습니다. 마구마구 자라서 제 온몸을 다 헤집을 듯했습니다. 그 뜨거움과 황홀함을 어떻게 표현할 수 있을까요. 처음이었습니다. 사무치는 정한으로 그리워하던 그곳에 저도 마침내 발을 내디딘 것 같았습니다. 그 자리에서 죽어도 좋다고 생각했습니다. 더 깊이, 더 가까이 들어가고 싶다는 생각밖에 아무 생각도 나지 않았습니다. 그렇습니다. 저는 그를 사랑하고 있었던 겁니다. 진작부터 이 순간을 기다려왔던 것 같은, 바로 이 순간을 위해 남편과 이혼을 하고 간병인 훈련을 받고 그리고 이 병원으로 와서, 저를 만나기 위해 결혼식을 올리고 마침내 교통사고가 난 그를 만난 것이라고 생각했습니다.

제가 사랑이라고 말했던가요. 고백하지만, 저는 사랑이 뭔지 잘 모릅니다. 그러나 저는 느꼈습니다. 앞은 절벽이고 뒤는 벼랑인 그런 절체절명의, 이 순간이 생애 마지막이어도 미련이 없을 것 같은 바로 그 순간의 합일, 그리하여 제도니 편견이니 하는 잣대가 어떻게 해볼 수도 없이 훌쩍 비껴서 있는 그런 완벽히 자유로운 상태에서의 합일. 만일 세상에 정말 사랑이란 것이 있다면, 바로 그런 순간에 찾아오는 게 아닐까 하고 말이지요.

한순간, 그의 얼굴이 환히 빛났습니다. 그리고 깊은 바다 속에서 오랫동안 참고 참았던 숨을 토해내는 숨비소리처럼 고통과 환희에 찬 신음소리를 길게 내뱉자 그의 얼굴이 언젠가 사진에서 보았던 것처럼 수려하게 되살아났습니다. 그의 눈빛이 이글거렸습니다. 무서운 흡착력으로 저의 영혼마저 빨아들일 것 같은 눈빛에 제 온몸이 녹아내리는 듯했습니다. 그리고는 썰물처럼, 무언가를 조금씩 거두어가듯 조용히, 고요하게 사그라들기 시작했습니다. 직감적으로, 무언가 잘못되었다는 걸 느꼈습니다. 그러나 저는 꼼짝도 하지 않았습니다. 그게 그의 마지막 불꽃이라는 걸 느꼈기 때문입니다.

누군가는 평생을 살아도 누리지 못하는 한순간, 바로 그 한순간이 누군가에게는 평생처럼 영원하게 느껴지기도 하는 게 아니겠습니까. 절정의 순간에, 한 생이 파노라마처럼 흘러가는 듯 그윽해지던 그의 눈동자를 보면서 저는 가슴 깊이 느꼈습니다. 바로 지금이, 이 사람의 생에서 가장 행복한 순간이라는 것을. 그건 저로서도 예기치 못한 사고였지만, 어쩌면 그는 그런 죽음을 꿈꾸고 있었던 건 아니었을까요?

여기까지가 사건의 전모입니다. 저의 죄명이 무엇입니까.

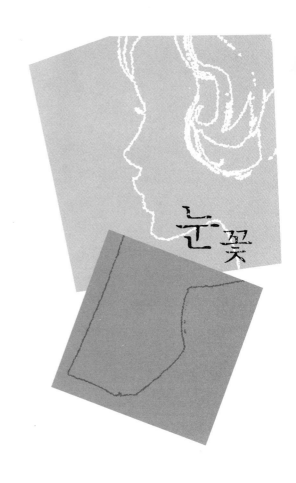

눈꽃

안경을 찌고 자문 우야노.

외할머니가 방문을 여는 기척에 영혜는 잠이 깼지만 그대로 눈을 감고 있었다. 외할머니가 영혜의 안경을 벗겨주었다. 내가 왜 안경을 쓰고 있지? 할머니는 언제 오셨을까? 아니, 그보다 외할머니에게서 알 수 없는 서늘한 기운이 느껴졌다. 마치 영혜가 누워 있는 방이 들판 한가운데 있고 외할머니가 알 수 없는 어느 공간에서 불쑥 다가온 것만 같았다. 외할머니가 영혜를 내려다보고 있었다. 할머니가 보고 싶었는데……. 눈을 뜨려고 해보지만 떠지지 않았다. 그러나 외할머니의 몸이 무척 가벼워진 것을 눈을 감은 채로도 알 수 있었다. 아니, 분명히 눈을 감고 있는데도 외할머니의 모습이 보였다. 축 늘어져 저고리 아래로 불룩한 젖살이라든가 뚱뚱한 몸집은 그대로인데 무게가 전혀 느껴지지 않았다. 외할머니는, 살이 너무 쪄서 관절염이 생겼고 관절염 때문에 움직이지 못하니 점점 더 뚱뚱해졌고, 한번 앉고 설 때마다 이마에 진땀이 밸 정도로 힘들어 했다. 잘 움직이지 못하게 된 뒤로는 지린내 같은 악취도 풍기기 시작했다. 그러나 지금 외할머니에게서는 냄새도 나지 않는다.

수도를 틀었는가. 봇물이 터진 듯 요란스런 수돗물 소리에 영혜는 눈을 떴다. 도연스님이 아침 준비를 하는지 그릇 부딪는 소리가 들렸다. 방안은 아직 어둑신했다. 외풍을 막으려고 대나무를 매달아 담요를 걸쳐놓은 창에서는 아침의 기척을 전혀 느낄 수 없었다. 새벽 예불 소리에 눈을 떴을 때 방안은 손도 보이지 않을 정도로 캄캄했다. 이 방의 지독한 어둠 속에서 눈을 뜨면 육체의 느낌은 사라지고 오직 눈만 살아 있는 것 같은 기이한 불안에 휩싸였다. 목탁을 치고 염불을 외며 절 주위를 도는 스님들의 새벽 예불소리만이 영혜를 보호해주는 듯했다.

영혜는 스님의 염불이 끝나기도 전에 다시 잠이 들었다. 그리고 외할머니 꿈을 꾸었다. 꿈이 너무나 생시 같았다. 낯선 곳에서 어둠에 결박당한 채, 거센 물결에 떠내려 가는 듯한 이 순간이 오히려 꿈같다는 생각이 들었다. 외할머니가 들어왔던 방은 지금 영혜가 머무르고 있는 절 집의 방이었다. 할머니가 어떻게 이곳까지 찾아왔을까. 외할머니가 돌아가셨을 때 영혜는 장례식에 참석하지 못했다. 대신 중풍으로 쓰러졌다는 소식에 영혜는 어렵게 짬을 내어 외갓집으로 내려갔다. 할머니는 반신불수가 되어 꼼짝 못 하고 누워 있었지만 넉넉한 살집 덕분에 병자 같아 보이지는 않았다. 그러나 몸의 절반을 이미 저승으로 보내버린 탓인지, 영혜를 보며 무슨 말을 하는데 막대기를 입에 물고 있는 것처럼 어눌해 도무지 알아들을 수가 없었다. 무슨 말을 하고 싶은 걸까. 이제 다시는 할머니 말을 들을 수 없을 거란 생각에 영혜는 안타까웠다. 귀를 바짝 갖다댔지만 깊은 동굴 속 같은 할머니 입에서는 회오리바람 소리가 들리는 것 같았다. 그리고나서 한 달여 만에 할머니는 스스로 곡기를 끊었고 그리고 돌아가셨다. 할머니에게 그렇게 독한 면이 있다는 건 그때 처음 알았다. 그런 한편으로 또 알 수 없고 이해할 수 없는 건, 비록 제사를 받들어줄 아들은 없지만 화장은 싫다며 목사로부터 세례를 받고 기독교 묘지에 묻혔다는 것이다.

영혜는 이불을 목까지 끌어당겼다. 방바닥은 그런 대로 따뜻한데 얼굴은 마치 한데 나와 있는 듯 싸늘했다. 코끝이 시릴 정도였다. 새벽 6시에 아침 식사라니……. 영혜가 만일 출가를 했더라면 달콤한 새벽잠의 유혹에 못 이겨 파계를 했을 것이다. 이 곳에 내려온 첫날, 영혜가 도연스님에게 부탁한 유일한 것은 늦잠을 자도 양해해달라는 것이었다.

운허스님과 도연스님은 식사를 하면서 두런두런 무슨 이야기 인가를 하고 있었다. 영혜가 누워 있는 방 문 바로 앞에서 하는 이야기인데도 전혀 알아들을 수가 없었다. 나지막이 울리는 말 소리는 더욱 청각을 자극해 잠이 저만치 달아나버리고 말았다. 두 사람이 마주 앉아 식사를 하는 모습은 마치 오랜 부부 같았 다. 오랫동안 절 집 생활을 하면서 손수 모든 일을 해온 운허스 님은 선머슴처럼 덜렁대는 도연스님보다 살림살이에 밝았다. 운허스님은, 반찬을 너무 많이 놓지 마라, 도대체 어울리지도 않는 것들을 마구 집어넣어서 끓인 이 국의 정체가 무엇이냐 등 등 시시콜콜 잔소리가 심했다. 그러면 도연스님은, 오늘 안 먹 으면 버리게 생겨서 그냥 넣었지요, 라고 말대꾸를 하며 깔깔 웃었다. 운허스님이 짐짓 퉁명스런 표정으로 잔소리를 해도 도 연스님은 그것이 재미있다는 듯 웃기만 했다. 도연스님이 음식 을 만드는 모습은 정말 씩씩했다. 야채를 많이 먹어야 하는 운 허스님 때문에 오이, 당근 같은 야채들을 썰다가 문득 생각이 났다는 듯 불 위에서 끓고 있는 달걀찜에 오이를 집어넣기도 했 다. 말리고 말고 할 틈도 없었다. 운허스님이 도대체 이것이 무

52

엇인고 하는 표정으로, 달걀찜에 오이 넣은 건 처음 봤네, 하면 도연스님은 그러면 안 되는 건가요? 어쨌든 야채를 많이 드시면 좋잖아요, 했다.

운허스님이 식사를 마치고 나가는 기척에 영혜는 잠자리에서 빠져나왔다.

"시끄러워서 못 자겠지요?"

도연스님이 그럴 줄 알았다는 듯 빙그레 웃었다.

영혜가 설거지를 하는 동안 도연스님은 밥상을 닦고 음식 찌꺼기들을 따로 모아 묻으러 나갔다. 식사 후에 남기는 것이 거의 없으므로 음식찌꺼기라고 해봐야 오이, 양파 따위의 채소 껍질 같은 것이 전부였다. 반찬은 세 가지 이상을 넘지 않고 보일러는 하루 두 번, 아침나절과 잘잘 때 한기를 면할 정도로만 땠다. 토굴이라고 불리는 작은 절 집이지만 정갈하고 검소하고 엄격하기가 여느 큰 절 못지 않았다. 오히려 어느 한구석 느슨해질 틈이 보일까 싶어 더욱 엄격하게 다스리는 듯싶었다. 사실 외따로 수행하는 것이 큰절에서 조직적으로 수행하는 것보다 더욱 어려울 것이다.

쓰레기를 묻고 들어오던 도연스님이 영혜가 설거지를 마치고 손 씻는 걸 보더니, 보살님, 우리 나가요, 했다.

두 사람이 가는 곳은 창고였다. 천막으로 지은 가건물에는 나무와 톱, 대패 따위 온갖 잡동사니들이 쌓여 있었다. 그 곳 나무

토막 위에 걸터앉아 불량학생들처럼 운허스님 눈을 피해 몰래 담배를 피우는 것이다.

도연스님을 소개해준 후배 말에 따르면, 그녀는 대학 때 운동권에서도 꽤나 급진적인 학생이었다고 한다. 매사에 몸을 사리지 않고 앞장서는 바람에 남학생들까지 그녀를 두려워할 정도였다고 했다. 그런 그녀가 어느 날 갑자기 사라져버렸다는 것이다. 너무나 감쪽같이 사라져버려 마치 여럿이 함께 길을 가다 누구 하나가 맨홀 속으로 쏙 빠져버린 것처럼 한동안 사람들은 무슨 일이 일어난지도 모른 채 길을 갔다고 한다. 분명히 '달려간 것'이라고, 바짝 긴장하고 있던 친구들이 그녀가 머리를 깎고 중이 되었다는 것을 알았을 때의 그 경악. 그것은 당당하게 길을 가다 쇼윈도에 비친 자신의 모습이 사실은 알몸이란 것을 알아차린 것처럼 돌연 자신의 내부를 돌아보게 한 충격적인 사건이었다고 했다. 그녀가 비밀리에 운동권 내부에서 사랑을 키워왔고 그 남자가 다른 여자와 결혼해버렸다는 사실은 아주 오랜 세월이 흘러서야 알게 된 일이라고 했다.

개구쟁이처럼 장난기 서린 눈매 하며 사춘기소녀처럼 잘 웃는 그녀의 해맑은 얼굴을 보면, 한때 운동권이었다는 것도 어떤 비밀스런 사연이 숨겨져 있으리라는 것도 상상이 잘 안 됐다. 그러나 담배를 피울 때 먼산바라기를 하고 있는 그녀의 옆모습에서 얼핏 매초롬한 태를 엿보게 되면, 선머슴처럼 구는

것은 어쩌면 그 모습을 감추기 위한 것일지 모른다는 생각이
들곤 했다.

"소설은 좀 썼어요?"

천막 사이로 내려다보이는 을씨년스런 겨울 풍경에 넋을 놓
고 있는데 도연스님이 물었다.

"아니요. 하나도 못 썼어요. 무얼 쓰겠다는 생각도 없이 무작
정 내려왔으니 금방 써질 리가 없죠."

"전에 운허스님 후배라는 사람이 소설 쓰겠다고 한 달 정도
묵어간 적이 있었어요. 그런데 그 사람 참선만 열심히 배우고
소설은 하나도 못 쓰고 내려갔어요."

"그랬어요?"

"저도 소설을 쓰고 싶었던 때가 있었는데⋯⋯."

처음 듣는 이야기에 호기심이 동한 영혜가 얼른 되물었다.

"어머! 그래서 썼어요?"

"쓰긴요. 그러다 머리 깎았죠. 그게 생각처럼 안 써지더라구
요. 사는 게 다 소설이 된다면야⋯⋯. 머리 깎는 게 훨씬 쉽던
걸요. 그리고 머리를 깎고 나니까, 소설을 써야 할 이유가 없어
진 거죠."

도연스님이 이 정도라도 자신의 내밀한 이야기를 하는 것은
처음이었다. 후배한테 들은 이야기들이 겹쳐져 손이라도 잡아
주려는데 오히려 도연스님이 영혜의 손을 꼭 잡았다.

"보살님도 기왕 내려온 김에 참선을 한번 해보세요."

도연스님은 영혜의 속을 다 알고 있다는 듯 미소를 띠며 말했다. 영혜도 희미하게 웃으며 고개를 끄덕였다.

"그런데 운허스님은 좀 어떠신 거예요?"

"점점 더 안 좋아지는 것 같아요. 전에는 손수 차를 몰고 병원에도 다녀오고 그랬는데, 지금은 운전도 못 하시잖아요. 그래서 다른 절에 계시는 도반이 오셔서 운전을 해주시곤 했는데…… . 요즘은 그나마 병원에도 통 안 가시고…… . 전에 어떤 신도가 쑥뜸이 좋다고 한 세트 가져다 놓고 갔는데, 요새는 그거만 하세요."

"혼자서요?"

"그럼 누가 해주겠어요? 제가 해드릴 수도 없고."

"그래도 혼자 하시려면 힘들 텐데."

도연스님은 담배를 비벼 끄고 예불 준비를 하러 들어갔다. 들어가면서 입고 있던 스웨터를 벗어 탈탈 털고는 천막 문을 활짝 열고 옷으로 담배 연기를 몰아냈다. 들어가서는 양치질을 두 번 세 번 하고 법의로 갈아입을 것이다. 담배 한 대 피운 후의 뒤치다꺼리가 담배 피우는 시간보다 더 걸렸다. 출가 전에는 꽤나 골초였을 것이다.

목탁 소리가 들리기 시작했다. 사시마지 예불이었다. 아침 열시가 부처님 식사시간인 것이다. 어제 아침 식사 후 차를 마시

56

면서 운허스님과 도연스님은 염불 문제로 한참 동안 설전을 벌였다. 운허스님이 깨달음에는 염불 같은 의식이나 계율은 중요한 것이 아니라고 하자 도연스님은 그 말을 완강하게 부정했다. 그것은, 수도자에게 주어진 사명으로 포교의 중요성을 간과하는 것이라며 염불이나 계율은 수도자는 물론이려니와 대중들에게 다가가는 소중한 방편이라는 것이었다. 운허스님은, 북극성이 자리를 지키고 있는 것만으로도 우주의 별들이 운행의 질서를 스스로 잡아가듯 크게 깨달은 이는 홀로 있는 것 같아도 그 영향력이 미치지 않는 곳이 없다고 했다. 그러나 도연스님은 한 치도 양보하지 않았다. 양보는커녕 운허스님의 약을 살살 올리는 거였다.

"스님이 병에 걸린 것도 어쩌면 의식을 소홀히 하셨기 때문인지 몰라요. 하루 세 번 염불이라도 착실히 하시면 혀가 훨씬 부드럽게 잘 돌아갈 거라구요. 지금은 말씀하시기도 어렵잖아요. 어쩌면 부처님께서 스님한테 염불을 열심히 하라고 그런 시련을 주신 건지 몰라요."

그 말에는 운허스님도 대꾸할 말이 없는 듯 그저 허, 웃기만 했다. 어쨌든 도연스님이 온 후부터는 새벽과 사시마지, 그리고 저녁 예불 이렇게 하루 세 번의 예불을 착실히 지키고 있다고 했다. 깨달음 이후, 운허스님은 토굴에서 홀로 수행에 전념해왔는데, 어느 날 이렇듯 곤혹스러운 병마에 덜컥 발목을 잡힌 것이다. 평소 제자로서 운허스님을 존경해오던 도연스님이 자청해서 수발을 들겠다고 했을 때, 주위 스님들은 비구니가 어떻게 비구의 수발을 드냐며 따가운 눈총을 보냈지만 도연스님은 개의치 않고 자신이 할 바를 하고 있을 뿐이었다.

운허스님의 발목을 붙잡고 있는 병명은 파킨슨씨병이다. 이름조차 낯선, 서서히 근육이 굳어가는 희귀한 병이었다. 일 년쯤 전에 봤을 때만해도, 젊어서 깨달음을 얻었지만 자만하거나 안주하지 않고 올곧고 흔들림 없이 자신의 길을 가는 수행자의 풍모가 당당해 보였다. 그런데 어느 순간, 나사 하나가 헛돌아 버린 것처럼 모든 것이 허술해져 버린 것이다. 영가처럼 깊은 울림을 주던 독경소리는 어린아이들이 장난으로 받침을 모두 빼고 말하듯 어눌하기만 했고, 글씨 쓰는 것도 힘겨워 겨우 편지 한 장을 쓰고 나서도 진땀을 흘렸다. 스님은 자신도 알지 못하는 어딘가에서부터 서서히 균열이 가고 있는 자신의 육체를, 다만 견디고 있을 뿐이었다.

이곳에 내려온 지 열흘째였다.

한 달간 집을 비우겠다고 말했을 때, 남편의 표정은 마치 옆집에 다녀오겠다는 말을 들은 사람처럼 담담했다. 그리고 심상하게 말했다.

그렇게 해서 잘 될 것 같으면, 원하는 대로 해.

말다툼을 예상하고 있던 터라 잔뜩 벼르며 말문을 열었던 영혜는 남편이 혹시 잘못 들은 게 아닐까 하는 의구심이 들었다. 영혜는 다시 한 번 말했다. 똑똑히 끊어서.

한 달 동안이라구.

예상치 못했던 남편의 태도에 오히려 영혜 목소리가 떨렸다.

텔레비전에 얼굴을 박고 있던 남편은 그제야 영혜를 돌아다 보며 말했다.

그렇게 해. 난 괜찮으니까.

집을 떠나올 때 남편은 영혜보다 먼저 주차장으로 나가 자동차 보닛을 열고 정비까지 해주었다. 그 얼굴이 너무 평온해서 영혜는 오히려 남편으로부터 등을 떠밀리는 듯한 느낌을 받았다.

소설이 당신 남편이야? 하루 종일 밖에서 일하고 돌아오면 당신은 자기 방에 틀어박혀서 얼굴 보기도 힘드니, 이게 부부냐구.

밤과 낮이 바뀌어 밤에 작업하는 것만 가지고도 거의 일 년 넘게 말다툼을 해온 것을 생각하면, 남편의 아량을 곧이곧대로 받아들일 수 없는 영혜였다. 어쩌면 남편은 영혜의 마음이 다른 곳으로 향해 있었다는 것을 감지했는지 몰랐다. 굳이 밤에 작업하는 것이 자신과의 잠자리를 피하려는 핑계였다는 것도.

이곳에 내려와 며칠 동안 영혜는 밀린 잠을 자는 것이 목적이기나 한 듯 잠만 잤다. 영혜가 가지고 온 몇 권의 소설책은 운허스님이 빌려갔고, 대신 도연스님이 준 라마나 마하리쉬의 《나는 누구인가》, 파드마 삼바바의 《티벳 사자의 서》가 밥상 위에 놓여 있었다. 손이 시릴 정도로 외풍이 센 방에서 이불을 뒤집 어쓰고 앉아 책을 읽다 보면 스르르 졸음이 밀려왔다.

국도에서 차로 겨우 10여 분 정도밖에 떨어지지 않았는데도 이곳 절 집은 세상과 절연된 듯 고즈넉하기만 했다. 세상과 연결된 유일한 채널인 텔레비전은 운허스님 방 깊숙한 곳에 있고, 휴대폰마저 꺼버렸으니 전화도 걸려오지 않았다. 아니, 기다릴 일조차 없었다. 시간의 흐름마저 비껴 가는 사차원의 진공 상태에 있는 듯한 평온함을, 기다림이라는 인연의 고리를 제거한 이곳에서 영혜는 맛보기 시작했다. 기다림이 그토록 감정과 에너지를 소모하는 일이었는지 영혜는 비로소 깨달았다. 남편은 아이마저 할머니 집으로 가고 없는 텅 빈집에서 기다림 이라는 포승에 묶여 있는 것은 아닐까. 담배도 피우지 않고 술도 마시지 않는, 퇴근하면 변변히 만나는 친구도 없이 오직 집과 직장만을 오가는, 그래서 누구나 좋은 남편 좋은 아빠라고 입이 마르도록 칭찬하는 남편이 과연 기다림의 형벌 앞에서 얼마나 버틸 수 있을까.

인기척 하나 느껴지지 않는 민가와 텅 빈 들판과 헐벗은 산, 그들은 모두 입을 꾹 다문 채 가슴팍에 고개를 파묻고, 지금은 다만 숨죽여 기다려야 할 때라고, 시위라도 하는 것 같았다.

싸르락싸르락, 댓잎이 바람에 부대끼는 소리에 영혜는 눈을 떴다. 아침 햇살이 창창한지 방안이 희붐했다. 두터운 담요의 치밀한 섬유 조직을 뚫고 빛살이 새어 들어왔다. 밥상 위에 풀어놓은 손목 시계를 보니 아침 공양 시간을 훨씬 지나 있었다. 새벽 예불 소리도 듣지 못했는데…… 부엌도 조용했다. 바람에 부대끼는 댓잎소리만 규칙적으로 들렸다. 지난 밤, 《티벳 사자의 서》를 읽다가 돌연 컴퓨터를 켰는데, 소설 대신 엉뚱하게 외할머니 이야기만 잔뜩 쳐놓았다. 이곳에 내려와 줄곧 외할머니 생각이 머리를 떠나지 않는 건 왜일까.

딸만 여섯을 둔 할머니는 말년에 딸네 집을 전전하며 살았다. 영혜 집에 오면 해도 잘 들지 않는 골방이 할머니 차지였다. 해가 들지 않아 늘 어둡고 통풍이 되지 않는 골방은 할머니가 한번씩 묵었다 갈 때마다 퀴퀴한 냄새가 배곤 했다.

동생들은 할머니만 곁에 오면 슬금슬금 피해 달아났다. 딸네 집이라고 왔지만 마음 붙일 곳이 없던 할머니는 영혜 책꽂이에서 《논어》니, 《맹자》, 《폭풍의 언덕》이니, 《부활》 같은 책을 가져다 봤다. 학교는 근처에도 가보지 않았지만 할머니는 책 읽기를 즐겼다. 신문은 정치, 경제면까지 빼지 않고 샅샅이 읽었다. 박정희 대통령이 '숭악한 독재자'라는 것도 할머니에게 들어서 알게 된 것이었다. 영혜는 주식이다 계모임이다 하며 늘 집을 비우는 엄마보다 할머니에게 더 정이 갔다.

무엇보다 영혜를 사로잡은 건 할머니의 신기였다. 할머니가 막대기 같은 것을 두 손으로 꼭 쥐고 이상한 주문을 외우면 잠시 후, 막대기를 잡은 손이 마구 떨리기 시작했다. 할머니가 손을 흔드는 것인지 막대기가 흔들려 손이 떨리는 건지, 아무리 들여다봐도 알 수 없었다. 할머니는 막대기가 신령님이라도 되는 양 궁금한 것을 물어보았다. 이모들은 그런 할머니의 신통력에 기대어 주식을 사도 좋은지, 이사를 해도 좋은지 물으러 오곤 했다.

그러던 어느 날이었다. 학교를 파하고 집에 돌아가니, 할머니 혼자 집을 지키고 있었다. 영혜는 슬그머니 할머니에게 다가가 사람의 미래도 알아맞힐 수 있느냐고 운을 떠보았다. 엄마나 이모가 점을 칠 때마다 영혜는 그게 궁금했지만 쑥스러워 끼어들지 못하고 기회만 엿보고 있는 터였다. 하루 종일 심심했던지 할머니는 구미가 당기는 표정으로 입맛까지 다시며 자리를 고쳐 앉았다.

니가 계묘 생이제? 그리고 새북 다섯 시믄, 인시구나. 토끼가 호랭이가 됐다는 긴데…….

외할머니는 산가지 대신 손가락으로 육십갑자를 짚었다. 알아듣지 못할 혼잣말을 웅얼거리며 손가락을 짚어나가던 할머니는 문득 영혜를 한 번 쳐다보더니, 다시 손가락을 짚었다. 영혜는 할머니의 말 한 마디에 운명이 판가름나기라도 하듯 바짝 긴장했다.

그러나 할머니는 얼른 말을 하지 않고 영혜의 얼굴을 찬찬히 들여다보았다. 생판 낯선 사람을 보는 듯한 표정이었다.

에이, 할머니, 뭔데? 왜 그러는 거야?

영혜는 기분 나쁘게 고조되는 긴장을 흐트러 뜨리려고 투정 섞인 말투로 물었다.

니, 공부 잘 하제? 앤경 찐 거 보이 공부 잘 하겠네.

할머니는? 안경 썼다고 다 공부 잘 하나?

그제야 할머니는 다짐을 받듯 이야기하기 시작했다.

니는 으쨌든지 간에 공부를 열심히 해야 한데이. 그래갖고 판검사가 되든지, 핵교 선생이 되든지 해야 된다. 알겠나? 옛날 같으믄야, 지집이 공부 많이 하믄 팔자가 세다 캤지만 요새는 안 그렇잖나. 니는 너그 어매처럼 살림만 살 팔자가 아인기라.

할머니의 점이 정말 신통력이 있었는지는 기억에 없다. 다만, 적막하던 여름날 오후, 어쩌면 무심코 했을지도 모를 할머니의 말이 이십 년도 더 지난 이즈음에 와서 자꾸만 떠오르는 것이 영혜는 이상했다. 지금껏 판검사나 선생이 되고 싶다고 생각한 적은 한 번도 없었다. 그러니까 정작 할머니가 하고 싶었던 말은 '살림만 살 팔자'가 아니라는 것, 그것이 아니었는지.

세수를 하러 밖으로 나오던 영혜는 자기도 모르게 어머, 하며 나지막이 탄식을 내질렀다. 세상이 온통, 눈꽃 천지였다. 앙상하게 뼈만 남아 을씨년스럽던 산과 들판이 온통 은백색으로 덮이고, 나무들은 가지가 휠 듯 소담스런 눈꽃을 가득 매달고 있었다. 법당 앞에 작은 군락을 이루고 있던 대나무들은 눈의 무게를 이기지 못해 벌을 서듯 고개를 땅에 처박고 있었다. 처마 끝에 매달린 얇디얇은 풍경에조차 눈이 쌓여 벙어리가 되어버렸다.

장엄했다. 간밤에 일어난 변화에 영혜는 한동안 숨이 턱 막히는 감동으로 우뚝 서 있었다.

마당 앞에서 절 입구까지는 좁다란 길이 나 있었다. 고개를 돌려보니 운허스님이 길을 내고 있었다. 방에 있을 때 규칙적으로 들리던 소리는 댓잎 부딪히는 소리가 아니라 스님이 비질하는 소리였던 듯했다.

영혜는 눈 사이로 난 길을 걸어 스님에게 다가갔다.

"제가 할게요."

거동도 불편한 스님이 찬바람을 쐬는 것이 좋을 리 없었다. 그러나 스님은 영혜를 쳐다보지도 않고, 괜찮아요, 했다. 스님은 서너 번 비질을 하고는 허리 한 번 펴고, 조심스레 한 발을 옮기고 나서 또 비질을 했다. 지나온 길을 돌아보지도 않고 앞으로 남은 길도 바라보지 않으면서 언제까지나 그렇게 자기 발만 내려다보며 갈 것 같은 자세였다. 그것은 손가락 사이로 술술 빠져나가는 자기 생을 견디는 스님 나름의 방법일 거였다.

영혜는 천천히 멀어져 가는 스님의 둥그런 등을 한참동안 바라보았다. 그리고 자신의 자동차 위에 쌓였을 눈이 말끔히 치워진 것을 발견했다. 물기를 머금어 아침 햇살에 반짝이는 영혜의 자동차 뒤로는, 요즘 들어 거의 움직일 일이 없어 먼지를 뒤집어쓴 채 천막 안에 틀어박혀 있는 스님의 자동차가 보였다.

작은 빗자루로 댓잎의 눈을 털어 내던 영혜는 연못 속의 붕어를 떠올렸다. 마당 아래 작은 연못에는 팔뚝만큼 굵은 붕어에서 새끼들까지 사오십 마리가 넘는 대가족이 살고 있었다. 영혜는 빗자루를 팽개치고 연못으로 달려갔다.

연못은 얼어 있었다. 그 위로 살짝 눈이 덮여 있어 얼마나 두텁게 얼어붙었는지는 알 수 없었다. 장독대 위에 쌓인 눈이 족히 10센티가 넘어 보인다는 걸 감안하면 연못이 얼어붙은 것은 새벽녘일 것이다.

영혜는 연못 앞에 쪼그리고 앉았다. 아무리 들여다봐도 놈들은 미동도 하지 않았다. 새빨간 색깔의 붕어들이 얼음과 눈 때문에 굴절되어 서리맞은 낙엽 같기도 하고 핏자국이 낭자한 것처럼 섬뜩해 보이기도 했다.

마당을 다 쓸고 오는 스님을 향해 영혜가 소리쳤다.

"스님, 붕어들이 얼어 죽었나 봐요."

접질린 듯한 영혜의 목소리에도 불구하고 스님의 걸음걸이는 소걸음보다 더 느렸다. 거기에다 무릎 관절이 자연스럽지 못해

한 발 한 발 걸음을 떼어놓는 모습이 경보 선수나 로봇처럼 우스꽝스러웠다. 추워지기 전에 손을 써놓으셨어야지. 스님이 돼 가지고 이게 도대체 말이나 될법한 일이야. 스님의 답답한 걸음 걸이를 보며 영혜는 끓어오르는 화를 삭이려고 얼른 혼잣말로 중얼거렸다.

천천히 다가온 스님은 말없이 대비로 얼음 위에 덮인 눈을 살살 쓸어 헤쳤다. 눈이 백설기 가루처럼 분분히 날리는 사이로 붕어들이 깜짝 놀라 이리저리 흩어졌다 모였다 하는 것이 얼비쳤다. 동맥경화로 막혔던 혈관이 다시 피돌기를 시작하는 듯 생동감 넘치는 모습이었다.

"어머. 어머."

영혜는 놀라서 감탄사만 연발했다. 죽은 줄 알았던 것들이 살아 있는 것도 놀랍고 죽은 듯 있다가 생기 넘치게 움직이는 것도 놀라웠다. 그러나 비질이 그치자 이내 좀 전과 똑같은 자세로 멈춰버렸다.

"죽은 게 아니에요. 애들도 추워지면 겨울잠을 자거든. 그냥 가만히 숨죽이고 있는 거지. 어서 빨리 추운 겨울이 지나가라고."

은백의 세상으로 뽀얀 담배 연기가 흩어졌다. 황량하기만 하던 겨울 들판을 오직 한 가지, 흰색으로 이토록 눈부신 풍경을 연출할 수도 있다니, 그것은 감탄을 넘어 경외심마저 자아냈다. 한순간 세상 천지에 만개한 눈꽃은, 가지각색의 꽃보다 울긋불긋한 단풍보다 숨막히는 절정의 미학을 간직하고 있는 듯 보였다.

"그렇게 앉아 있다가는 눈사람이 돼버리겠어요."

도연스님이었다. 영혜는 점심 공양 시간을 빼고는 아침부터 줄곧 창고에 나와 앉아 있었다.

"이렇게 깨끗한 눈꽃은 처음이에요."

"정말요? 아이, 너무 안됐다."

"그럴 밖에요. 서울에서야 눈이 와도 금방 녹아버리고 질척거리니까, 이렇게 깨끗한 풍경을 볼 수가 없어요."

"찻물 끓이고 있거든요. 조금 있다가 다실로 들어오세요."

법당 바로 옆에 있는 작은 다실은 영혜가 도연스님의 방을 차지하는 바람에 도연스님의 거처가 되었다. 일자형 집의 가운데는 법당이고 오른쪽에는 운허스님의 방, 그리고 왼쪽이 다실이었다. 다실 뒤로 가건물처럼 달아낸 곳에 부엌과 영혜가 기거하는 방이 있었다. 워낙 작은 절이라 영혜가 있는 동안 누구 하나 찾아오는 이도 없었다. 이틀 전 아랫마을 할머니가 쌀자루를 가져다주러 왔었고 어제는 우체부가 서울 신도들이 보낸 소포를 내려놓고 갔을 뿐이었다. 라면 박스 안에는 콩, 된장, 깻잎, 마, 고구마, 감자 등등이 알뜰히 포장되어 종합선물세트처럼 빼곡하게 들어 있었다.

어디로든 사라져버리고 싶다는 말을 듣고도 반신반의하며 흘려듣던 재훈은 내려가는 길에, 지금 서울을 떠나는 중이라고 하자 그제야 놀라는 눈치였다.

정말 가는 거야?

간다고 말했었는데.

그래도 설마 했지. 그렇게 오래 집을 비워도 되는 거야?

잠시 침묵이 흐르고 재훈은 믿을 수 없다는 듯 다시 확인했다.

지금 가고 있는 중이란 말이지?

응.

어떻게 그럴 수가 있어? 이렇게 기습적으로 떠나다니 말이야.

예고편이 얼마나 길어야 기습적이 아닌 건데?

언제 간다고는 말하지 않았잖아. 그래, 어디로 가는 거야?

그냥 시골에 있는 절이야.

절 이름이 뭔데?

말해도 몰라. 아주 작은 절이니까.

그래도 이름은 있을 거 아냐. 휴대폰 켜놓을 거지?

아니.

너, 소설 쓰러 가는 거야, 아님 나를 피해서 도망가는 거야?

글쎄, 나도 잘 모르겠어. 둘 다인 것 같기도 하고, 둘 다 아닌 것 같기도 하고……. 그걸 해명해보고 싶은 건지도 모르지.

어쩐지, 뒤통수 맞는 기분이 드는 걸.

기다릴 그 무엇도 없다는 것이 이토록 평화스러운 것은 재훈 때문일 것이다. 재훈을 만나던 지난 일 년간은 온통 기다림과 안타까운 기억만 남아 있었다. 그와 만날 날을, 그의 전화 한 통을 기다리며 영혜는 자신이 한 남자의 아내이며 한 아이의 엄마라는 사실마저 까맣게 잊었다. 아니, 그런 것들마저 하찮게 여겨졌다. 영혜는 언제라도 모든 걸 포기할 준비가 되어 있었다. 재훈 역시 그러리라 믿었지만, 그는 달랐다. 재훈은 내심을 드러내지 않으면서도 영혜의 갈망을 능숙하게 다루었다. 극단을 오가며 좁혀질 듯 좁혀지지 않는 간극은 영혜를 서서히 지치게 만들었다. 그런데도 도대체 무엇이 이토록 재훈에게 몰입하게 만드는 것인지 영혜는 알 수 없었다. 어쩌면 그 알 수 없는 부분, 완벽히 장악되지 않는 그 느낌이 영혜를 초조하게 만드는 것인지도 몰랐다. 실타래를 풀 수 없다면 가위로 자르는 수밖에 없다는 생각으로 영혜는 서울을 떠나왔다.

영혜가 다실로 들어서는 것을 보고 도연스님이 찻주전자를 들었다. 찻물 따르는 소리가, 반쯤 열린 다실 문으로 내다보이는 바깥 설경을 방안으로 끌어당겼다. 눈 내린 적막한 산사의 다실에서 따스한 훈기가 피어오르는 풍경을 영혜는 바라보고 있었다.

빈 찻주전자에 뜨거운 물을 다시 채우며 도연스님이 꿈 이야기를 꺼냈다.

"어제 이상한 꿈을 꾸었어요. 여기 이렇게 앉아서 차를 마시고 있었거든요. 지금처럼. 그런데 갑자기 이쪽 벽이 없어졌는지 어쨌는지 바깥이 다 내다보이는 거예요. 그리고 저쪽에서 웬 남자가 걸어오더라구요. 왜 저 아래쪽에 무덤이 하나 있잖아요. 꼭 거기에서 걸어나오는 것 같더라니까요."

"공연한 개꿈을 가지고."

귀기울여 듣고 있던 운허스님이 퉁명스런 말투로 이야기를 끊어버렸다.

그러나 도연스님은 짓궂게 웃으며 이야기를 계속했다.

"그런데 스님이 새벽 예불 때 안 나오시잖아요. 보통 때 같았으면 피곤해서 못 나오시나보다 했을 텐데, 이상한 꿈을 꾼 뒤라서 그런지 공연히 불길한 생각이 들잖아요. 그래서 제가 스님을 깨운 거예요."

"허."

운허스님은 헛웃음을 터뜨리며 찻잔을 들어올렸다. 찻잔을 든 스님의 손이 가볍게 떨리는 것같이 보인 것은 영혜의 착각이었을까. 운허스님은 가부좌를 틀어 무릎 위로 올라온 한쪽 발을 양손으로 계속 쓰다듬기만 할 뿐, 아무 말이 없었다. 엷은 구름 한 조각이 지나는지 투명한 겨울 햇살이 들이치던 다실이 잠시 어둑해졌다.

그리고 잠시 후, 방으로 돌아가 책을 읽고 있는데 도연스님이 들어왔다.

"보살님한테 부탁드릴 게 있어요. 좀 전에 전화가 왔는데, 외할머니가 돌아가셨대요."

"어머, 그럼 아까 꿈 이야기는?"

"그랬나 봐요. 그래서 지금 가봐야 할 것 같은데, 마침 보살님이 계시니까 스님 수발 좀 부탁드리려구요."

"좀 전에 그 전화였어요?"

"네."

"그런데 막 웃고 그러시기에……."

하루 종일 거의 울리는 일이 없는 전화벨 소리가 적막을 깨고 울린 것은 조금 전의 일이었다. 부엌에 있는 전화를 받은 것은 도연스님이었고 잠시 후, 깔깔거리며 웃는 소리가 들렸다.

"외할머니는 기독교니까 저는 안 와도 좋은데, 혹시 보일러가 터질지 모르니까 와서 집이나 보라는 거예요. 그 말이 우스워서요."

"스님도 참. 어쨌든 걱정말고 다녀오세요."

"고마워요. 한 삼일 정도면 돌아올 수 있을 거예요."

다음 날, 도연스님은 점심 공양 후 길을 떠났다. 영혜는 설거지를 마치고 법당 앞 섬돌에 앉아 운허스님과 커피를 마시며 도연스님을 배웅했다. 한나절의 햇살에 지붕 위의 눈이 녹아 마당에 쌓인 눈 위로 점점이 떨어져 내렸다. 잿빛 누비 두루마기에 털모자를 쓰고 바랑을 멘 도연스님이 자박자박 마을을 돌아나가고 있었다. 햇살이 따사로웠다.

수행이 중요하다 참선이 중요하다 하며 두 스님이 설전을 벌일 때, 영혜는 내심 운허스님의 의견에 더 수긍이 가곤 했다. 그러나 내놓고 운허스님에게 동조하는 것이 어쩐지 도연스님을 배신하는 것 같은 기분이 들어 잠자코 있었다. 설경 속의 정물처럼 양지녘에 운허스님과 나란히 앉아있으니 야릇한 친밀감이 햇살처럼 감겨왔다. 깨달음이란 어떤 것일까. 깨닫고 나서 바라본 세상은 어떨까. 깨달은 자여, 한 말씀만 하소서. 당신은 이 생의 의미를 알고 있습니까. 이 세상은 그저 한바탕 꿈인가요. 그 꿈을 깨면 어떤 세상이 기다리는지요.

운허스님은 대학 졸업 후 출가해서 불과 10여 년 만에 깨달음의 경지에 이르렀다고 도연스님에게 들었다. 대단히 이른 나이였지만 주위의 큰스님들도 그 경지를 존경하는 수준이었다고 했다.

그가 깨달음을 얻은 것은 내소사 청년암에서 혜안스님의 기일을 맞아 칠일 정진을 할 때였다. 이미 10여 년 간 정진을 해왔지만 깨달음의 세계는 잡힐 듯 잡힐 듯 잡히지 않아 가슴만 답답해오던 중이었다. 나이 열여덟 살에 성도재일을 맞아 칠일째 깨달음을 얻었다는 혜안스님의 이야기를 들은 그는 부끄러

72

워서 그 자리에서 혀를 깨물고만 싶었다. 혜안스님의 화두는
'앞에는 은산 철벽, 뒤에는 시퍼런 강물에 갇혔을 때, 어떻게
할 것인가, 은산 철벽을 뚫어야 하지 않겠는가' 라는 것이었다.

봉황이 은산 철벽을 휘 날아갔다.
조실 : 그럼 은산 안은 무엇이더냐.
혜안 : 이것입니다.
조실 : 그럼 저것은 무엇이냐.
혜안 : 이것입니다.
왜 이 길로 접어들었는가 회한에 사로잡혔다. 그러나 이미 돌
이킬 수 없음을 깨달은 그는 다시 마음을 다잡아 '이 뭣고'를
화두로 정진을 거듭했다. 그리고 드디어 삼 일째 이르는 날, 그
는 돌연 눈앞이 환해지는 충만감에 휩싸였다. '이 뭣고' 라는
놈이 '이 뭣고'를 하고 있더라는 것이었다. 그것은 소를 타고
소는 찾는 꼴이었다. 그러나 이것이 진정 깨달음의 세계인지 확
신할 수 없었던 그는 다른 공안을 들었는데, 역시 눈앞이 환했
다. 또 다른 공안을 들어도 마찬가지였다. 그때 이후로 그 앞에
펼쳐진 세계는 전혀 다른 세상이었다고 한다.
"스님, 지금 스님 눈앞에는 무엇이 보입니까?"
영혜는 자기도 모르게 터져 나온 말이 도무지 맥락이 닿지 않
는 것 같아 얼굴이 달아올랐다. 엄지손가락만큼 작아져버린 도

연스님이 교회당을 돌아서면서 이쪽을 향해 손을 번쩍 치켜들고 흔들었다.

"도연스님이 보이네요."

스님이 영혜를 돌아보며 웃었다. 영혜는 웃지 않았다.

"전, 아무것도 보이지 않아요. 사방이 캄캄한 절벽 같아요. 어디로 가야 할지 도무지 모르겠어요."

스님은 도연스님이 사라진 모퉁이께에 눈길을 박은 채 한동안 입을 다물고 있다가 천천히 말했다.

"길이 보이지 않을 때는, 가만히 있어요. 전생이니 미래니 하는 것에 매달릴 것이 아니라 자신의 현재를 곰곰이 들여다봐요. 그리고 지금 당장, 또는 현세에서 모든 걸 해결하려 들지 말고 길게 봐야 해요. 인생이란 한 생을 거듭하면서 조금씩 진화해가는 겁니다."

길게 봐야 한다, 얼마나 길게? 전생, 현생, 그리고 내세까지?

방에 앉아 있으려니 천장에서 눈이 녹아 떨어지는 물소리가 마치 누군가 노크라도 하는 소리처럼 들렸다. 법당 건물 처마 아래 뒷방 지붕이 놓여 있는 탓이었다. 한동안 막막한 기분으로 그 소리를 듣고 있던 영혜는 윗목에 밀쳐두었던 가방에서 휴대폰을 꺼내 들었다.

네 개의 메시지가 들어 있었다. 남편으로부터 온 메시지는 아무 일 없이 잘 지내고 있으니 마음 편히 좋은 작품 써서 밝은 얼굴로 돌아오기 바란다는 내용이었다. 마치 영혜를 방편 삼아 고행이라도 하는 듯, 감정이 탈색된 담담한 목소리였다. 영혜가 미처 눈치도 채지 못하는 사이 남편은 달라져 있었으나, 이제는 그것이 짜증스럽게 달라붙는 검불처럼 귀찮게 여겨지려고 했다. 그리고 친정어머니. 너는 에미가 돼 가지고 아이를 맡겨놓고 전화 한번 안 하니? 손녀라는 족쇄에 묶여 있는 어머니는 당신의 답답함을 그렇게 호소하고 있었다. 나머지는 재훈으로부터 온 것이었다.

휴대폰도 꺼놓고, 어쩌라는 거야? 지금 당장 연락해줘.

싸늘한 기계로부터 뜨거운 입김이 뿜어 나올 것 같은 목소리였다.

두 번째 것은 긴 한숨 소리부터 터져 나왔다. 처음과 달리 착가라앉은 목소리였지만 오히려 그것이 알 수 없는 열정에 휘말려 있는, 그렇게 휘둘리는 자신에 대한 분노를 애써 누르는 듯한 느낌을 주었다.

영혜는 방을 나와 창고로 갔다. 청량한 공기 중에 희미하게 쑥 태우는 냄새가 떠돌고 있었다. 나뭇가지에 쌓였던 눈이 햇살을 이기지 못해, 마치 눈싸움이라도 하는 것같이 퍽퍽 소리를 내며 여기저기서 떨어지고 있었다. 도연스님은 잘 도착했을까. 눈 때문에 차가 끊기지 않았는지 모를 일이었다. 영혜는 해가 설핏 기울어 서쪽 하늘이 붉게 물들 때까지 꼼짝 않고 앉아 있다가, 이윽고 휴대폰을 켰다.

재훈은 전화를 받자 한숨부터 길게 내쉬었다.

"어디야?"

"서울에 눈 왔어?"

"아직도 절이야?"

"여긴 눈꽃이 장관이야."

"웬 눈타령이야? 거기 어디냐구? 지금 갈게."

"지금?"

"그래, 지금. 도대체 거기가 어디야. 통신이 두절돼버리니까, 지금 니 목소리도 다른 세상에 있는 것처럼 들린다. 정말 참을 수 없어."

재훈을 참을 수 없게 만드는 것은 무엇인가. 이렇게 조바심치는 모습은 처음이었다. 그동안은 언제나 그 반대였다. 재훈만 생각하면 늘 초조하고 조바심이 쳐졌었다. 그런 것일까. 가 닿을 수 없음. 둘 사이의 관계의 본질은 그런 것이었을까.

양치질을 하던 영혜는 울컥 구역질이 나오려는 것을 겨우 진정시켰다. 이곳에 내려온 지 겨우 열흘이 지났을 뿐인데, 다시는 재훈을 만나지 않겠다고 결심했더랬는데, 지금 당장 내려오겠다는 재훈의 고집을 영혜는 꺾지 못했다. 아니 어쩌면 그걸 바라고 있었는지 모른다는 자신에 대한 혐오, 자괴감 그러면서도 알 수 없는 열기에 들떠 머리를 감고 세수를 하는 자신의 모

습, 이 모든 것이 어우러져 오물을 삼킨 듯 자꾸만 헛구역질이
나왔다. 씩씩한 도연스님 대신 정갈한 저녁상을 차리려던 애초
의 계획은 재훈을 만나러 나간다는 생각 때문에 미루어지고 냉
장고에 있던 밑반찬과 먹다 남은 김치국을 끓여 때우듯 밥상을
차렸다. 허름한 식사를 당연한 것으로 여기는 운허스님은 평소
와 다름없이 국물 한 방울 남기지 않고, 접시에 남은 양념까지
깨끗이 닦아서 식사를 했지만, 그것을 지켜보는 영혜의 심사는
복잡하게 뒤틀렸다.

화장품 주머니를 들고 잠시 망설이던 영혜는 로션만 바른 후
사과 한 접시와 녹차를 들고 스님 방으로 갔다. 쑥 향이 코를 찌
르는 방에서 스님은 일일연속극에 열중하고 있었다. 슬며시 미
소마저 머금고 있는 모습이 마치 밥 한 그릇을 맛있고 복스럽게
비워내는 사람을 보는 듯 가슴을 훈훈하게 만들었다. 저렇게 마
음을 탁 내려놓고 드라마를 즐길 수도 있는 것이로구나. 허무맹
랑한 드라마에 몰입하는 남편에게 짜증을 내던 영혜로서는 낯
선 느낌이었다.

"쑥 냄새가 워낙 지독해서 영 빠지지를 않아요."

스님은 텔레비전보다는 냄새에 신경이 쓰이는 눈치였다.

"텔레비전 보실래요? 재미있어요."

스님의 천진스런 표정에 영혜는 잠시 마음이 흔들렸다. 재훈
과의 약속만 아니었다면, 스님과 텔레비전 드라마를 보며 앉아

있었으리라. 아니, 지금, 눈 쌓인 바깥보다는 따스한 온기에 몸을 내맡기고 아무 생각 없이 호호허허, 웃으며 텔레비전을 보고 싶기도 했다. 그러나……

"저, 시내에 좀 나갔다 오려구요."

"지금? 이 시간에요?"

아홉시면 잠자리에 드는 스님에게 저녁 여덟시는 한밤중일 터였다.

"눈이 많이 와서 길이 미끄러울 텐데……."

"이제 괜찮을 거예요."

"그래요? 그럼, 조심해서 다녀와요."

이미 붙잡을 수 있는 상황이 아니란 것을 눈치챈 스님은 걱정스런 눈빛을 거두며 선선히 다녀오라고 했다. 영혜는 잠시 텔레비전에 눈길을 주고 있다가 일어났다.

길은 생각보다 험했다. 특히 마을과 논 사이로 난 좁다란 길은 눈이 거의 녹지 않아 어두운 곳에서는 어디가 길인지 논인지 분간이 안 됐다. 영혜는 상향등을 켜고 조심조심 절을 내려갔다. 간신히 마을을 빠져나와 국도로 접어들자 눈이 조금 녹아 그럭저럭 달릴 만했다. 그러나 밤이 되고 기온이 내려가면 도로가 얼어붙을지도 몰랐다.

터미널에서 삼십분가량 기다리자 재훈이 개찰구를 빠져나왔다.

서울에서 두 시간이 채 걸리지 않는 거리지만 그래도 퇴근 후에

밤길을 도와 달려오겠다는 생각을 하기는 쉽지 않았을 것이다.

"저녁 먹었어?"

"스님이랑. 아직 저녁 전이야?"

"저녁을 어떻게 먹어? 퇴근하자마자 빠져나오느라고 정신 없었는데."

"그럼 저녁 먹어."

영혜는 일식당 간판을 보고 차를 세웠다. 시장했는지 재훈은 매운탕에 얼굴을 박고 후룩후룩 소리를 내며 먹었다. 저녁 먹으려고 내려온 사람 같았다. 전에는 그런 모습이 소탈해 보여 좋았었다. 그러나 음식을 맛있고 복스럽게 먹는 것과 게걸스럽게 먹는 것은 한 생애만큼의 차이가 있는 것 같다는 생각이 들었다. 고작 며칠 절에 있었다고 그런 생각이 드는 건가, 아님 마음이 식은 건가. 잠자코 앉아 있던 영혜는 청하 한 병을 주문했다.

"술 마시려구?"

영혜는 말없이 고개만 끄덕였다. 이렇게 만나는 게 아닌데, 하는 후회와 이제 저녁을 먹고 나면 곧 가겠다고 하겠구나 하는 서운함이 복잡하게 뒤얽혀 심사가 사나워지려고 했다. 영문을 알 수 없는 서러움으로 목이 메었다. 말문을 열면 눈물이 쏟아질 것 같았다. 실컷 울기라도 해봤으면……. 영혜는 입을 꾹 다물고 만지작거리고 있던 술잔을 들어 단숨에 들이켰다. 짜르르 목젖을 울리는 첫 잔의 맛이 꽤나 유혹적이었다. 이런 날은 조

심해야 한다. 첫 잔이 달콤하면, 그런 날은 정량을 넘겨 마시게
되고 그러면 내면 깊숙이 숨어 있던 낯선 얼굴이 고개를 내밀었
다. 대개 주체하기 곤란한 표정을 한 그 얼굴은 영혜를 막다른
곳까지 밀어붙이고 안전한 일상을 위협했다.

"운전해야 되는데 괜찮겠어?"

"조금만 마실게."

어쨌든 약간의 알코올로, 격해지려던 마음이 한결 풀어져 심
상하고 너그러워졌다. 재훈은 밥을 다 먹고 만족스런 표정으로
제 술잔을 채웠다. 그 모습을 물끄러미 바라보는 의식의 틈새
로 홀로 텔레비전을 보고 있을 운허스님 모습이 반딧불처럼 깜
빡였다.

"넌, 소설이 뭐라고 생각하니?"

기습적인 질문이었다. 멀리 달아나려던 영혜의 의식이 움찔
놀라 오그라들었다.

"넌 소설을 마치 저주받은 운명쯤으로 여기는 것 같아. 그렇
게 어깨에 잔뜩 힘이 들어가서야 어떻게 소설을 쓰지? 소설은
그냥 이야기일 뿐이야. 재미있는 이야기. 그런데 넌 거기에다가
온통 너의 삶을 걸려고 하는 것 같아. 그러면 다쳐."

영혜는 쓸쓸하게 웃기만 했다.

"이제 세상이 달라졌다구. 사람들은 골치 아픈 거 싫어해. 안
그래도 사는 게 팍팍한데 소설까지 심각해야겠어?"

영혜는 묵묵히 재훈의 말을 들으며 '소설'이라는 말을 골라내고 그 자리에 '연애'라는 말을 집어넣었다.

"너 말이야, 진짜 좋은 가수가 어떤 가수인지 아니? 부르는 사람은 참 쉽고 편안하게 부르는 것 같은데, 듣는 사람으로 하여금 진한 감동을 느끼게 하는 가수. 이를테면 이미자나 최희준 같은 사람 말이야. 그게 진짜 프로라구."

"그런 점에서 보면, 넌 프로겠구나."

"나?"

"그래, 난 아마추어고. 그래서 우린 영원히 만날 수 없는 평행선인가 봐."

냉소적인 영혜의 말에 재훈은 퍼뜩 여러 가지 생각이 교차하는듯 했지만, 이내 표정을 누그러뜨리며 느물거렸다.

"무슨 뜻이야. 잠깐 절에 있었다고 선문답하는 거야? 그런데 말이야……."

재훈은 갑자기 영혜의 손을 탁자 밑으로 잡아당기더니 자신의 아랫도리로 가져갔다.

"나 지금 너를 안고 싶어. 참을 수가 없어."

영혜는 돌연 흐물거리며 몸을 외로 꼬는 재훈을 백치 같은 표정으로 지켜보고만 있었다. 그리고 천천히 손을 빼냈다.

"스님이 기다리셔서 돌아가야 해."

"스님이? 그 말 이상하게 들리는데?"

재훈은 차에 올라타자마자 영혜의 얼굴을 끌어당겨 입을 맞췄다.

"어디로 들어가자. 나 급해. 몸살이 날 지경이라구."

"차 끊어지기 전에 어서 올라가."

영혜가 재훈을 밀치고 앞만 똑바로 바라본 채 말했다.

"무슨 소리야. 밥만 먹고 올라가라구? 그러지 말고 이대로 서울로 가자, 우리."

"뭐?"

"그러고 나서 다시 내려오고 싶으면 또 와도 되잖아."

언제나 자기 멋대로 생각하고 자기 하고 싶은 대로만 하는 건 여전했다. 그런데도 왜 헤어나지를 못하는지 영혜는 알 수가 없다.

재훈은 다시 영혜를 끌어안고 입을 맞추었다. 아주 길게. 아마 예전 같았으면 영혜는 진작 함께 있고 싶다고 실토하고 말았을 거였다.

영혜는 말없이 차를 몰아 터미널 앞에 세웠다. 재훈은 어리둥절한 표정으로 한동안 영혜를 바라보고 있다가, 천천히 차에서 내렸다. 자존심이 몹시 상한 듯 아무 말도 없이 내리더니 문이 부서져라 쾅, 닫았다. 영혜는 지체없이 차를 출발시켰다. 우두커니 서 있는 재훈의 모습이 백미러로 보였다.

국도로 접어들자 갑자기 짙은 안개가 몰려왔다. 도로변의 논에 쌓인 눈이 안개를 피워 올리는 것 같았다. 차창 앞에 우윳빛 휘장을 쳐놓은 듯, 중앙선마저 분간할 수 없었다. 이 정도로 시야가 확보되지 않는다면 어느 순간 휘장을 들치고 마주 달려오는 차를 만나는 불상사가 생길지도 모를 일이다. 그러고 보니 냉정하게 재훈을 돌려세운 후 절로 돌아가던 그때도 지금처럼 눈길에 안개가 지독했었다. 그게 일 년 전, 이맘때였다. 영혜는 스스로에 대해 고소를 금할 수가 없었다.

재훈이 사표까지 내고, 소설을 쓰기 위해 절로 들어갔다는 소식을 들었을 때, 영혜는 그것이 무엇을 의미하는지 모르지 않았다. 일 년 전, 재훈과 헤어지려던 영혜의 출분이 무위로 돌아간 후, 영혜는 오히려 재훈에게 더욱 집착하게 되었다. 재훈은 더 이상 영혜를 통제할 수 없음을 깨닫고 슬슬 피하기 시작했다. 그러다가 급기야 주위 사람은 물론이고 재훈의 아내까지도 영혜의 존재를 알게 되었다. 재훈은 이혼을 당할 처지까지 몰렸으나, 다시는 영혜를 만나지 않겠다는 각서를 쓰고 회사를 그만두는 것으로 마무리가 되었다는 것이 재훈의 친구에게서 들은 이야기였다. 그는 스토커니 가정파괴범이니 하는 자극적인 말까지 동원해가며 영혜에게 충격을 주려는 의도를 노골적으로 드러냈다. 그리고 이후에 다시 재훈을 찾아간다면 미안한 일이지만 보호자인 남편에게 알릴 수밖에 없으니 자중하라는 말까지 덧붙였다.

영혜는 비상등을 켜고 천천히 달렸다. 한참 후에야 타이탄 트럭 한 대가 역시 비상등을 켜고 서행하고 있는 것을 발견했다. 영혜는 트럭의 미등을 길잡이 삼아 뒤따랐다. 트럭 뒤에는 빨간 페인트로 '독극물, 접근 금지'라고 쓰여 있었다. 글씨 옆에는 두텁게 내려앉은 먼지 위에 누군가 장난으로 그려놓은 해골 그림이 보였다. 영혜의 눈 높이에 있는 트럭의 미등이 퀭하게 뚫린 해골의 눈알처럼 보였다. 트럭의 육중한 바퀴 아래서 도로에 살짝 얼어붙은 눈이 소용돌이치며 우박처럼 퉁겨 나왔다. 헤드라이트 불빛 속에서 그것은 금방이라도 강력한 흡입력으로 영혜의 차를 빨아들일 듯 위협적으로 보였다.

국도변 들판 한가운데 오밀조밀 모여 있는 상가지구는 사막의 오아시스처럼 휘황찬란했다. 노래방, 책 대여점, 분식집, 문구상과 편의점까지 있었다. 쇳덩이를 올려놓은 듯 어깨가 뻐근했다. 차에서 내려 주위를 둘러보니 상가 건너편 야산 자락에 불빛 하나 새나오지 않는 건물 몇 채가 성채처럼 우뚝 서 있었다. 그러고 보니 절에 가는 길가에 있다던 지방대학인 것 같았다. 그렇다면 이 편의점이 바로 재훈이 담배나 소주 따위를 사러 내려오곤 한다던 그곳일 것이다.

영혜는 지저분하게 쌓여 있는 눈더미를 피해 편의점으로 들어갔다. 그곳 어딘가에 재훈이 숨어 있기라도 한 듯 한동안 두리번거리며 실내를 살폈다. 눈이 부시도록 환한 형광등 불빛 아래 즐비하게 쌓여있는 물건들이 피곤에 지친 몸을 나른하게 풀어주었다. 뜨거운 캔커피를 양손으로 감싸고 천천히 마시며 차갑게 얼어붙은 바깥을 내다보았다. 이제부터 달려가야 할 길이 그 끝을 알 수 없는 칠흑 같은 어둠에 잠겨 있었다.

편의점을 나와서는 더욱 천천히 차를 몰았다. 얼마 달리지 않아 절 이름이 크게 써 있는 입간판이 나타났고 조금 더 달리자 마을 입구로 좌회전을 하라고 화살표가 친절하게 알려주었다. 일찌감치 인적이 끊긴 도로가 수월하게 길을 찾을 수 있게 도와준 셈이었다.

마을로 진입하자 불빛 한 점 보이지 않았다. 자정이 훨씬 넘었으니 당연한 일이었다. 눈에서 반사되는 희미한 빛에 의지해가며 차를 몰았다. 겨우 차 한 대가 빠져나갈 수 있을 정도로 좁은 길이 논과 가옥 사이로 꼬불꼬불 나 있었다. 지난밤에 내린 폭설이 이곳에는 거의 녹지 않아 길을 분간하기 어려웠다. 밤눈이 어두워 내내 긴장한 탓인지 렌즈가 뻑뻑하게 겉돌고 눈앞이 침침하게 흐려졌다. 하얗게 펼쳐진 길이 어느 순간 동그랗게 말려들어 영혜를 덮칠 것 같았다.

결국 왼쪽 앞바퀴가 길을 벗어난 것 같았다. 미처 급커브를 발견하지 못한 것이다. 차체가 기우뚱 기울어졌다. 영혜는 얼른 사이드 브레이크를 당기고 숨을 죽였다. 다행히 더 이상 차는 미끄러지지 않았다. 조심스럽게 차에서 내렸다. 왼쪽 앞바퀴가 길의 모서리에 걸쳐 있었다. 옆은 논이었는데, 길 위의 눈을 치우며 밀어낸 눈이 쌓여 길과 거의 높이가 같았다. 어떻게 해야 좋을지 얼른 판단이 서지 않았다. 마을은 적막했다. 마을 끄트머리 언덕 위에 아담한 기와집이 희미하게 보였고 그중 한 방에서 불빛이 새나왔다. 절 이름만 확실하다면 저 곳이 틀림없을 것이다.

영혜는 심호흡을 한 번 하고 다시 차에 올라탔다. 후진 기어를 넣고 액셀러레이터를 천천히 밟으며 사이드 브레이크를 내렸다. 차가 뒤로 빠지는 것 같았다. 그러나 액셀을 밟은 오른쪽 발에 조금 힘을 주는 순간 갑자기 바퀴가 헛돌더니 차체가 완전히 왼쪽으로 처박혀버렸다. 눈 쌓인 논이라고 생각한 곳이 수로였는지 자동차는 마치 책꽂이에 책을 꽂듯 직각으로 끼어버렸다. 그 바람에 영혜의 왼쪽 머리가 차창에 크게 부딪혔다. 손을 움직여 머리를 만져보려고 했지만 팔을 움직일 수 없었다. 팔은 커녕 손가락 하나 까딱할 수 없었다.

얼마나 있었을까. 자꾸만 졸음이 밀려와 까무룩 의식을 놓쳐버릴 것 같았다. 날이 밝기 전에는 누구도 나타나지 않을 것이다. 재훈은 잠자리에 들었을까. 휴대폰을 켜본다면 영혜가 그에게 달려가고 있다는 것을 알 수 있을 텐데. 어쩌면 그 메시지를 듣고는 다른 곳으로 피해버렸을지도 모를 일이긴 했다. 재훈이 무턱대고 영혜를 피하지만 않았어도 이렇게까지 무모한 짓은

하지 않았을지도 몰랐다.

순간 영혜의 눈앞에 새하얀 눈꽃이 무더기 무더기로 피어올랐다. 아, 그랬었지. 그 장엄한 광경 속으로 성큼 들어간 일이 있었는데. 그랬다. 그것은 언젠가 영혜의 가슴에서 피워 올린 싸늘한 정염의 불꽃이었다. 감동으로 넋을 잃었던 것마저 잊고 있었는데, 이 순간 영혜의 눈앞에 다시 활짝 눈꽃이 핀 것이다. 어둡던 세상이 갑자기 환해지고 피로감으로 무거웠던 몸도 가벼워지는 것 같았다. 그 때였다. 들판 한가운데서 외할머니가 걸어오더니 자동차 문도 열지 않은 채 쑥 영혜 곁으로 다가왔다.

앤경을 찌고 자문 우야노.

고요한 밤 거룩한 밤

"**자**지 마소. 잠들믄 우예 끌고 내리라고 잔단 말이오."

엄마는 자꾸만 떨어져 내리는 아버지의 고개를 바로 세웠다. 그래 봤자 곧 맥없이 떨어질 것을 잠시도 두고 보지 못했다. 그 모습을 백미러로 바라보던 나는 참지 못하고 소리를 질렀다.

"그냥 둬요, 엄마."

"뭐라 카노. 금방 내리야 되는데."

"잠깐이라도 눈 좀 붙이게 놔두라구요."

"아이고, 징그러버라. 이노무 술 냄새. 도대체 누하고 마셨능교? 일찍일찍 다니제 뭐 나올 기 있다고 한밤중까지 마신단 말이요?"

아버지는 힘겹게 고개를 가눠 반쯤 감긴 눈으로 엄마를 쳐다보더니 길게 한숨을 내쉬며 다시 툭, 고개를 떨구었다.

"도대체 얼마나 마셨으면 자기 집도 못 찾아오노 말이다."

엄마는 어깨 위로 떨어지는 아버지의 머리를 진저리를 치며 밀쳐냈다.

엄마로부터 전화가 걸려온 건 자정이 가까운 시간이었다.

"야야, 아부지가 쓰러졌단다. 경찰서라는데, 내사 마 가슴이 벌렁거려 갖고 뭐라 카는지 한 개도 몬 알아듣겠다."

가는비가 내리고 있었다. 환히 불 밝힌 가로등만 비를 맞고 있는 텅 빈 거리를 달려 어깨 잔뜩 웅크리고 서 있는 엄마를 태워 경찰서로 가면서, 잠이 덜 깬 나는 꿈속을 헤매는 것 같았다. 아버지는 소파에 머리를 기댄 채 가쁘게 숨을 몰아쉬고 있었다.

"별 다른 사고는 아니구요, 많이 취하신 거 같습니다. 지하철역에 마냥 앉아 계시길래 집이 어디냐고 물었는데 고개만 저으시더라구요."

아버지 얼굴을 보자 비로소 정신이 번쩍 들었다. 일 년 365일 중 술 안 마시는 날이 며칠이나 될까? 모르긴 해도 열 손가락이

모자라지 않을 것이다. 내 기억속의 아버지는 늘 한밤중에 알코올이 이마에 찰랑거리는 모습으로 귀가했다. 그래도 집을 못 찾아온 적은 한 번도 없었다.

"아버지."

다가가 팔짱을 끼자 아버지는 몸을 뒤로 빼며 가느다랗게 눈을 떠 나를 한참 동안 쳐다보았다. 그리고 처음 보는 사람처럼, "니가 누고?" 이러는 거였다.

"누구긴 누구요. 딸이제. 이제는 딸도 못 알아보요? 부끄럽지도 않소? 어서 일나소."

아버지는 내게서 시선을 거두고 사나운 그 목소리에 오히려 안심이 되는 표정으로 손을 내밀었다.

"고마 가그라."

내가 따라 내리려고 하자 엄마는 훼훼 손을 저었다. 아버지는 주섬주섬 주머니를 뒤지며, 여기 얼마요, 하다가 또 한 소리 듣고서야 차에서 내렸다.

아이고, 내사마 몬 산다, 정신 차리소, 하며 엄마가 아버지를 부축해 들어가고 나서 얼마 되지 않아 유리창 하나가 파들파들 떨다가 환하게 밝아졌다. 어둠 속에서 하얗게 빗금을 긋고 있는 빗줄기가 드러났다. 비는 불빛 속에서만 내리고 있었다. 듬성듬성 서서 졸고 있는 것 같은 가로등불과 헤드라이트 빛 속에서 명멸하는 빗줄기를 바라보고 있자니, 도대체 무슨 재미로 살았을까, 아니 재미는 고사하고 왜 같이 사는 걸까 싶은 늙은 부부의 길고 지루한 생이 눈앞에 펼쳐지는 듯했다. 그러자 스산한 한기가 목덜미를 핥고 지나갔고 갑자기 허기가 찾아왔다.

머뭇거리던 나는, 오늘밤에는 무슨 일이 있더라도 엄마와 담판을 지어야겠다고 생각하며, 사이드브레이크를 힘껏 잡아 당겼다.

지난 토요일 오후, 나는 고급 여성지에 단골로 소개된다는 서울 근교의 내로라하는 레스토랑에서 가재요리를 앞에 두고 앉아 있었다. 일 년 만에 만나는 대학 동창들 모임이었다. 봄꽃들이 앞 다투어 피기 시작하는, 물색 좋고 산색 좋은 야외로 나온 것까지는 좋았는데, 뭐 이렇게까지 값비싼 요리를 먹어야 하나 싶어 영 마뜩찮았다. 고급 자가용을 몰고 다니는 강남 부자들이면서도 모임에서 누구 하나 선뜻 밥값 내는 걸 본 적 없으니 그날도 각자 먹은 만큼 추렴할 것이 뻔했다. 얄팍한 지갑을 떠올리며 마지못해 가재 한 도막을 입에 넣었다. 바로 그 순간, 휴대폰이 울렸다.

또 그 전화였다. 변제처리반. 어찌나 시달렸는지 이제는 그 번호만 뜨면 바빈스키 반사처럼 입안이 바짝 말랐다. 변제처리반이라는 말을 처음 들었을 때는 시체처리반이라고 하는 줄 알고 등골이 다 오싹했다.

요는, 카드를 빌려준 게 잘못이었다.

몇 달 전, 칼바람이 불어대는 날, 엄마가 불쑥 찾아왔다. 근처에 볼일이 있어서 왔다가 갑자기 니 생각이 나서 들렀다. 그때 알아봤어야 했다. 나중에서야 돌이켜 생각해보니, 일 없이는 전화도 잘 걸지 않지만 용건이 끝나면 이런저런 안부를 물을 새도 없이 어느새 전화가 끊겨 있기 십상으로 동에 번쩍 서에 번쩍 바쁜 엄마가 일없이 그냥 들렀을 리가 없는 것이다. 게다가 차로 30분 거리도 안 되는 곳에 살면서 문득 내 생각이 날 건 또 뭐란 말인가.

이 추운 날 집구석에 틀어박혀 있지, 뭐 하러 돌아 다니냐고 눈을 흘기면서도 다리를 주물러 준 것은 현관문 열고 들어서는 엄마의 운동화가 눈에 박혔기 때문이다. 무릎이 아프다면서도 병원 갈 생각을 하지 않는 엄마를 억지로 끌고 가서 엑스레이를 찍었다. 퇴행성 관절염이었다. 퇴행성이라는 말처럼 엄마에게 어울리지 않는 말이 또 있을까. 엄마는 좀 충격을 받은 표정으로, 내가 얼마나 많이 걷는데 관절염은 무슨 관절염이냐고 따졌다. 의사는 적당한 운동은 좋지만 너무 많이 걷는 건 그 연세에 무리라고 충고했다. 그러나 엄마는 그 말을 싹 무시하고 그때부터 운동화를 신기 시작했다. 고데기로 머리 말고 화장도 하고 양복 정장 빼입었을 때도 아래를 내려다보면 운동화를 떡 하니 신고 있었다. 그걸 보고 웃으면, 엄마는, 얄궂나? 그래도 우야노, 다리가 아픈데, 하고 말았다.

그래서였다. 평소 같으면 야박하더라도 그게 오히려 도와주는 길이라고 마음을 다져 먹으며 안면몰수하고 싹 거절했을 텐데 결국 카드 하나를 내주고 만 것이다.

융자를 받으려고 한다면서 무슨 보증보험 증서 같은 데에 날인을 하라고 하는데 마치 민원서류에 서명 받으러 온 통장처럼, 니 사인 하나 할래? 하면서 시부저기 가방에서 증서를 꺼내는 것 아닌가. 그런데 그 증서란 것이 깨알 같은 글씨로 잔뜩 뭐라고 써 있기는 한데 아무리 노려보고 뜯어봐도 도대체 무슨 소린지 요령부득이었다. 그냥, 여기다가 사인만 하믄 된다 아이가. 엄마는 자꾸만 펜을 쥐어주었다. 아무래도 수상쩍었다. 정체가 모호한 것이 사채의 혐의가 짙었고, 무엇보다 이자가 스크루지 뺨치게 고리였다.

글씨를 노려보고 있는 내게 엄마는, 니가 몰라서 그칸다, 다른 사람들은 여서 돈 빌려 갖고 잘만 쓰더라, 문제는 나이가 너무 많아서 내 이름으로는 안 해준다 카드라, 니가 집구석에만 틀어박혀 갖고 뭘 알겠노? 한심해하며 혀를 끌끌 찼다. 그렇게 해서 몇 년 동안 책상 서랍 깊숙이 처박혔던 카드가 나온 것이다.

날아온 고지서에는 엄마가 애초 약속했던 3백만 원이 아니라 5백만 원어치의 물품을 구매한 것으로 되어 있었다. 그것도 24개월 할부였다. 할부 기간이 길다 보니 이자가 이자를 만들어내는지 이자가 원금의 절반 가까이 되는 것 같았다.

내가 따져 묻자 엄마의 대답은 이랬다.

그라믄 우야노, 당장에 돈이 없는데……. 어쨌든 니는 아무 걱정 마라, 다 내가 갚을 기다. 그리고 한동안 아무 일 없이 지나갔다. 그런데 두세 달 전부터 결제 기일이 지났다며 카드회사로부터 독촉 전화가 걸려오기 시작한 것이다. 엄마에게 전화를 걸면 돌아오는 대답은 늘 똑같았다. 걱정 마라, 걱정 마라. 나는 조마조마 간이 다 떨리는데 엄마는 어디에다 돈 많은 남자라도 숨겨놨는지, 배 째라는 건지 엄마 배에서 나온 딸이지만 그 속은 오리무중이 아닐 수 없었다. 신용불량자들이 해외로 팔려간다, 신체각서를 썼다, 비관 자살을 했다는 기사가 하루가 멀다 하고 신문에 오르내리고 있는데 말이다.

생각해보면, 결제기일이 하루만 지나도 전화를 걸어대는 카드 회사도 좀 심하다 싶었다. 낼 거라고 하면, 언제 낼 거냐, 몇 시에 낼 거냐, 확실히 내야 한다, 내고 나서 연락을 해주라고 닦달을 해대더니 나중에는 신용불량자 블랙리스트에 올라가게 된다면서 공갈 반 협박 반 식으로 나왔다. 언제는 카드 만드세요, 당신이 어려울 때 든든한 동반자가 되겠어요, 제발 대출 좀 받으세요, 꼬시더니 연체를 하면 일원 단위까지 꼬박꼬박 이자를 챙겨 가면서 한 번 걸려들면 말만 '고객님'이지 아예 죄인 취급인 것이다.

그러다가 급기야 시체처리반인지 변제처리반인지로 넘어가
게 된 것은 분명히 그 날 아침의 전화 때문일 거였다.

　밤새 잠을 이루지 못하고 뒤척이다가 먼동이 틀 무렵에야 살
풋 잠이 들었는데 휴대폰 소리에 그만 깨버렸다. 카드회사였다.
피가 거꾸로 솟구치는 것 같았다. 아무리 빚쟁이라도 예의라는
게 있지, 어떻게 아침부터 이런 전화를 한단 말인가. 기분이 확
상해버린 나는, 오늘 중으로 입금을 해야 한다, 몇 시쯤 할 거냐
고 따져 묻는 말에 알아서 할 테니 걱정 말라고 짜증을 내며 대
꾸했다. 고함이라도 지르고 싶은 걸 그나마 간신히 꼬리를 붙잡
고 있는 잠이 달아날까 봐 참은 거였다. 그런데 웬걸, 오늘 중으
로 입금이 안 되면 현금서비스 금액이 하향 조정되고 어쩌고 하
면서 처음 들어보는 소리를 하는 것이었다. 그러니까 고분고분
하지 않은 '고객님'이 영 못마땅하다는 투였다. 잠이 확 달아나
버리고, 발끈 오기가 발동했다. 나로 말하면 엄마와 달리 없으
면 쓰지 말자, 가늘게 벌어 가늘게 살자가 생활신조 아닌가. 현
금서비스 같은 고리의 돈은 쓸 엄두도 내지 않지만, 어차피 누
군가의 강요에 의해 만들기만 했지 한 번도 쓰지 않던 카드였기
때문에 현금서비스 할애비를 해줘도 무용지물. 그래서 오히려
잘 걸렸다, 쾌재를 부르면서 아, 예에, 그러시지요, 하며 내 나
름으로는 강펀치를 날린다고 날린 거였다.

　변제처리반인가 하는 데서 전화가 걸려온 것이 그러고 나서

98

이틀쯤 뒤였으니, 고 계집애 짓이 분명했다. 고객님께서 빚을 갚을 의향이 없다고 한 걸로 되어 있는데요? 느물느물한 목소리의 남자가 그렇게 말했다. 일단 변제처리반으로 넘어오면 빨리 갚아야 합니다. 안 그러면 나머지 할부금을 일시불로 갚아야 함은 물론이고 그게 안 되면 업무처리 원칙상 고소가 들어가고 나중에는 강제 차압까지……. 당장 카드회사로 달려가 그 날 내게 전화를 건 계집애 머리채를 휘어잡고 싶었다. 그러나 헤드셋 하나씩을 끼고 머리통만 내놓고 있는 수박밭 같은 곳에서 고 년을 어떻게 찾는단 말인가. 설혹 찾는다고 쳐도 힘없는 고객님이 뭘 어쩌겠는가.

엄마는 이번에도 물론, 걱정 마라, 였다. 이왕 갚을 거 제발 날짜 좀 지키면 안 돼? 앉아서 주고 서서 받는 게 빚이라지만, 나는 정말이지 간절히 애원했다. 알았다, 걱정 말그라. 이번에는 변제처리반이야, 변제처리반. 그래서 무통장 입금하고 나서 그 영수증을 팩스로 보내야 된대. 그러면서 계좌번호와 팩스번호를 두 번 세 번 불러줬고, 어디 한번 불러보라고 해서 엄마의 낭랑한 목소리로 확인까지 했었다.

"분명히 입금이 됐을 텐데요."

"아니, 안 됐습니다. 오늘까지 입금이 안 됐으므로 업무처리 원칙상 부득이 고소에 들어갈 수밖에 없습니다."

"그럴 리가 없는데요. 다시 한 번 확인해보세요."

"분명히, 입금이 안 됐습니다."

제대로 씹지 않은 가재살은 목에 걸렸다가 물 한 컵을 벌컥거리고 나서야 간신히 내려갔다.

"알겠습니다. 확인해보고, 전화 드리죠."

회원들 목을 죄려고 제멋대로 만들었을 것이 분명한 업무원칙이라는 걸 말끝마다 들이대는 것도 부아가 났지만, 당장은 엄마에게 짜증이 치밀었다. 우아하게 흐르는 실내악 연주가 교양을 강요하고 있는 데다, 동창들 앞에서 그런 소리 지껄이기도 민망하기 짝이 없어서 나는 화장실로 들어갔다. 전화를 받은 건 아버지였다.

"오늘, 산에 안 가셨어요?"

"오야, 고마 집에 있다. 허리도 아프고 해서……."

"허리가 왜요?"

"디스크 때문에 안 그러나. 뭐, 노상 그렇다."

"식사는요?"

"묵고 있는 중이다, 지금. 라면 끓있다."

"왜 라면을 드세요?"

"이빨이 안 좋으니까, 라면이 좋다."

"이빨이 또 왜요? 지난번에 치과 다녀왔잖아요."

"그때뿐이다. 아무래도 틀니가 안 맞는 거 같다."

"그래요? 저기, 엄마는, 있어요?"

"엄마? 나갔는데."

하루 종일 입 열어 말할 상대 하나 없이 심심하게 있다가 모처럼 걸려온 딸의 전화가 엄마 찾는 거라는 걸 알고는 서운해하는 기색이 역력했다.

엄마는 한참만에야 전화를 받았다.

"왜 이렇게 전화를 안 받아?"

"안 들렸다."

"돈 안 냈어? 변제처리반에서 또 전화 왔잖아. 꼭 낸다더니, 어떻게 된 거야?"

할 수만 있다면, 지금 내가 얼마나 우아한 곳에서 얼마나 비싼 요리를 앞에 두고 카드 빚 때문에 구질구질하게 화장실에서 전화를 하고 있는지 보여주고 싶었다. 그러나 엄마의 대답이 너무 가뿐해서 나는 그만 머쓱해져 버리고 말았다.

"냈다."

"그런데 왜 입금이 안 됐다고 그러지? 팩스는 보냈어?"

"팩스? 그냥 지로용지로 냈는데."

"지로용지? 무통장 입금하라고 계좌번호도 알려줬잖아."

"지로용지로 내도 되는 줄 알았제."

"아이참, 내 말은 어디로 들었어? 변제처리반인지 시체처리반인지로 바뀌었다니깐."

"그래? 그라믄 우야노."

"으이그, 우야긴 뭘 우예. 일단 알았어. 내가 그렇게 말해볼게."

다시 변제처리반.

"지로용지로 냈다는데요?"

"지로용지요? 무통장입금 해달라고 분명히 말했을 텐데요."

"그걸 깜빡 했어요."

"지로로 보내면 이쪽으로 넘어오기까지 2~3일이 걸리는데. 흐음, 그러면 좋습니다. 입금증이라도 지금 바로 팩스로 넣어주십시오."

"지금 바로요?"

"네, 오늘이 토요일이라서 다섯 시까지 안 들어오면 저희는 원칙 상 서류를 넘길 수밖에 없습니다."

또 그놈의 원칙.

"이것 보세요. 입금을 했다지 않습니까."

"그렇지만 확인이 불가능하지 않습니까."

휘유. 나는 항복의 깃발처럼 한숨을 날렸다.

다시 엄마.

"지금 어디야?"

"여기? 강남역인데."

"강남역? 지하철역 말이야? 거긴 뭐 하러?"

"누구를 만나기로 했는데, 아직 안 와서 기다리고 있다."

102

"어디 다방에서라도 만나지 지하철역이 뭐야? 그건 그렇고 입금증 지금 가지고 있어?"

"그래, 가방에 있을 기다."

"그럼 가까운데 어디 문방구 같은 데라도 찾아서 팩스로 보내. 안 그러면 고소니 뭐니 하면서 난리야."

"그래? 알았다."

"지금 바로 보내야 돼."

팩스 번호는 알고 있냐고 물으려는데 탁, 전화가 끊겼다.

자리로 돌아가니 친구들 접시는 어느새 깨끗하고 커피가 한 잔씩 놓여 있었다. 무슨 전화가 그렇게 길었니, 빨리 먹어라, 한마디씩 했지만, 나의 가재는 꾸덕꾸덕 말라 모형식품처럼 변해 있었다. 식욕도 사라진 뒤였고 손가락 까딱할 기운도 없었다. 무엇보다 위압적인 강남거리에서 문방구를 찾아 허둥대며 돌아다닐 엄마가 자꾸만 눈에 밟혀 앉아 있을 수가 없었다. 나는 다시 똥마려운 강아지 표정으로 화장실로 갔다.

"팩스 보냈어?"

"야야, 말도 마라. 뭣이 이런 동네가 다 있노. 문방구가 하나도 안 보인다. 맨 먹고 마시는 데만 천지삐까리고 문방구라 카는 기는 눈 씻고 봐도 없다 아이가."

"그럼 그냥 둬. 그리고 사람은 만났어?"

"아직 안 왔다."

"누군데 시간 약속도 안 지키고 그래? 그런 사람을 뭐 하러 기다려?"

내가 화를 내고 있는 사람이 누군지도 모르는 그 사람인지, 아니면 엄마인지 나도 모호한 채 소리를 지르다가 그 기분 그대로 변제처리반으로 전화를 걸었다.

"여보세요. 돈은 분명히 입금시켰거든요. 다만 그걸 확인할 수 없다는 건데, 그것 때문에 고소를 하려면 하세요. 오늘은 여기도 토요일이라서 팩스를 넣을 곳이 한 군데도 없어요. 그러니까 월요일 날 보내겠어요."

그러고는 대답도 듣지 않고 전화를 끊었다.

식어빠진 가재요리는 씹다 뱉어놓은 껌처럼 질기기만 할 뿐 아무 맛도 느껴지지 않았다. 강남 거리를 운동화 바람으로 절룩거리며 돌아다닐 엄마만 아니었다면 결코 먹지 않았을 것이다.

아무리 그래도 그깟 가재요리 때문에 엄마와 담판을 짓겠다고 한 건 아니었다.

며칠 전, 남동생과 무슨 일로 통화를 하던 끝에 엄마에게 아파트를 담보로 천만 원을 해줬다는 소리를 들은 것이다. 은행에서 신용으로 천만 원을 대출 받아줬다는 소리를 들은 게 채 일년도 되지 않은 상태였다. 나도 전세를 옮기면서 천만 원이 넘는 차액을 빌려준 것이 몇 년 째였지만 받을 엄두도 못 내고 있는 터였는데, 돈이 궁할 때마다 그게 생각나면 잊어버리자고, 버렸다고 치자고, 부모 자식간에 돈 때문에 얼굴 붉힐 수는 없는 노릇 아니겠냐며 애써 덮어두고 있었지만, 남동생 문제는 그냥 넘어가면 안 될 것 같았다.

2층 저택에서 40평짜리 아파트로, 그러다가 전세로 갈아타고는 내리달이로 평수를 줄여가다가 급기야 변두리 연립으로 폭삭 주저 앉아버린 가세 때문에 대학도 못 갔는데, 타고난 천성이 착하고 성실해서 여기저기 기웃거리며 배운 기술로 작지만 탄탄한 전기회사에 취직을 했고 저보다 더 착한 데다 야물고 오달지기가 차돌맹이 같아서 물주전자 하나도 인터넷을 구석구석 뒤져 경매나 공동구매로 단돈 십 원이라도 싸게 사지 않으면 온몸에 가시가 돋는다는 여자와 결혼한 덕에 그나마 서민아파트라도 장만한 게 아닌가. 삼대 독자랑 결혼한 덕에 고만고만한 아이를 줄줄이 넷이나 달고 시집 귀신이 되어버린 여동생에게는 말도 못 꺼내고 큰자식인 나는 더 찔러봤자 피 한 방울은 고사하고 핀잔만 잔뜩 얻어들을 게 뻔하니 만만한 게 남동생인 거였다. 그 착한 남동생도 언젠가 형제들끼리 술 한잔 하는 자리에서 요새는 엄마한테서 전화만 와도 가슴이 철렁 내려앉는다니까, 하며 지나가는 소리처럼 한 마디 했었다.

거기는 물건 파는 데가 아니고, 사람 파는 회사 같지 않어? 무슨 라인에 들어가려면 물건을 사야 하는데, 어떤 때는 일이십 만원도 아니고 몇 백만 원어치 물건을 사야 한다며? 엄마는 자기 라인 아래 사람을 많이 두려고 그 사람들 물건을 사주기도 하는 거 같더라. 미쳤어, 미쳤어. 그런데 엄마 빚이 얼마나 될까? 어느 날, 엄마가 뒤로 나자빠지면 결국 다 우리가 갚아야 하는 거 아니야? 빚도 상속이 된다던데……. 정말이야? 으, 유산은 고사하고 빚이라니……, 그러면 언제까지나 이렇게 손놓고 있을 순 없는 거 아니야? 한 번은 다 까뒤집어놓고 단도리를 해야 하는 거 아닐까? 그런데 그거 물어보기가 겁이 나. 그 속에 뭐가 들어 있을지 이미 뻔히 알고 있는데, 그거 열어보고 싶은 사람이 있겠어? 아니, 짐작보다 더 큰 게 숨어 있을까 봐 그게 더 겁나지. 다른 집들은 자식들이 카드를 마구 써 제껴서 부모가 자살하고 그러던데, 우리는 어떻게 거꾸로 됐어.

간 큰 엄마 덕에 우리 형제들도 이렇게 아슬아슬한 농담을 하며 웃을 수 있을 만큼 덩달아 간이 커졌지만, 남동생 문제는 아무래도 심각했다.

"고마 자이소. 취했구만은."

집 안에서는 딱 한 잔만 더 하겠다는 아버지와 그만 자라는 엄마가 실랑이를 하고 있었다. 고개도 가누지 못하던 아버지는 술잔 앞에 허리도 꼿꼿이 앉았고, 좀 전만 해도 자지 말라고 잔소리하던 엄마는 이제는 그만 자라며 눈을 흘기고 있었다. 익숙

106

하고, 그만큼 지겨운 풍경이었다.

"와? 뭐가 잘못됐나?"

돌아갔으려니 했던 내가 나타나자 엄마는 유령이라도 본 것처럼 놀랐다.

"아니, 그냥. 비도 오고……."

나는 말꼬리를 흐리며 술잔을 들고 아버지 앞에 마주 앉았다. 그리고 반쯤 빈 아버지의 잔과 내 잔을 채웠다.

"야야, 니 술 마실라고? 운전해야 안 되나?"

엄마가 얼굴을 찡그렸다.

"자고 가면 되지 뭐. 자, 아버지, 한잔 하소."

아버지는 내가 단숨에 잔 비우는 걸 물끄러미 바라보다가 고개를 푹 떨구고 길게 한숨을 내쉰 다음 다시 고개 들어 나를 한참 바라보았다. 그렇게 하기를 몇 번. 무슨 말인가를 하려는 것 같기도 하고, 튀어나오려는 말을 꿀꺽 삼키는 것 같기도 한 표정이었다. 어렸을 때는 그런 아버지를 마주하면 언제 날벼락이 떨어질까 싶어 숨이 턱 막히고 가슴이 두방망이질을 쳐댔었다. 그러나 이제 보니 그건 무엇으로도 채울 수 없을 것 같은 쓸쓸하고 허기진 표정일 뿐이었다. 나도 아버지처럼 무슨 말의 덩어리 같은 것이 목구멍을 오르락내리락거렸는데, 그 내용을 알 수 없어 뜨겁고 묵지근한 그것을 차가운 소주로 달래고 있었다. 끝내 아버지는 입 다문 채 찰랑거리는 술잔마저 그대로 두고 조용히 이부자리로 들어가서 누웠다. 나는 아버지가 가늘게 코 고는 소리를 낼 때까지 연거푸 잔을 비웠다.

"니 와이라노. 무슨 일 있나?"

화장실에 다녀온 엄마가 토끼눈을 했다. 나는 때를 놓치지 않고 엄마 손을 꼭 잡으며 은근한 눈빛으로 엄마를 불렀다.

"엄마!"

"와?"

"이제 그만 쉬면 안 돼? 엄마 나이 지금 몇 살이야. 환갑 지나 내일 모레면 칠순이야. 돈? 많으면 좋겠지. 하지만 이제 무슨 영화를 보자고 그렇게 뛰어다녀. 그리고 그렇게 해서 무슨 떼돈을 벌겠어? 그러니까 엄마, 이제 일 그만해. 생활비는 우리가 어떻게든 마련해줄게."

"야가 와 이라노. 카드 회사에서 또 전화왔드나? 돈도 냈고 영수증도 보냈는데?"

무슨 대단한 이야기가 나오려고 뜸을 들이나 하며 나를 바라보던 엄마는 별 시답잖은 소리 다 한다는 듯 동문서답으로 매몰차게 외면해버렸다.

"카드 회사에서 그카는 거 괜히 겁먹고 그럴 거 하나도 없다. 그것들, 다 니가 어리숙해서 그런다 아이가."

"겁낼 거 없다면서 야반도주하듯이 이사한 건 뭐야?"

분위기 잡고 조용조용 이야기하려던 계획은 물 건너 간 것 같

108

았다. 나는 바로 약점을 공략하기 시작했다.

"야가 뭐라 카노. 야반도주는 누가 야반도주를 했다고? 지금은 돈이 말라서 잠시 피신한 거제. 걱정 마라, 니 꺼는 내가 다 갚을 기다."

방 세 개짜리 연립에서 이 단칸방으로 이사를 한 것이 바로 엊그제였다. 카드 빚 때문이었다. 몇 개 안 되는 엄마의 카드가 장기 연체에 대출한도 초과에 걸려 신용불량자 리스트에 올라 있었던 것이다. 카드 빚에 몰려서 주소 이전도 하지 않고 숨어들듯이 이사를 한 것이기 때문에 전화도 옮기지 않은 상태였다.

아버지는 부모의 파산으로 고향에서 내몰리는 소년같이 내내 기운 하나 없이 시무룩했었다. 심란하기는 나 역시 마찬가지였으나, 아버지의 축 처진 어깨 때문에 청소하기 좋겠다, 이렇게 꾸미니까 신혼집 같다, 두 노인네 이제 어쩔 수 없이 합방을 하게 됐구먼 하며 동생이랑 큰 소리로 떠들어대기도 했다. 그러나 전화도 없는 방에서 하루 종일 말 한마디 나눌 사람 없이 혼자 있을 아버지를 생각하면 감옥에 가둬둔 것처럼 마음이 불편했다. 그리고 오늘 밤, 아버지는 살짝 넋을 놓아버린 것이다. 그저 술 탓이라고, 그래서 이사 간 집을 못 찾아서 그런 것뿐이라고 치부하기에는 석연치 않은 불안감이 목엣가시처럼 걸려 있었다. 그런데 엄마는 눈도 깜짝하지 않는다.

"카드 빚, 그거 사실은 안 갚아도 된다. 없어서 못 갚겠다는

데 저거들이 우야겠노? 그것들이 괜히 전화로 그래 쌌는 기제, 쫓아다닐 끼고 우얄 끼고 말이다. 빚 못 갚고 있는 사람들이 어데 내뿐이가. 그것들을 다 우예 쫓아다니노. 몬 한다. 걱정 마라."

엄마를 저토록 당당하고 무서운 것이 없게 만드는 것은 무엇일까. 어차피 더 잃을 것도 없다는, 막다른 골목에서 발끈 발톱을 세우는 생존의 본능인가, 단순한 세뇌인가.

"그라믄 구야는 우얄 끼고? 구야한테 아파트 담보로 돈 빌렸다믄서? 카드빚은 갚든지 말든지 내사마 모르겠다. 그런데 구야 빚은 우얄 끼고 말이다."

성질이 머리끝까지 오르자 평소에 잘 쓰지도 않던 사투리가 제멋대로 튀어나왔다.

"다 갚을 기다. 니는 걱정 마라."

내가 작정을 하고 바락바락 달려들자 엄마도 자존심이 상하는지 표정이 굳어갔다. 늙은 엄마를 닦아세우려고 자식들이 연합전선을 폈구나 싶은 서운한 노기도 슬몃 비쳤다.

"와 걱정이 안 되나 말이다. 구야가 우예 집 장만했노. 대학 못 보낸 건 그렇다고 치고, 결혼할 때 아무것도 못 해줬는데, 그래도 알뜰살뜰 잘 사는 거 보면 내사 마 고맙고 또 한편으로는 짠하고 그러는데, 그래 곶감 빼먹듯이 야곰야곰 빚을 빼마 올케가 좋아하겠나? 내는 올케 눈치가 보여서 죽겠구만은, 엄마는 안

110

그렇나? 그래갖고 내중에 며느리한테 밥 얻어 묵겠나 말이다."

나는 기회를 놓치지 않고 몰아치다가 인정에 호소하며 슬며시 뒤로 빠졌다. 그러나 택도 없는 소리였다.

"그래 걱정되믄, 니가 나를 좀 도와주면 안 되나."

그러면서 엄마는 벌떡 일어나 브로셔를 들고 와서 내 앞에 펼치기 시작했다.

"이거 좀 봐라. 이번에는 정말 좋은 회사를 만났다. 미국 회산데, 한국 회사는 할라 카믄 없어지고 할라 카믄 뭐가 말썽이 생기고 안 카드나. 그런데 여는 조직이 만들어질 때까지 뒤를 튼튼하게 받쳐주는 재정이 되는 기라. 나스닥에 6천 개나 되는 회사 중에서 성장률 3위고 안정성 6위라 카드라. 한국회사는 아무나 할 수도 없다. 공제회사에 자본을 맡겨야 되니깐, 돈 없으믄 아무나 몬 한다 아이가."

나는 입을 딱 벌리고 말았다. 지칠 줄 모르는 불굴의 정신과 끈기와 집념에 기가 막히고 한편으로는 감탄하지 않을 수 없었다. 그러니 투자는 무섭고 투기는 나쁘고 장사는 치사하고, 한 푼 두 푼 아끼고 집안 통수로 틀어박혀 있는 걸 돈 버는 거라고 생각하는 나를 엄마는 제일 못마땅해했다. 아도 다 키워놓고 집 구석에 뭐 묵을 기 있다고 틀어박혀 있노. 니 나이 때 여자들 일 잘 한다. 니만 도와주면 내는 훨훨 날 긴데. 엄마는 나만 보면 지치지도 않고 설득하려고 하고, 나는 나대로 이야기 한번 제대로 들어준 적 없고 시늉으로도 도와준 적이 없었으며 그 말이 나오기만 하면 텔레비전에서 보았던 피라미드 사기니 구속이니 하며 오히려 초를 치기 일쑤였다. 그때마다 엄마는, 쟈는 늘 푼수 없는 기 우예 즈가부지하고 똑같노. 영판이라 카이, 하면서 부녀를 한통속으로 몰아붙였다.

엄마와 내가 큰 소리로 다투고 있는데도 아버지는 착한 아이처럼 새근새근 잘도 자고 있었다. 엄마가 떠들거나 말거나 멀뚱하니 앉아 있던 나는 순간 엄마의 손을 덥석 잡았다.

"엄마, 제발, 제발 부탁인데, 이제 고향에 내려가서 살면 안 될까? 이모 집 옆에 시골집 하나 얻고 공기 좋고 물 맑은 데서 아버지랑 텃밭이라도 가꾸면서……."

"시골에서 살라고? 거 가서 뭐 해묵고 살라 말이고?"

"생활비는 해준다니까. 이제 그냥 슬슬 놀러나 다니면서……."

"니는 내가 늙어 보이나? 지금도 내는 한 시간이 넘게 지하철 타고 버스 타고 다녀도 끄떡없다. 이 회사가 좋은 게, 일하는데 나이가 상관없다는 기라. 내캉 일하는 것들이 전부 니맨쿠로 젊은것들인데, 갸들이 다 내보고 놀란다 아이가."

그건 그랬다. 하루 한 번 시내 외출만으로도 기진맥진해지는 나와 달리 강남으로 영등포로 종로로 돌아다녀도 자고 일어나면 거뜬했고 식구들이 모였을 때 쉬지 않고 불붙는 휴대폰이 엄마 것이었으며 파김치가 되어 있다가도 전화만 받으면 기적 소생술 받은 것처럼 생기가 도는 이가 엄마였다. 무엇보다 우리 형제들이 모두 달려들어도 도저히 엄마의 사업을 말릴 수 없다는 거였다. 그러나 만일, 정말 그렇게 된다면 엄마는 하룻밤 새에 폭삭 늙어 호호백발 노인네가 되어버릴지도 몰랐다. 그런 엄마를 시골로 보낸다는 건 유배를 보내는 것이나 마찬가지일 것이다.

엄마의 사업을 내놓고 무시할 수 없는 이유는 사실 따로 있었다. 그러니까 엄마가 생활을 책임져 온 것이 벌써 20년이 넘는 것이다. 미국에 있는 먼 친척의 회사에 경영책임자로 있던 아버지는 그 회사를 자신과 운명을 같이 할 거라고 여겼다. 시대의 흐름을 읽지 못했다는 것, 그것이 아버지의 실수였다. 반도체 시장이 한 물 가고 미국의 오너로부터 회사를 정리하겠다는 통보를 받고 나서도 아버지는 믿지 않았다. 그 사이에 아버지 아래 있던 사람들, 특히 아버지가 취직시켜 주고 자신의 수족처럼 여기던 이들이 모두 회사 정리 과정에서 이렇게 저렇게 돈을 빼돌렸다. 정직하게 계산한 퇴직금은 십오 년 가까이 최고경영자로 있던 것을 생각하면 좀 터무니없는 것이었다. 그 회사를 자기 것처럼 여겼으니 자신의 월급 같은 건 올릴 생각도 하지 않은 거였다. 그걸 이런저런 사업을 하겠다고 해서 말아먹고 사기

당하고 떼이고 하는 데는 불과 몇 년이 걸리지 않았다. 그렇게 빈털터리가 되고 나자 아버지는 그만 아무것도 할 줄 모르는 할아버지가 되어버렸다. 그때 아버지 나이 겨우 쉰이었고 자식들이 시집 장가도 가기 전이었다.

그렇다고 하더라도 나는 종종 엄마에 대한 모반의 감정이 저 밑에서부터 꿈틀거리는 것을 어쩔 수 없었다. 엄마가 들으면 땅을 치고 통탄하며 나와 아버지를 또 한 통속으로 몰아붙이려고 들지 모르지만. 급한 일이 생겨서 놀이방에서 아이 좀 데리고 와달라고 전화하면 전화를 받는 건 언제나 아버지였다. 자전거 뒤에 아이 태우고 오며 오늘은 뭐 했노, 재미있더나, 반찬은 뭐를 묵었노, 곰살 맞게 물어보는 이도 아버지요, 아이가 끄는 대로 가게에 따라 들어갔는데 이건 이래서 싫고 저건 저래서 좋다고 하더라면서 뻔한 이야기를 하고 또 하며 재미있어 하는 이도 아버지요, 딱 한번 가지고 놀면 더 이상 쳐다봐지지도 않고 쳐다봐주려고 하면 이미 망가져 있기 십상인 조잡하기 짝이 없는 장난감을 사들고 손주를 찾아오는 이도, 쓸쓸하게 돌아가는 뒷모습의 주인공도 아버지였다.

그때마다 엄마는 아버지에게 핀잔을 주었다.

좀 더 일찍 좀 그래 하지? 당신 아이들한테는 막대 사탕 하나 안 사주더니, 그래도 손주는 예쁜가 보지예?

그러면 아버지는 그것이 자신을 비난하는 소리라는 것도 알

114

아채지 못하는 백치같이 순한 표정으로 이렇게 말했다.

내 젊었을 때는 아이들이 우째 크는지도 몰랐다.

맥살 없는 아버지도 보기 민망했지만, 그런 아버지를 마구 몰아붙이는 엄마의 말 본새는 더욱 싫었다. 터무니없는 퇴직금을 받아 쥐었을 때도, 부하직원들이 돈을 빼돌렸다는 말을 들었을 때도, 사업에 실패하고 돈을 까먹을 때마다, 늘푼수 없기는 똑백년 서생인기라, 그런 사람이 사업은 무슨 사업을 한다고 그라노 말이다, 하면서 아버지를 닦아세웠다. 그러나 내 생각은 달랐다. 아버지가 하는 일마다 실패하고 마침내 조로한 노인네처럼 고분고분해진 게 나는 다 엄마의 드센 기 때문인 것처럼 여겨지는 것이다.

그 결정타는 뭐니뭐니 해도, 땅 집을 팔고 아파트로 이사를 간 것이리라.

하나같이 간 크고 통 크고 손 크고, 목소리도 크고 흥도 많아 노는 일에도 빠지지 않는 밀양 박씨 칠공주파 이모들 중에 강남의 아파트로 이사를 간 사람은 막내이모였다. 막내이모의 강남 입성은 그야말로 서울의 발전과 궤를 같이했다. 홍수만 나면 물에 잠기던 무인도에 둑을 쌓고 모래를 부어 만든 곳, 전신주와 가스관을 땅에 묻고 대대적인 여의도 종합개발계획을 착착 진행해나갔으나 아무도 살지 않으려고 하자 엘리베이터가 설치된 첨단 고층 아파트를 지었는데 그게 시범아파트였다. 앞날을 내다보는 혜안이 있었던가, 용감하게 땅 집을 팔고 여의도로 이사를 간 후 아파트는 한동안 전국 최고가를 호가했고, 이후 반포로 반포에서 압구정동으로 압구정동에서 대치동으로 옮길 때마다 아파트 평수가 두 배로 뛴 것이다. 그걸 보고 있는 엄마는 속이 타지 않을 수 없었다. 똑같이 맨주먹으로 서울에 입성했는데, 동생은 단지 이사 몇 번으로 도저히 넘볼 수 없는 부유층이 되어버린 것이 아닌가. 엄마는 당장 아파트로 이사를 가고고 아버지를 조르기 시작했다.

그러나 늘 푼수 없고 앞뒤 꼭 막힌 백년 서생 같은 아버지는 모름지기 사람은 땅을 밟고 살아야 한다는 씨알도 먹히지 않는 말만 고집스레 되풀이했다. 이모의 눈부신 변신을 똑같이 바라보면서도 두 사람의 반응은 그렇게 달랐다. 그 즈음, 집에서는 하루가 멀다 하고 뭔가가 깨지거나 부서졌고 그러다가 안 되면 엄마는 무슨 돌격대처럼 아버지에게 대들고 아버지는 손찌검도 불사했는데, 급기야 한밤중에 엄마가 집에서 내쫓기는 일까지 벌어졌다.

다시는 오지 마레이. 여기는 인자 너그 집 아이다. 니는 아파트 가서 잘 살그레이.

영문도 모른 채 눈물 콧물 달고 매달리는 우리에게 아버지는 절대로 문 열어주지 말라고 엄포를 놓았고 한밤중에 맨발로 쫓겨난 엄마는, 그래? 하면서 이모 집에 가서 자고는 다음 날 아

116

무렇지 않게 돌아왔다.

　그러다가 마침내 아버지가 실직을 하자, 엄마는 기다렸다는 듯이 그 집을 팔아버렸고 단물 다 빨아먹고 버린 껌처럼 낡고 낡아서 슬럼가가 되려고 하는 여의도에 겨우 한 발을 내디딘 것이다. 아버지가 이빨 빠진 호랑이가 된 것이 그 무렵부터였다. 무일푼으로 시작해서 땅을 사고 직접 설계를 해서 벽돌 하나에까지 애정을 쏟아 부어 지은 그 집은, 아버지에게는 그러니까 삼손의 머리털 같은 거였다. 아버지의 술버릇이 사라진 것도 그즈음이었다. 그렇게 세월은 흘러 아버지는 다시 서울 변두리 단칸방에 몸을 누이고 있는 것이다.

　미처 풀지 못한 채 한쪽 벽면에 쌓여 있는 박스와 장롱 위에 마구잡이로 올려놓은 물건들, 그것들은 아마 앞으로도 빛을 보기 어려울 것이다. 속 시원히 버리지도 못하고 남 주기도 뭣한, 이제는 용도폐기된 잡동사니들 사이에 빈수레처럼 헐거워진 모습으로 아버지가 누워 있었다.

　엄마와 나는 올라운드를 뛴 권투선수처럼 진이 빠져서 후줄근하게 벽에 기대 있었다. 어색한 침묵 사이로 빗소리가 끼어들어 귀를 간지럽혔다.

　"엄마, 한잔 할래?"

　"내? 어데? 내사마 싫다. 술이라 카믄 만정이 다 떨어진다."

참, 재주도 좋제. 서울에 처음 와 갖고 돈이라고는 약에 쓸라 캐도 없는데 직장 구하러 나가봐야 된다 캐서 동전까지 탈탈 털어서 차비라도 해주면 밤에 올 때 갑신 술이 취해 갖고는, 뭐가 좋다고 골목 저 밖에서부터 고래고래 노래를 부르면서 온다 아이가. 그것도 혼자 오는 법이 없다. 서발 막대 휘둘러야 가루 거칠 것 없는 단칸방에 친구까지 끌고 오는 기라. 하여간 술 좋아하고 친구 좋아하는 거는 둘째가라면 서러울 기다.

술 이야기만 나오면 엄마가 진저리를 치며 되풀이하는 후렴구였다. 아버지와 술에 얽힌 이야기를 하라면 몇날 며칠을 새도 다 못 할 것이다. 그건 우리 형제들도 마찬가지였다. 우리는 자다가 일어나 졸린 눈을 비비며 손님 앞에서 노래를 불러야 했고 피아노를 배우던 여동생은 '엘리제를 위하여'를 아버지를 위하여 두들겨야 했으며, 다음 날이면 한밤에 누가 피아노를 그렇게 치는지 정말 죽겠다는 원성이 골목에 자자했다. 술만 들어가면 마누라고 자식들이고 전부 자기처럼 기분이 좋다고 착각하는 게 아버지의 술버릇이었다. 달랑 불알 두 쪽이 전 재산이었던 사내, 자수성가해서 서울에다가 버젓이 집 한 채 마련했겠다, 자식들 별 탈 없이 커서 피아노라는 걸 친다는 게 그저 좋았던 거다.

"엄마는 아버지 뭐가 좋아서 결혼했어?"

"야야, 말도 마라. 내도 생각하믄 기가 막힌다. 이만큼이나

118

오래 살다 보이 그것도 무슨 운명인가 싶기도 하고……."

처녀 적을 떠올리는가, 찌푸리고 있던 엄마 얼굴이 조금 펴진 듯싶다.

"엄마 어릴 때는 니 외할머니가 하도 외상술을 마시고 다녀 놓이 창피해서 고개도 못 들고 다녔다 아이가. 그래서 절대로 술 마시는 사람한테는 시집 안 간다고 그래 맹세했는데……."

"그런데?"

"너그 아부지 총각 때는 얼마나 사람이 조용하고 진중하고 성실한지, 하숙방에 놀러갈 때마다 책만 보고 있는 기라. 인사성 좋제, 그라고 을매나 잘생깄다고. 젊었을 때는 남궁원 영판인기라."

혜, 내가 웃자 엄마는,

"젊었을 때는 그랬다."

하며 눈을 흘긴다.

"술 안 마시면 딴사람 아이가. 하여간 들어보라 카이. 그런데 결혼을 떡 해놓고 나니까 그때부터 술을 마시는데, 감당을 몬 하겠는 기라. 우예 그럴 수가 있겠노 싶어 닦아세웠더니, 하참, 기가 막히가……. 그 전에 술을 하도 마시가 위장에 빵구가 나서 잠시 쉬고 있던 중이었다 이카는 기라."

"그러니까 뭐야? 속아서 결혼했다는 거야?"

"그래 되나?"

"호랑이 피하려다 호랑이 굴로 들어간 격이네."

"하하, 그래서 내가 이기 무신 운명인갑다 안 캤나."

"엄마도 한잔 해. 오늘은 소주가 다네."

"그래?"

엄마는 무슨 대단한 말이라도 들은 것처럼 눈을 동그랗게 뜨며 술상으로 다가앉았다.

"인생이 쓰면 술이 달다 카든데……, 그라믄 내도 한잔 도고."

엄마는 술잔에 애무라도 하듯이 입술을 참새처럼 오므려 쪼옥, 마시고는 부르르 몸을 떨었다.

"야야, 그라고 보이 니하고 이래 둘이 술 마시는 거 처음이제?"

빈 잔에 술을 따르는 나를 바라보는 엄마의 눈매가 그리고 목소리가 은근해졌다.

빗소리는 점점 거세게 창문을 두드리고 엄마는 말이 많아졌다. 술이 취해 맹맹해진 엄마 목소리와 빗소리가 뒤섞여 취기는 더욱 오르고, 나는 엄마가 이모들과 둘러앉아 술 마시고 떠들던 아랫목에서 가물가물 졸던 어린 시절로 돌아간 듯도 싶었다. 그때는 어른들이 하는 이야기가 무슨 내용인지도 모른 채 웃으면 따라 웃고 심각하면 같이 인상을 썼다. 그러다 보면 나도 모르게 사르르 잠이 들곤 했다. 와그르르 웃고 떠드는 소리가 어린 내게는 달콤한 자장가처럼 들렸다.

아부지 자는 거 좀 봐라. 아부지는 저래 반듯하게 눕으마 한 번 뒤척이지도 않는다. 그걸 옆에서 가마 보고 있으면 좀 무섭다. 똑 죽은 사람 같은 기라. 우짜믄 갈수록 너그 할매 같겠노. 할매 안 있나? 얼굴이 하얗고 머리도 하얗기 영판 할맨기라. 힘 세고 젊은 아부지는 어디 일하러 나가고 할매가 있는 거 같은 기라. 너그 할매 말이다.

한잔 더 도고 보자. 오늘 술 좀 들어가네. 술꾼하고 살다 보이 이제는 내가 술꾼 될라 칸다.

요새 아부지는 말끝마다 빨리 죽어버렸으면 좋겠다꼬, 고마 노래를 부른다. 어차피 죽을 때 되면 죽을 낀데 뭐가 급해서 그라요? 그라믄, 아부지는, 내가 이래 오래 살지는 몰랐다, 이칸다. 아니, 자식새끼들이랑 마누라가 옆에 버젓이 있는데 그기 할 말이가? 그런 말 들으마 속에서 천불이 올라오다가도 가마 생각해보믄 또 불쌍타 아이가. 그래도 한 때는 자가용이 모시러 오고 잘 나가던 사람인데, 오죽하믄 그래 말하겠노 싶어서 말이다. 그때마다 내가 여보, 쪼매만 참으소, 이제 다 잘 될 깁니다, 내가 돈 많이 벌어서 용돈도 많이 주고 그럴 거니까 쪼매만 참으소 그라마, 아부지는, 뭘 어떻게? 이런다. 퉁명하기 짝이 없는 목소리로 말이다. 내가 그래 말하마 고생한다, 하믄서 손이라도 잡아주고 그라믄 얼매나 좋겠노. 한 번도 그래 안 하는 기라. 그럴 때는 정나미가 뚝 떨어지제. 참, 차가운 사람이다, 너그 아부지. 각방 쓰다가 이래 나란히 누워 있으면 손이라도 한 번 잡아주고 그랄 낀데 말이다.

그래도 내는 말이다, 꼭 아부지한테 전생에 무슨 빚을 진 기분인기라. 그래서 정말 돈 많이 벌어서 아부지한테 용돈도 많이 주고, 그라고 집도 빨리 좋은 데로 이사도 가고 그라고 싶다.

니 취하나? 아부지 딸이 뭐 그러노? 그라믄 여게 좀 누워라.

엊그저께는 말이다, 파주 어딘가로 빚을 받으러 갔다. 전화도 안 하고 무작정 찾아간 기라. 전화하면 준다준다 말만 하고, 도망 내빼뿌리니끼네, 기습을 한 거제. 그때 아부지하고 같이 갔거등. 방구쟁이 핫바지 같은 아부지라도 남자랑 가믄 겁먹을까 싶어서 그랬제. 버스를 몇 번을 갈아타고 물어서 물어서 가니깐, 집에 없어. 대문 앞에 한참을 바라꼬 앉았으이 기운도 빠지고 배는 또 얼마나 고픈지, 그래서 오는 길에 칼국수를 사먹었는데……. 참, 아부지가 요새 아무래도 이상하더라. 버스 기다리면서 버스 언제 오나 한번 물어보고 오소, 그랬더니 갔다가 그냥 오는 기라. 그래, 와 그냥 오요? 그러니까 왜 갔는지 모르겠더라 안 카나. 그라고 내가 버스 기다리면서 빵을 하나 사줬더니 내 묵어보라는 소리도 안 하고 혼자서 다 묵는 기라. 칼국수 먹은 지 얼마 됐다고 말이다. 그런데도 얼마나 맛있게 먹는지……, 꼭 아들래미 빵 먹는 거 쳐다보는 기분이더라. 그래 돌아오는 길에 시장에 들렀다. 모처럼 아버지 먹고 싶은 거 좀 해 주고 싶어서 말이다. 그래서 닭도 한 마리 사고 고등어도 한 손 사고 그랬는데, 사람이 얼마나 많던지 손을 꼭 잡고 댕겼다 아이가. 그래 오면서 가마 생각해보이, 너그 아부지하고 지금까지 살면서 한 번도 그래본 적이 없었던 기라. 세상에, 뭐 한다고 그랬노 말이다. 지금 생각하믄 사는 게 똑 꿈같다.

니, 자나? 야야, 야가 잠들었는가베.

가릉빈가 우는 저녁

등산로 입구는 활기가 넘쳤다. 물건값을 흥정하는 상인들의 목소리가 쩌렁쩌렁했으며, 물 청소를 했는지 도로고 인도고 할 것 없이 물이 홍건히 고여 있어 자동차들이 지나갈 때마다 차르륵차르륵 기분 좋은 소리가 났다. 버스도 쉴 새 없이 달려와 울긋불긋한 등산객들을 내려놓고 또 그만큼 실어서 떠났다. 버스 정류장 옆, 연이어 늘어서 있는 상점들 사이 벽에 붙어서 그걸 바라보는 시연만 아주 먼 세상에 있는 사람 같은 표정이었다.

앞에 펼쳐진 풍경을 바라보면서 시연은, 봄은 소리로부터 온다고 생각했다. 저 땅 속 깊은 곳에서부터 꽁꽁 언 몸을 풀어가면서 두터운 얼음장 밑의 물을 조금씩 녹여 물길을 내고, 마침내 쩌렁, 얼음 갈라지는 소리를 내며 봄은 터져 나오는 것이다. 그러면 골목길에 아이들이 떠드는 소리며 차도를 쌩쌩 달리는 자동차들의 소리도 여느 때보다 커지는 것이다. 바짝 말라붙은 나뭇가지에 물 빨아 올리는 소리, 가슴을 불룩거리며 탄소동화 작용을 하고 광합성을 하여 몸피를 늘리고 나뭇잎과 꽃망울이 터지고 이파리들이 팔락거리는 것조차 귀에 들리는 듯 했다.

시연은 봄을 탔다. 봄이 오는 것을 무엇보다 예민하게 감지했던 것이다. 자신의 몸도 대지를 닮아서 몸 속 깊은 곳에서부터 따뜻한 물이 조금씩 차오르고 아지랑이 같은 것이 배꼽 주위를 간질이기 시작하면 무엇엔가 휘둘리듯 감정을 주체할 수 없었다. 봄바람이 난 듯 무작정 밖으로 쏘다니고 싶어지는가 하면 방구들을 지고 누워 꼼짝도 하기 싫어질 정도로 우울해지기도 했는데, 봄바람보다는 우울한 때가 많았던 시연은 그래서 봄을 좋아하지 않았다. 가만히 잠자고 있는 것들을 뒤흔들어 깨워 살라고, 살아나가라고 떠다미는 봄은 확실히 잔인한 데가 있었다.

그러나 올봄은, 아무것도 느낄 수가 없었다. 뭔가에 세게 얻어맞아 얼이 빠진 것처럼 뭘 해도 실감이 없는 것이, 육신과 영혼이 따로 노는 기분이었다.

　우에노 기자는 긴 다리로 성큼성큼 걷고 있었다. 그를 따라가는 시연은 뒤에서 누가 잡아당기기라도 하는 것처럼 자꾸만 뒤로 처지고 있었다. 등산로에는 사람들이 많지 않았다. 평일이라서 그렇다 해도 등산로 입구에 삼삼오오 짝지어 서 있던 사람들은 다들 어디로 사라졌단 말인가. 간혹 보이는 등산객들도 근처 동네에서 운동 삼아 나온 듯 가벼운 차림새에 혼자 몸이었다. 하긴 열댓 걸음 정도 뚝 떨어져 걷는 우에노 기자와 시연도 다른 사람이 보면 동행이라고 생각하지 않았을 것이다. 우에노 기자는 가끔씩 걸음을 멈추고 시연을 기다려주었지만, 어느 정도 시연이 따라오면 다시 돌아서 걸었다. 둘은 딱 그만큼 거리를 유지하며 걷고 있었다.
　생각할수록 선배가 야속했다.
　우에노 기자가 왔다며 선배가 전화를 걸어온 것은 사흘 전이었다.
　수화기를 들고 있는 시연의 눈앞에 갑자기 폭설에 덮인 숲이 나타났다. 그리고 아주 멀리서 눈의 무게를 이기지 못한 나뭇가지 하나가 뚝, 부러지는 소리가 들렸다.
　시연은 나가기 어렵다고 말했다.
　그러자 선배는, 그렇게 틀어박혀만 있으면 병난다고, 바람이라도 쐬자며 등산을 제안했다. 마지못해 승낙은 했지만, 사흘 내내 시연은 약속을 취소할 것인지를 두고 고민했다. 그러다가 결국 약속 장소까지 떠밀리듯 나온 것이다.

세 사람은 등산로 입구 버스 정류장에서 만나기로 했다.

우에노 기자가 먼저 나타났다. 일 년 만이었다. 시연의 사정을 모를 리 없건만, 그는 전과 다름없이 환하게 웃으며 인사를 했다.

내가 좀 늦었지요?

시연이 웃으며 고개를 저었다.

한국에만 오면 내가 조금씩 늦게 돼요. 일본에서는 아주 시간 약속을 잘 지키는 사람인데 말이에요.

시간 약속 더 안 지키는 사람도 있으니까 괜찮아요.

시연은 손목시계를 보며 말했다.

시간이 얼마나 걸리는지 거리 개념도 잘 없고, 지하철 걸리는 시간도 아직 익숙하지 않아서, 그래서 자꾸만 약속 시간에 늦게 돼요.

일 년 사이에 우에노 기자의 한국말이 놀랍도록 능숙해졌다.

어떻게 그렇게 한국말을 잘 하게 됐어요?

우에노 기자와 이야기를 할 때면 시연도 마치 그처럼 문어체로 말이 나왔다.

하하, 돌아가서 한국인 유학생한테 특별과외 지도를 받았습니다.

그 때 선배에게서 전화가 왔다.

미안해서 어쩌지?

대뜸 그렇게 말하는 선배의 말에 얼굴이 화끈 달아오르도록 화가 치밀었다. 결국 이런 속셈이었나 싶었던 것이다.

사실 나 지금 병원인데, 아무래도 또 문제가 생긴 거 같아. 우에노 기자한테도 미안하다고 좀 전해줘. 내가 다음에 맛있는 사 준다고…….

병원이라는 말에는 할 말이 없었다.

그도 잠시 말없이 서 있더니 갑자기 상점으로 들어갔다. 담배라도 사려는가 했더니 그가 들고 나온 건, 김밥과 삶은 달걀, 음료수 같은 것들이었다.

그래도 약속은 약속이니까…… 하며 메고 있던 배낭에 먹을 것들을 담았다.

우에노 기자가 네 걱정 많이 했어. 산에 가는 게 정 내키지 않으면 어디 가까운 데 가서 밥이라도 먹으면서 이야기나 해.

앞에 그가 보이지 않는다 싶더니 산모롱이를 돌아서자 바위에 걸터앉아 시연을 기다리고 있었다.

우에노 기자를 알게 된 건 선배를 통해서였다. 우리나라 대학에 연수 차 와 있던 그가 정신대 문제에 관심을 가지면서 여성

문화연구소에 있는 선배를 알게 되었고, 나는 선배의 소개로 그의 자료 조사를 도와주게 되었다. 이혼한 지 한참이 지나도록 사람 만나는 걸 기피하는 나를 선배가 이런저런 일로 엮어 밖으로 끌어내려고 할 무렵이었다.

그때만 해도 그는 한국말을 거의 하지 못했다. 시연 역시 일본어에 능통한 건 아니었지만 읽는 것에 불편이 없었기 때문에 일하는 데는 어려움이 없었다. 그런데 일 년여의 시간이 지나면서 그의 한국어 실력이 시연의 일본어 실력을 바짝 따라잡아 버렸다. 일본에 돌아갈 때마다 한국어 교본 책과 회화 테이프를 챙겨 가는 등 꾸준히 노력한 결과였다.

그렇게 일상적인 대화에 어려움이 없을 정도가 되어서도 '어떻게'로 시작되는 의문문만큼은 그 한 마디로 해결하려는 묘한 습관을 가지고 있었다. '어떻게 하지요?' '어떻게 가나요?' '당신 사정은 어떻습니까?'라는 말을 그냥 '어떻게'라고 해버리고 마는 것이었다. 여러 사람들과 이야기할 때 이런 식의 축약 어법이 튀어나오면 간혹 이해하지 못하는 사람들이 생겼다. 그 때마다 시연이 그의 의중을 풀어서 설명하는 역할을 맡게 되었는데, 사람들은 그런 시연을 보고 한-한 통역사라고 불렀다. 시연이 특별히 그의 말을 귀담아 듣는 것도 아닌데도 그랬다.

어쨌든 일본에 한 번씩 다녀올 때마다 그의 한국어 실력은 부쩍부쩍 늘었고, 늘 크고작은 선물을 하나씩 가지고 왔다. 처음 그가 내민 것은 칼이었다. 포장을 풀었을 때 거기 들어 있는 게 칼이란 걸 알고 시연은 좀 섬뜩했다.

일본에서는 칼을 선물하는 풍습이 있습니다. '마요께'라고 해서 칼을 선물하면 그 사람의 재앙을 막아준다고 생각해요.

시연은 얼른 100원짜리 동전 하나를 그에게 건넸다.

한국에서는 칼 같은 걸 선물 받으면 이렇게 해요.

그러니까 일본에서는 칼 끝이 바깥을 향해 보호와 방어의 의미를 지닌다면, 한국은 은장도처럼 자해나 공격의 이미지를 가지고 있었던 것이다. 칼 하나를 가지고도 두 나라의 생각이 판이하게 다르다는 것을 그때는 그저 신기하고 재미있게만 여겼다.

그러던 어느 날, 선배가 진지한 표정으로 말했다.

아무래도 우에노 기자가 너를 맘에 두고 있는 거 같아. 너 없을 때 너에 대해서 얼마나 많이 물어보는지 몰라.

그러더니 누구를 통해 알게 되었는지, 우에노 기자가 별거 중이라며 사귀어보라고 부추기기 시작했다. 그리고 나서부터 선배는 세 사람이 약속한 장소에 갑자기 일이 생겼다며 나타나지 않거나, 이런저런 핑계를 대며 일찍 자리를 뜨곤 했다. 그러나 선배의 노력에도 불구하고 두 사람은 꼭 그만큼의 거리를 유지하며 지냈다. 의도적으로 그러려고 한 것도 아닌데, 그렇게 되었다.

"나는 배가 고픈데, 시연씨는 어때요?"

시연이 다가가도록 바위에 앉아 먼 산을 바라보고 있던 그가 물었다.

아침을 거르고도 배가 고픈지 모르고 있던 시연은, 그의 말에 시장기가 밀려드는 것을 느꼈다.

둘은 등산로에서 조금 벗어나 계곡 옆 너럭바위에 자리를 잡고 앉았다. 계곡 옆이나 바위 아래로는 얼음이 녹지 않고 그대로였다. 산속은 아직 겨울이었다. 그러나 그것도 한계치에 이른 듯했다. 계곡도 말라붙어 있고 나무들도 가지만 앙상한 것이 어디서 우지끈 하는 큰 소리만 나도 산산이 바스라져 버릴 것 같았다. 바위에서도 풀썩 먼지가 일었다. 온 산이 한 방울의 물을 간절히 원하고 있었다.

시연은 물을 달게 마시고 그에게 건넸다.

그는 몹시 시장했는지 기다란 김밥을 얼른 한 입 베어 우물거리며 물병을 받았다. 시연도 김밥의 호일을 벗겼다.

어쨌든 밖으로 나오니 기분은 상쾌했다. 비록 건조한 흙먼지 냄새만 풀썩거렸지만, 아스팔트가 아닌 흙 길을 걷는다는 것만으로도 몇 달 동안 집안에 갇혀 꼼짝 못 하던 스트레스가 날아가는 듯했다. 그렇다고는 해도 우에노 기자와 단둘이, 그것도 이렇듯 호젓한 산행을 하는 건 부담스러웠다. 선배도 그걸 모르지는 않을 것이다.

선배는 남편의 바람기 때문에 신혼 초부터 이혼하겠다고 들썩거렸지만 10년이 넘게 똑같은 문제로 남편과 티격태격하고 있었다. 모든 문제를 선배는 아이가 없기 때문이라고 생각하고 있었다. 그 동안 인공 수정을 두 번이나 했지만 그 때마다 실패였다. 자궁에 정자가 착상하기도 힘들지만 그것을 온전히 품어 키워내는 것 또한 엄청난 고통이 따랐다. 그래서 갓난아기를 입양하는 문제까지 심각하게 고려하기에 이르렀는데, 남편이 그것만은 절대로 못 하겠다고 버티고 있었다. 내 아이가 아니라는 생각 없이 끝까지 길러낼 자신이 없다는 거였다. 그러자 선배는 다시 인공 수정을 시도하겠다고 나섰다. 그런데 이번에도 또 실패란 말인가. 하지만 선배 부부는 끝내 잘 살아낼 것 같았다. 삼신 할매가 아이를 점지해주지 않는 것은 그래서일 것이다.

무슨 말을 해야 할지 몰라 어색한 침묵을 견디며 김밥을 먹고 있는데, 우에노 기자가 먼저 말문을 열었다.

"참, 김치 어땠어요?"

"아, 김치요? 잘 먹었어요. 일본에서도 그렇게 김치를 담가 먹는가봐요."

"네, 하지만 한국 김치랑은 좀 다르지요."

"맵지 않고 담백해서 우리 아이가 특히 잘 먹었어요."

지난 겨울, 소희 선배가 김장 김치가 잘 익었다며 우에노 기자에게 한 포기 가져다준 일이 있었다. 그때 그가, 나도 김치 잘 담가요 해서 우리가 깜짝 놀랐는데, 다음에 만날 때 당장 김치가 든 비닐봉지 하나씩을 안겨주어서 우리는 더욱 놀라고 말았다. 가끔 올 때마다 묵어 가는 자취방에 김치를 담을 만한 함지 따위의 변변한 그릇도 없었을 텐데, 두 포기나 되는 김치를 담았다는 것이었다.

그가 음식에 관심이 많다는 것은 알고 있었지만 직접 요리하는 것을 즐긴다는 것은 그때 처음 알게 되었다. 요리와 쇼핑이 스트레스 해소에 좋다며 웃을 때 그의 눈가에는 부챗살같이 자잘한 주름이 잡혔다. 그러니까 그가 한국에 올 때마다 사들고 오는 자질구레한 선물들도 스트레스 해소를 위한 쇼핑의 부산물인 거였다. 혼자서 요리를 하고 여자들 사이를 두리번거리며 쇼핑하는 그의 모습이 낡은 흑백영화의 한 장면처럼 쓸쓸하게 떠올랐다.

"우리가 갔던 길이 이 길이 맞지요?"

김밥 한 줄을 다 먹고 난 우에노 기자가 시연을 돌아보며 물었다. 시연은 무슨 말인가 싶어 잠시 어리둥절하다가, 곧 깨닫고는 웃음을 터뜨렸다.

"우리가 헤어지던 데까지 가려면 아직 좀 더 가야 하지요?"

시연이 웃는 걸 보고 그도 눈가에 웃음을 띠며 말했다.

그랬다. 이번 산행이 처음이 아닌 것이다.

지난 여름, 둘은 무슨 모임에 참석했다가 뒤풀이가 꽤 흥겹게 이어지는 바람에 술을 많이 마셨다. 자정 너머까지 술을 마시면서 시연이 산을 좋아한다고 하자, 그도 산을 좋아한다며 다음 날 산에 가자고 했다.

그러나 다음 날 아침, 시연은 전날의 숙취 때문에 몸을 가누기도 힘들었다. 잠시 후 그와의 약속을 기억해내고 샤워를 하고 커피도 마시며 숙취를 풀어보려고 했지만, 천근만근 무거운 몸은 도저히 회복이 되지 않았다. 그러나 그의 집에선 이미 전화를 받지 않았다.

하는 수 없이 택시를 타고 약속 장소로 갔다. 그도 분명히 전날 시연처럼 마셨는데 말끔한 표정으로 지하철 의자에 앉아 신문을 보고 있었다. 몸 상태가 말이 아니라 도저히 못 가겠노라고, 미안하다고 하자, 그는 괜찮다고 말하며 자리에서 일어섰다. 시연은 그와 어디 가까운 곳에서 커피나 한잔 마시고 헤어질 작정이었다. 그런데 그가 등산로 쪽으로 몸을 돌리는 거였다.

산에 가려구요?

시연이 놀라서 묻자, 그는 어찌 그리 당연한 걸 묻느냐는 표정으로 고개를 끄덕였다. 함께 가기로 한 사람이 못 가게 되었는데 혼자라도 가겠다며 나서는 게, 시연은 좀 어이가 없었다. 그런데 그를 배웅하겠다며 등산로 방향으로 걷다 보니 깨질 듯 아프던 머리가 조금 가라앉는 듯했다. 집에 가서 누워 있는 것보다 차라리 산에 올라가는 것이 나을 것 같았다.

산행은 그렇게 우여곡절 끝에 이루어졌다. 그런데 평소 시연이 다니던 코스가 아닌 곳으로 접어든 게 문제였다. 족히 담요 두 장은 될 것 같은 어마어마한 너럭바위를 지나지 않으면 안됐던 것이다. 처음 너럭바위는 그럭저럭 지날 수 있었다. 다음 너럭바위는 비스듬히 내려가야 했다. 올라가는 건 엉금엉금 기듯이 갈 수가 있었는데, 내려가려고 하자 발이 바위에 딱 붙어버린 것처럼 떼어지지가 않는 거였다. 아교풀이라도 바른 것처럼, 아무리 떼려고 해도 꼼짝도 하지 않았다. 우에노 기자가 나무 뿌리라도 뽑듯이 시연의 다리를 잡아당겨도 소용없었다. 어떻게 그런 일이 있을 수 있는지, 그 때를 생각하면 지금도 이마에 진땀이 배어날 것 같았다.

시연은, 더 이상 못 갈 거 같다며 그 자리에 주저 앉아버렸다. 하지만 자기 때문에 산행을 망치는 건 바라지 않으니 계속 가라고 했다. 그러자 거기 앉아 말없이 담배 한 대를 피우고 나더니 시연에게 조심해서 내려가라고 말하고는 정말로 가던 길을 계속 가는 거였다.

그 생각을 하자, 또 얼굴이 화끈 달아오르는 듯했다. 계속 가라고 한 건, 물론 시연의 진심이었다. 그래도 서운한 건 서운한 거였다. 더 권해보지도 않고 혼자서 가는 그의 뒷모습을 보면서 시연은, 이래서 일본 사람들 속은 알 수가 없다고 하는 거로군, 하며 중얼거렸다.

"시연씨는 내려가는 걸 싫어하는 사람이에요."

"예?"

"그때 바위 두 개가 거의 똑같았어요. 그런데 올라가는 건 잘 올라가는데, 내려가는 걸 못 내려갔잖아요."

"그래서 내가 그런 사람이라구요?"

"산은 올라가는 것도 잘 해야 하지만, 내려가는 건 더 잘 해야 돼요."

"알고 있어요. 하지만, 그건 그냥 산에서 내려가는 거랑은 좀 다른 거였어요. 나도 모르겠어요. 왜 그렇게 발이 딱 붙어버렸던 건지. 그런데 지금 우리가 가는 길이 그때 그 길이라구요?"

"네, 맞아요. 그럴 거예요."

"아, 그럼 안 돼요. 거길 가면 난 또 그렇게 발이 붙어버릴 거예요."

"하하, 걱정하지 말아요. 이번엔 잘 갈 수 있을 거예요. 두 번째잖아요. 처음에 그랬으면 두 번째는 안 그럴 거예요."

"그게 무슨 법칙이에요?"

"법칙? 그런 거 없어요. 그냥 두 번째로 하는 건, 처음보다 쉬울 거다, 이 말이지요."

"그래도 안 되면 이번에도 저 그냥 내팽개치고 가려구요?"

"내팽개치다니요?"

"그랬잖아요. 지난번에."

"지난번에? 아, 그때. 그때는 시연씨가 나보고 계속 가라고 했잖아요. 시연씨는 그냥 내려가겠다고 하면서……. 안 그랬던가요?"

"그랬지요. 그러기야 했지만……."

시연은 말문을 닫았다. 서로를 잘 알 것 같다가도 이런 순간들이 꼭 찾아왔다.

지난 해 겨울이었다. 일이 끝나고 우에노 기자와 저녁을 먹기로 했는데, 갑자기 선배가 급하게 지방에 다녀올 일이 생겼다고 했다. 입양할만한 아이가 있다고 연락이 왔다는 거였다. 형부가 싫다며? 하고 되물었지만, 그냥 나 혼자 꿍꿍이속이 있어서 그래, 하는 데는 더 이상 할 말이 없었다. 그때그때 핑계를 잘도 꾸며대는 데다 도저히 뭐라고 비난도 할 수 없는 이유를 끌어다 댔기 때문에 시연도 두 손 두 발 다 든 상태였다.

수동적으로 따라다니기만 하던 시연은 그가 좋아할 만한 식당 하나를 기억해냈다. 천연 조미료로 무친 산나물을 목기 그릇에 내오는 식당인데 목조가옥의 아늑함과 주인이 파계승이라는 것 때문에 깊이 인상에 남아 있던 곳이었다. 그러나 따져보니 벌써 십 년 저쪽의 일이었다. 그래도 둘은 어디 한번, 하면서 인사동 골목을 더듬었다.

한국에서 그는 일식을 먹는 법이 거의 없었다. 그것은 외국에 대한 단순한 호기심 이상이었다. 그는 한국 음식을 무척 입맛에 맞아 하며 즐기는 편이었다. 그가 올 때마다 셋이서 우리나라의 토속 음식점을 순례하듯 돌아다니게 된 것은 그런 그의 취향 때문이었다.

갑자기 몰아닥친 한파로 거리는 전날 내린 눈이 꽁꽁 얼어붙어 빙판을 이루고 있었다. 거리의 연인들은 행여 누가 떼어놓을세라 꼭 붙어 다니고 있었다. 한 발짝 떨어져 걷는 사람이 더 민망할 지경이었다. 그래서, 저러다 넘어지면 아마 더 크게 다칠 텐데 말이에요, 라고 중얼거렸는데, 바로 그때 시연이 얼음을 살짝 밟고 몸이 활처럼 휘었다. 그가 날렵하게 팔을 뻗어 허리를 잡아주지 않았다면 아마 시연은 보기 좋게 엉덩방아를 찧으며 대자로 뻗었을 것이다.

그러고 나서 그가 시연의 손을 잡더니 자기 코트 주머니 속으로 넣었다. 어쩐지 꼭 그렇게 잡아달라고 한 꼴이 되어버렸지만, 그렇게 잡고 보니 따뜻한 그의 손이 싫지 않았다.

식당은 그리 오래 헤매지 않아 찾을 수 있었다. 게다가 옛 모습 그대로였다. 십 년도 전에 딱 한 번 가본 곳이 그대로 있는 것이 반가워 시연이, 와! 아직 있어요, 라고 소리치자, 그도 덩달아, 맞아요? 하며 즐거워했다. 거기까지는 괜찮았다. 그와 처음으로 데이트다운 데이트를 하는 기분이 들기도 했으니까.

식당에 대한 생각이 착각이었다는 것은 오래지 않아 드러났다. 변하지 않은 것은 외양뿐이었다. 고즈넉하던 바깥과 달리 방방마다 사람들로 그득해서 어렵사리 마루 기둥 곁에 자리를 잡고 막 식사 주문을 마쳤을 때였다. 갑자기 형광등이 꺼지고 마루 한가운데 조명등이 켜졌다. 어리둥절해서 두리번거리는 사람은 시연과 우에노 기자 둘뿐이었다. 다른 사람들은 오히려 그 시간을 기다렸다는 듯 아예 수저를 놓고 조명등을 향해 몸을 틀었다. 어디에 숨어 있었던 것인지 한복 차림에 꽃바구니를 든 여자와 장고를 멘 남자가 박수를 받으며 나타났다. 그제야 그곳에 앉아 있는 대부분의 사람들이 일본인 관광객들이며 그들 곁에 앉아 있는 젊은 여자들이 누구인지 알 것 같았다.

공연은 그저 그런 고전 무용이었다. 그것이 자꾸만 시연을 야릇한 기분으로 몰아간 것은 정통이 아닌 약식으로 꾸민 춤사위에 흐르는 교태와 퇴폐적인 분위기 때문이었다. 우에노 기자를 슬쩍 돌아보니 그는 뜻밖에 펼쳐진 공연을 즐기는 표정이었다. 그런데 시연의 머릿속에는 희미하게 어떤 얼굴이 떠올랐다. 처음에는 앳되어 보이던 얼굴이 저속 카메라를 돌리듯 순식간에 늙은이의 얼굴로 변했다. 장고 소리가 흥을 돋워갈수록 얼굴은 점점 그 수가 불어나 머릿속에서 다글다글 끓어대기 시작했다.

쪼그라들고 왜소한 할머니들, 그들이 한자리에 우 몰려 있는 모습은 그것 자체로도 충격적인 풍경이었다. 손자들의 재롱이나 보며 노후를 즐겨야 할 나이에 자글자글한 주름살이 무색하도록 아직도 그들을 분노케 하는 것은 무엇일까. 이제는 유행지난 가구처럼 거추장스럽다고 생각했던 역사가 그들의 앙상한 어깨를 아직도 짓누르고 있다는 말인가. 우에노 기자의 일을 도와주면서 시연은 보도를 통해서만 알고 있던 정신대 할머니들의 수요 집회에 간 적이 있었다. 아스팔트를 녹여버릴 것처럼 햇살이 달아 있던 여름날, 먼발치에서 그들의 모습을 처음 보았을 때 시연은 좀 충격을 받았다. 아무것도 끝나지 않았구나. 그리고 할머니들의 취재를 마친 후, 차양 아래 고압적인 태도로 턱을 치켜들고 서 있던 경비의 친절한 안내를 받으며 일본대사관 안으로 들어가는 우에노 기자를 보면서 시연은 그가 일본인이라는 것을 비로소 안 것처럼 낯설게 느껴졌다.

선배에게 그런 느낌을 털어놓자 선배는 딱하다는 표정으로 시연을 쳐다보았다.

너무 예민한 거 아냐? 우에노 기자가 일본 대표는 아니잖아. 그 사람 국적이 일본인 건 그저 우연일 뿐이야. 미국, 프랑스, 독일, 그런 거랑 똑같아. 물론 일본 사람이지. 그러면 어떻게 해야 하는데?

두 사람 사이가 어찌 그리 뜨뜻미지근하냐며 답답해하던 선배는 버럭 화를 내기까지 했다.

"우리가 전에 갔던 그 길이 아니었나 봐요?"

우에노 기자가 어리둥절한 표정으로 말했다.

정상에서 바람을 맞으며 한숨 돌리다 내려왔는데, 산길은 의외로 갑작스럽게 끝이 나고 주택가 골목이 나타났다. 점심을 먹고 산을 오르면서 다시 그 너럭바위가 나타나면 어쩌나 불안했던 시연은 오히려 다행이다 싶었다. 두 번째라고 달라질 것 같지 않았던 것이다. 그나마 조금 익숙한 동네 쪽으로 내려온 것도 다행스러웠다. 걷는 걸 좋아하고 산도 좋아하지만 방향 감각이 둔해서 혼자서는 한 번도 산에 갈 엄두를 내지 못했다. 산뿐만 아니라 평지에서도 처음 가본 곳은 최소한 열 번은 가야 지리를 익힐 정도였다.

"저녁이나 먹으러 갈까요?"

저녁을 먹기에는 이른 시간이었지만, 구기터널 부근의 손두부집을 떠올리며 물었다. 그리고 늦지 않게 집에 돌아가야 하는 것이다.

"두부 요리를 전문으로 하는 집인데, 어때요?"

"아, 또 춤추는 식당?"

우에노 기자가 양손을 치켜들고 장난스레 흔들며 하하 웃었다. 시연은 살짝 눈을 흘기며 앞장서서 걸었다. 그 날 시연은 주문한 식사가 나오기도 전에 식당에서 나와버렸다. 우에노 기자가 허겁지겁 따라 나와서 무슨 일이냐고 물었지만, 시연은 아무

144

말도 하지 못했다. 그런 식당에 앉아서 밥을 먹고 싶지도 않았지만, 그걸 바라보는 당신도 보기 싫었노라고는 차마 말할 수 없었던 것이다. 나중에야 선배에게 대충 이야기를 전해들은 그는, 시연씨는 아직 사는 게 뭔지 잘 모르는 어린아이 같은 사람이에요, 라고 했다던가.

시연씨는 내려가는 걸 싫어하는 사람이에요.

원래 그렇게 농담처럼 사람을 규정하는 말을 잘 하는 사람이었지만, 그 말은 어쩐지 예사로이 들리지 않았다.

그런가? 그런 것일까? 그래서 운명은 시연을 시궁창으로 처넣은 것인가.

시연은 이혼 이 년 만에 남편과 재결합을 했다. 지난 겨울, 우에노 기자가 돌아가고 나서 한 달여 만의 일이었다.

그래, 잘 했다. 누군 애정으로 사니? 사는 게 다 그런 거지.

주위에서는 한결같이 시연 부부의 재결합을 축하하고 격려했다. 아이 때문이라고, 평소에는 잘 찾지도 않던 아빠를 부르며 울어대는 아이에게서 자기에게 닥친 위험을 감지하는 동물적인 본능을 느꼈노라고 스스로를 합리화했지만, 그것보다는 시연 자신의 두려움과 공포가 더 컸던 것인지 몰랐다. 결혼 전의 혼자라는 것과 결혼 후의 그것은, 일단 한 번 팔리면 아무리 새 것이라도 절대로 새 값을 받지 못하는 가전제품이나 가구와 비슷했다. 세상의 고정관념과 풍속을 강요하는 듯한 속담이니 격언 투의 말을 극도로 혐오하던 때가 있었다. 그런 말들은 부모의 부모가 그랬듯 세월에 떠밀려 그러구러 살아가라고 말하는 것 같았다. 그랬던 시연이 이제는 그런 말에 누구보다 고개를 크게 끄덕이며 세상을 얕보았던 대가를 치르고 있다고 생각했다.

남편이 교통사고를 당하던 날도 그랬다.

그 날, 시연은 소희 선배를 따라 산부인과에 갔었다.

벌써 세 번짼데도 도무지 익숙해지지 않네. 기분이 얼마나 야릇하고 더러운지 몰라. 내가 무슨 성령으로 잉태한 성처녀니? 버젓이 남편이 있는데 어째서 주사바늘이냐구.

새삼스러울 것도 없는 선배의 집착이 독침처럼 가슴에 날아와 박혔다. 결혼이란 게 도대체 뭐란 말인가. 누군 아이 때문에 못 헤어진다고 하고, 누군 아이만 있으면 모든 문제가 해결될 거라고 믿고 있으니, 인간이 발명한 것 중 가장 끔찍한 괴물이 결혼제도일 거였다.

너 사는 게 재미없지?

말없이 앉아 있는 시연을 유심히 바라보던 선배가 불쑥 물었다.

재미?

시연이 피식 웃었다.

이제 우리 나이쯤 되면 재미있는 일 같은 거 바라면 안 돼. 이제는 일 생겼다 하면 남편 바람 피우는 거하고 식구 아파서 병

146

원 가는 거밖에 안 남았거든. 하여간 힘들게 재결합했으니까 이제부터라도 잘 해봐.

그런 건가. 이제 무사히 늙어가기만을 바라는 나이에 접어든 것인가.

그리고 바로 그 날 밤, 정말로 재미없는 일이 생겼다.

강변도로를 달리던 남편의 자동차가 덤프 트럭과 정면으로 충돌한 것이다. 조수석에는 남편의 애인이 타고 있었는데 그녀는 그 자리에서 죽었다. 집채만한 청소 트럭과 충돌하는 순간 남편이 핸들을 왼쪽으로 틀었기 때문이다. 나중에 안 일이지만 그녀는 그의 회사 동료로 시연의 결혼식 사진에도 박혀 있었다. 아이의 백일잔치, 돌잔치, 집들이 때도 어김없이 찾아와, 축하해요, 하며 시연을 향해 웃었을 것이다.

햇수로 꼽아보면 10년 가까운 세월이었다. 결코 쉽지 않았을 사랑을 그토록 오랫동안 지켜낼 수 있었던 힘은 무엇이었을까. 그들의 사랑이 그 정도로 위대하다는 의미인가. 그렇다면 그만큼의 모욕이 시연의 몫인 셈인가. 지난 삶이 왜 그렇게 낯설고 허방을 짚는 것 같기만 했는지는 그렇게 싱겁게 해명이 되는 듯했다. 그러나 얼마든지 결합할 기회가 있었음에도 그렇게 하지 않았던 두 사람이, 그런 애인을 두고서 재결합 제안을 받아들인 남편이 해독 불가능한 암부호처럼 버티고 있었다.

그런 와중에도 시연은 남편을 벗어날 수 없었다. 척추가 으스러지는 바람에 남편은 미라처럼 침대에 묶여 있어야 했다. 쪼그라 붙은 성기를 닦아주고 대소변을 받아낼 사람이 시연이 밖에 없었다. 뭐가 어찌됐건 시연은 그의 아내였으니까.

이래서 부부밖에 없다는 거다. 잘 해줘라. 너도 나중에 어떤 일을 당할 지 알 수 없는 거다. 그때는 니가 해준 것만큼 다 받게 된다.

시댁 어른들은 문병만 오면 시연을 붙잡고 위론지 압력인지 모를 말을 했다. 그들은 남편보다는 시연의 거동을 살피기 위해 병원에 오는 것 같았다.

무엇엔가 홀린 듯 병원을 나선 것이 한두 번이 아니었다. 그러나 그때마다 말뚝에 매인 소처럼 멀리 벗어나지도 못하고 병원 주위를 맴돌거나 버스 정류장에서 서성거리는 게 고작이었다. 그건 사지가 묶인 채 누워 있는 남편 때문이 아니었다. 시연은 두려웠다. 자신에게 닥친 악운이 이 순간을 모면한다고 해서 비켜가지 않을 거란 예감이, 아무리 꼭꼭 숨어도 결국 발각될 거란 불안이 시연을 옥죄고 있었다. 길은 보이지 않았다. 이를 악물고 뚫고 나가는 것밖에는. 시연에게는 남편이 아니라 삶이 거대한 수수께끼만 같았다.

남편의 하반신은 점점 물기를 잃어가며 살비듬이 돋기 시작하더니, 끝내 힘없이 늘어져 버렸다. 이제 그는 반쪽 인생을 살아가야 한다. 땅을 딛고 설 수도, 걸을 수도, 달릴 수도 없는, 끊임없이 누군가의 도움을 필요로 하는 삶을 그는 꿈에도 상상해 보지 않았을 것이다. 삶에 대해 오만할 정도로 자신에 차 있던 그의 눈은 음습한 그늘에 숨어 오직 시연의 움직임에만 반응했다. 그렇게 덜컥, 시연의 손에 전혀 예기치 않았던 열쇠 하나가 쥐어진 것이다.

　저녁 손님이 아직 들지 않은 식당은 한적했다. 양복 차림의 남자 두 사람이 말없이 고개를 맞대고 늦은 점심인지 이른 저녁인지 모를 식사를 하고 있었다. 그들이 마루에 앉아 있었으므로 시연은 한쪽 미닫이문이 열려 있는 방으로 들어가 자리를 잡았다. 세 개의 식탁 중 다락문이 있는 구석 자리가 바로 옆에 창문이 있어 가장 밝았다. 우에노 기자는 살림집을 개조한 식당이 신기한 듯, 두리번거리며 방안을 유심히 살펴보았다. 밤이 되면 부부가 나란히 잠자리에 들 것 같은 여느 집 안방 같은 분위기였다. 문갑 위에는 텔레비전과 액자 몇 개가 놓여 있고 그 위 벽에는 아이들의 상장들이 코팅되어 나란히 붙어 있었으며 옷걸이에는 일상복들이 무신경하게 걸려 있었다. 어쩌면 너절하달 수 있을 일상의 소품들이 오히려 마음을 편안하게 했다.
　반쯤 열린 창에서 빗방울 떨어지는 소리가 들리기 시작했다. 오랜 가뭄 끝에 내리는 봄비는 진한 흙냄새를 피워 올렸다.
　"비가 오네요."

"비가 오고 나면 추워지나요?"

시연이 창을 올려다보며 중얼거리자 우에노 기자가 물었다.

"아니에요. 이 비가 그치면 나무에서 잎이 돋고 꽃이 필 거예요."

"아, 단비로군요."

"단비를 아세요?"

"네, 언젠가 들었어요."

"그런 말까지 다 알고……. 이제 곧 한국어로 시도 쓸 수 있겠어요"

"일본에서는 비가 오면……."

그는 시연의 말에는 대꾸를 하지 않고 잠시 뜸을 들이다가 다시 말을 이었다.

"일본에서는 비가 오고 나면 땅이 단단해진다는 말이 있습니다."

시연은 다시 창 쪽으로 고개를 돌렸다. 방석크기 만한 창문에 빗방울이 반짝거렸다. 구슬 주렴을 걸어놓은 것 같았다.

음식이 들어왔다. 산 하나를 넘어올 동안 내내 입안을 맴돌았을 말을 털어놓은 그는 마침 가져온 소주가 반갑다는 듯 덥석 잡았다. 두 사람은, 빈속에 소주부터 들이부었다.

"우리나라에도 그런 속담이 있는데……. 결국 사람 사는 일은 어디나 비슷한가 봐요."

마루에서 식사를 하던 남자들이 나가고 식당에는 둘만 남겨졌다. 해물부침과 손두부찌개를 앞에 놓고 반주로 시킨 소주 한 병이 비어갈 즈음 으슬으슬하던 몸도 좀 녹았다. 소주 한 병이 더 들어오고 분위기는 더욱 호젓해졌다. 그래서였던가. 두 사람은 처음으로 두서도 없이 이런 저런 이야기를 편하게 하고 있었다.

그러나 돌이켜보면 꼭 술 때문만은 아니었던 듯싶다. 문득 대화의 고리가 끊어졌을 때 두 사람 사이로 비집고 들어오는 적요로움, 그리고 잊지 말라는 듯 기다렸다는 듯 들려오는 빗소리와 그리고 마치 오랜 부부처럼 앉아 있던 방의 분위기 때문은 아니었는지. 그러나 어쩌다 그런 이야기까지 나오게 되었을까. 그것은 아무리 생각해봐도 안개 속의 풍경처럼 쉬 잡히지 않았다. 창문에 구슬주렴을 쳐놓은 듯 떨어지던 빗방울, 삐걱대던 어둑신한 마루, 그리고 우등 상장이 정겹던 구기동 손두부집에 다시 돌아가 앉으면 혹시 알 수 있을까. 마치 세상과 단절된 듯하던 그 공간과 빗소리 속으로.

우에노 기자는 자신의 결혼 생활에 대해 이야기하고 있었다. 마치 고해 성사라도 하는 것 같았다. 늘 단정하게 자신을 추스리던 고삐를 어느 순간 놓아버린 듯 허허로운 표정이었다.

아이들이 셋인데 그들에 대한 책임감 때문에 도저히 헤어질 수는 없었노라고, 그것들을 저버리고서는 어떤 행복도 이루어낼 수 없을 것이라는 생각, 그리고 좀 더 솔직히 말하면 그것으로 인해 받아야 할 비난을 감수할 용기가 없었노라고. 그래도 어떤 상황이든 결국 적응하게 마련인지 그런 대로 체념도 하고 극복도 했다고 생각했는데, 그런데 모든 것이 뒤집히는 것이 한 순간이더라고. 그는 끝없는 이야기의 미로 속에 갇힌 사람 같았다. 그렇게 지난 삶을 다 풀어내고 나면 가볍고 가벼워져서 한 줌 연기가 되어 사라지기라도 할 것처럼 처연한 모습이었다.

나는 비로소 그의 실체를 어렴풋이나마 본 것 같았다.

"조개 껍데기말이에요. 알맹이는 쏙 빠져버리고 바닷가에 버려진 조개 껍데기, 내 기분이 꼭 그래요."

그가 이야기 내내 만지작거리던 술잔을 들어 털어 붓듯 마시는 사이 잠시 나를 향해 웃어 보였다. 입술을 움직일 듯 말 듯 가늘게 웃는 표정이 가슴에 사무쳤다.

시연은 막막함과 느꺼움으로 아무 말도 할 수 없었다. 시연은 망망대해 앞에 서 있었다. 뒤에서 사락사락 모래 바람이 자신의 발자국을 지워버려 지나온 흔적도 없이 거기 떨궈진 것 같았다.

그리고 불쑥, 그가 말했다.

"성생활을 안 한 지 5년 되었어요."

처음에는 그의 불확실한 발음 때문이었는지, 아니면 예기치 못한 말이어서 그랬는지 성생활이라는 말을 얼른 알아듣지 못했다. 잠시 후, 그가 섹스 이야기를 하고 있다는 것을 알았지만 담담했다. 성생활을 안 한 지 5년 되었어요, 라는 그의 말이 담배를 안 피운 지 5년 되었어요, 하는 것만큼이나 담백하게 들렸던 것이다. 스산하게 불어대던 모래 바람이 일시에 멈추고 고요해지는 기분이었다.

시연은 성생활을 안 한 지 3년이 넘었다. 그리고 이제 앞으로도 남편과의 관계는 불가능하다. 남편이 하반신 마비라고 하면 사람들은 금방 묘한 표정을 지으며 말문을 닫아버렸다. 사람들은 입을 모아 외쳤다. 섹스가 중요한 거라고. 원만한 잠자리를 위해, 행복한 인생을 위해, 이제는 솔직해져야 한다고. 하긴, 남편 험담을 입에 달고 다니던 여자에게 그래서야 어떻게 사느냐고 물었다. 그러자 여자는 콧소리로, 잠자리 하나는 끝내주거든, 하며 눈을 찡긋거렸다.

오래도록 성생활을 잊은 남녀가 한 방에 앉아 술을 마시고 있구나. 별 뜻도 없이 훗, 웃음이 일었다. 그리고 혼잣말처럼 중얼거렸다.

"삶이라는 게, 참 지독한 함정 같지 않아요?"

"함정이요? 그게 무슨 말이에요?"

그의 얼굴이 덫에 걸린 것처럼 일그러졌다.

아직 살 날이 많다고 생각하고 있을 때, 삶은 차곡차곡 쌓아올려 그럴듯한 형체를 남기는 것이려니 했다. 순간순간 성실하게 살아내면 두둑한 적금 통장 하나 비장하고 있는 것처럼 삶도 수월해지려니 싶기도 했다. 그런데 어느 순간 시연은 강도라도 만난 것처럼, 졸지에 텅 빈손으로 망망대해 앞에 내몰려 있는 기분이었다.

그러나 시연의 영악한 무의식은 이미 다 알고 있다고 신호를 보낸다. 이제 이런 상실감마저 곧 오랜 친구처럼 익숙해질 거라고, 지금껏 그래왔던 것처럼 삶은 그저 그렇게 떠밀려갈 뿐이라고 속삭이고 있었다.

시연은 더 이상 절망하지도 저항하지도 않고 순순히 고개를 끄덕인다. 삶의 굽이굽이에서 복병처럼 만나게 되는 충격도 세월이 흐르면 추억이 되는 법이다. 지난 삶이 가르쳐준 것이 있다면, 그 정도였다.

갑자기 현관문이 활짝 열리더니 젊은 남녀 무리들이 밀려 들어왔다. 떠들썩하게 웃으며 방으로 들어오려던 그들은 두 사람을 발견하고 잠시 머뭇거리다 마루 한가운데 자리를 잡았다. 그러고 보니 마루에는 이미 중년의 남자 두 사람이 술잔을 기울이고 있었다. 직장인들이 퇴근을 해서 집으로 혹은 술집으로 향하는 시간이었다. 남편과 아이는 텔레비전을 보며 시연이 차려놓고 나온 밥을 먹고 있을 것이다.

젊은 남녀 무리들을 눈으로 좇던 우에노 기자가 슬그머니 일어나 화장실로 갔다. 그가 걸을 때마다 마루가 삐걱삐걱 울었다.

그때 시연은, 문득 기묘한 느낌에 사로잡혔다. 언제였을까. 라일락과 백일홍 나무가 있는 마당을 지나 현관문을 열면 손때로 반질반질한 마루가 나온다. 대들보가 그대로 드러난 마루는 언제나 서늘한 기운이 감돌고 미닫이문을 열고 들어가는 온돌방은 훈훈하다. 구수한 찌개 냄새와 기름 냄새가 은은히 배어 있는 방안에서 함께 술을 마시던 남자가 저벅저벅 마루를 울리며 화장실로 가고 이어서 쏴아, 물 내려가는 소리를, 그리고 처마 끝에서 떨어지던 빗방울 소리를 언젠가 들은 것 같았다.

사실 인간의 기억이란 믿을 것이 못 된다. 그런 만큼 불가사의한 것이기도하리라. 도리천에서 걱정 근심이란 것을 모르고 행복하게 살던 보살이 있었다. 그곳은 사람 얼굴에 새의 몸을 가진 가릉빈가가 극락정토를 노래하고 만다라화와 우담바라화가 흐드러지게 피어 있는 곳이었다. 어느 날 사바 세계를 내려다 본 보살이 번뇌에서 헤매는 중생들을 제도하고자 도리천을 떠나는데, 그가 지옥 같은 사바세계를 견디기 위해 가장 먼저 한 일은 천상에서의 아름다웠던 기억을 지워버린 것이라고 한다. 우리가 기시감을 느끼는 대부분의 장면들이 아름다운 것은 그것이 천상의 기억이기 때문은 아닐까. 마치 우리가 지상에서 가장 아름다웠을 유아기를 기억하지 못하는 것과 마찬가지로. 그 역시 지독한 함정 같은 생을 견디게 하기 위한 신의 마지막 배려일지 모른다.

그리하여 오늘은, 그저 그런 밋밋한 생에서 그나마 추억하게 될 어떤 풍경으로 남을 것이었다. 시연은 천천히 일어나 식당을 나왔다.

어둠이 내려 적막한 마당에 빗소리만 여전했다. 작은 외등 하나가 빗줄기를 비추고 있었다. 시연은 불빛을 향해, 어둠 속으로 걸어 들어갔다.

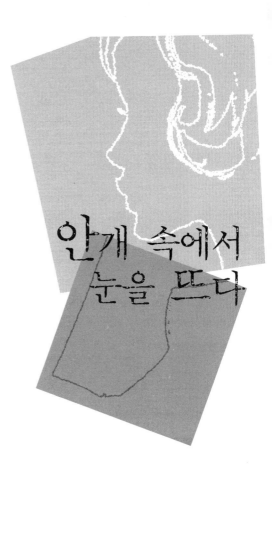

안개 속에서
눈을 뜨다

아침에 눈을 떠 커튼을 제치는 순간 그녀는 자신도 모르게 낮은 비명을 질렀다. 농밀한 안개의 입자가 3층 그녀 창 앞까지 빼곡이 차 올라 있던 것이다. 높고 낮은 건물들의 경계가 우윳빛으로 뭉개진 바깥 풍경은 몽환적이었다. 밤사이 안개에 휩싸여 낯선 세상으로 떠밀려온 듯 했다.

안개 속에 신호등만 망망대해의 부표처럼 떠올라 깜박였다.

호수가 가까운 외곽 도로에서는 자동차 소음 하나 들리지 않았다. 머리맡의 알람시계는 여섯시 십 분을 가리키고 있었다. 세 시간도 채 못 잔 것이다. 좀 더 자려고 침대에 누웠지만 머릿속이 안개에 점령당한 것처럼 몽롱했다. 그녀는 구름 위에 둥실 떠 있는 기분으로 열린 창문을 통해 서서히 퍼져 들어오는 안개의 알갱이들을 무연히 바라보고 있었다.

지난밤의 일을 떠올려보았다. 불과 몇 시간 전 일이 낡은 필름 속 화면처럼 희미하고 낯설었다. 그러다가 남자의 전화를 떠올린 건 전혀 뜻밖이었다. 축축한 목소리까지 떠올리자 매끈하고 가느다란 실뱀장어 속을 휘젓듯 기묘한 이물감에 부르르 몸을 떨었다. 그리고 그의 말을 떠올린 순간 그녀는 침대에서 벌떡 일어나 앉았다.

–그런 사람을 뭐라고 하는지 알아? 바로 스토커라는 거야.

지난 밤, 그녀는 쫓기듯 집을 나섰다. 골목으로 퉁겨 나와 3층에 있는 자신의 방을 올려다보았다. 불이 켜져 있는 것은 텅 빈 그녀의 방뿐이었다. 캔버스처럼 환한 창이 어둠 속 어딘가를 향한 출구처럼 보였다. 그러나 어디로 향한 출구란 말인가. 그녀에게 출구는 없었다. 몇 뼘 안 되는 육신을 누일 수 있는 유일한 자신의 공간에서조차 그녀는 숨이 막혔던 것이다. 몇 년 사이 익숙해진 10평 공간. 사방 벽을 차지하고 있는 갖가지 잡동사니들,

160

친구 작업실에서 주워온 판화와 자기도 감정이 있다고 항변이라도 하듯 되다 말다 하는 고장난 오디오와 도무지 계통을 세울 수 없는 갖가지 원서들 그리고 몇 개의 가구와 싱크대. 싱크대를 바라보면 그녀의 후각보다 청각이 예민하게 반응했다. 이런저런 재료들을 사들고 와서 함께 요리를 하던 기억, 그 장면을 떠올리면 음식에서 풍겼을 냄새보다 리드미컬하게 울리던 도마질 소리, 흥겨운 악대처럼 냄비뚜껑을 들썩거리며 국물이 끓어 넘치던 소리, 그리고 둘의 웃음소리가 싱크대 주변을 맴돌았다.

　-모르고 계셨어요? 실장님 사표 내신 지 일주일이 넘었는데요.
　사무실에 들어서자 노처녀 편집장이 뜨악한 표정으로 그녀를 쳐다보며 말했다. 도대체 연락이 되지 않아 사무실로 바로 찾아갔던 것인데, 그녀가 나타나면 성곽처럼 쌓여 있는 책 위로 얼굴보다 팔을 먼저 치켜들어 흔들어주곤 하던 그의 모습은 보이지 않았다. 그의 책상도 말끔히 치워져 있었다. 그녀가 그와의 친분관계를 떠나 번역자라는 것을 싸그리 무시하는 듯한 노처녀 편집장의 말투에 그녀는 냉랭하고 사무적인 태도로 원고 뭉치를 건넸다.
　-약속 날짜보다 빨리 마치셨네요.
　노처녀 편집장은 원고를 꺼내보지도 않은 채 옆으로 밀쳐뒀다.
　-알고 계실지 모르겠지만 요즘 출판계 사정이 워낙 어려워서요. 지금으로서는 언제쯤 출간될지 확실히 말씀드릴 수

가 없네요.

　그로 인해 늘 뒷전에 밀려나 있던 편집장은 이제 비로소 자신의 역할을 제대로 할 수 있게 되었다는 득의양양함이 얼굴에 가득했다. 앉으라는 말도 없이 자기 자리에서 빤히 그녀를 올려다보는 편집장에게 쫓기듯 사무실을 나오며, 그녀가 사무실 문을 닫는 순간 곧장 원고가 캐비닛에 처박힐 거라고 직감했다. 그보다 더 나쁜 건, 다시는 이 사무실에 올 일이 없을 거라는 거였다.

　돌아오는 길에 그녀는 현금지급기에서 약간의 현금을 인출했다. 강력한 흡인력으로 카드를 빨아들인 지급기가 카드를 판독하는 짧은 순간, 카드를 훑어 내리는 소리가 그녀의 몸을 후끈 달아오르게 했다. 그 속에는 팽팽한 삶의 긴장이 응축되어 있었다. 살아 있음을 가장 생생하고 뜨겁게 확인하는 순간인 것이다. 그러나 그것은 마르지 않는 샘이 아니다. 받는 것 없이는 절대로 주지 않는 차가운 기계, 그 이상도 이하도 아닌 것이다. 그녀는 명세표를 뽑아들고 잠시 망설이다가 잔고를 확인하지 않고 그대로 찢어버렸다.

　정류장에서 그녀는 다가와서 멈추고 떠나는 버스들을 우두커니 지켜보며 서 있었다. 사람들은 자기가 탈 차가 도착하면 망설임 없이 버스를 타고 사라졌다. 곧 새로운 사람들이 하나둘 걸어오는가 하면 역시 얼마 지나지 않아 제 갈 길로 가버렸다.

그들이 그녀에게 익명이듯 그녀 역시 그들에게 익명이었다. 그러나 익명으로 시작하지 않는 인간관계가 있던가. 그렇다면 지금 정류장에 서 있는 낯선 이들 중 누구와도 새로운 관계를 맺을 가능성은 얼마든지 있는 것이다. 그녀는 어디에서 와서 어디로 가는지 모를 낯선 이들을 바라보며 그들 모두를 뜨겁게 알고 싶다는 갈망을 느꼈다. 그러면서 동시에 그것이 얼마나 헛되고 미친 생각인가를 깨닫고 절망했다. 노처녀 편집장의 싸늘한 미소가 떠올랐던 것이다. 그와의 내밀한 관계를 다 알고 있다는 듯 그녀를 볼 때마다 냉랭한 표정을 짓던 편집장에게 그녀는 은근한 호감을 가지고 있었다. 최소한 여자라는 걸 무기로 먹고살지는 않겠다는 온몸으로 풍기는 당당함은 사실 나의 것이었고, 나도 당신과 같은 생각을 하는 여자라고, 그러니 우리는 동지라고 말하고 싶었지만, 이미 틀린 일이었다.

집에 돌아온 그녀는 서서히 어둠이 차 올라 방안으로 흘러 들어오는 것을, 그리고 주위 사물들과 마침내 그걸 지켜보는 그녀 자신까지 희미한 그림자로 남을 때까지 우두커니 앉아 있었다. 이제 그를 보내야 한다. 놓아줘야 한다. 그러나 ……. 그가 사랑고백을 한 것은, 사무적으로 몇 번 만나고 회식자리에 두어 번 어울린 뒤였다. 그 태도가 너무 당당해 그가 기혼의 가장이란 것을 꿈에도 몰랐다. 그러나 그걸 알았을 때는 이미 돌이킬 수 없이 깊이 빠져버린 뒤였고, 그가 그녀와 헤어져 아내를 품에 안는 상상으로 불타오른 질투심은 그녀를 더욱 옭아맸다. 평정을 잃고 집착하는 그녀를 슬슬 피하던 그가 결별을 선언했지만, 그것은 오히려 그녀에게 기름을 끼얹은 꼴이었다. 마침내 그는 휴대폰 번호를 바꾸고 사표까지 내기에 이른 것이다. 그녀의 이성은 알고 있다. 한번 돌아선 사람은 다시 돌아오지 않는다는 것을. 그러나…….

그녀는 전화기 앞으로 가서 그의 휴대폰 번호를 천천히 눌렀다. 지금 거신 번호는 결번이오니 다시 확인하고 거시기 바랍니다. 보내야 한다. 끝났다. 송화기에 대고 나지막이 속삭인 그녀는 후크 단추를 누르고 다시 그의 번호를 눌렀다. 두 번, 세 번, 네 번……. 그녀의 손가락이 점점 빨라졌다. 그러나 수화기에서 들리는 음성은 조금도 흐트러짐 없이 처음과 똑같은 속도로 짜증도 내지 않고 같은 말을 반복했다. 그러나 일곱 번, 여덟 번 반복되자 수화기 속 여자가 그녀를 비웃었다. 너는 이제 혼자야. 이제 전화를 걸 일도 없고 걸려올 데도 없을 거야. 수화기를 내동댕이쳤다. 그래도 여자 목소리는 계속 울려나왔고 싸늘한 기계음이 방안을 가득 메웠다. 이제 갇힌 것은 그녀였다. 그녀는 속울음을 끅끅대며 허덕이다 더 이상 참지 못하고 방문을 열고 뛰쳐나온 것이다.

자정이 넘으면 '라고'는 늘 보게 되는 얼굴들이 남아 있게 마

164

런이었다. 상가 지하를 불법 개조한 그곳은 온통 60년대 식 소품들이 너절하게 걸려 있고 스탠드바 뒤에서 주인 남자가 틀어대는 해적판들도 대부분 올드 팝송이었다. 비슷한 시절에 유년기를 보냈으며 한결같이 낙오병 같은 표정을 한 이들이 이곳의 단골이었다. 만나면 떠들썩하게 웃으며 잔을 부딪치지만 좀체 속내를 드러내는 법은 없었다. 거리에서 그들을 마주친다면 아마 알아보지 못할는지 모른다. 지레 피하는 것일 수도 있다. 그들이 낮에 어떤 얼굴로 살아가는지 짐작하지 못하듯 그들 역시 그녀의 생활을 짐작하지 못할 것이다. 외로움을 견디지도, 공유하지도 못하는 사람들인 것이다.

그녀는 평소와 달리 많이 마셨고 많이 웃었으며 쉬지 않고 떠들었다. 그녀 주위로 남자들이 모여들었다. 누군가 그녀의 팔을 잡아끌어 홀에서 춤을 추었다. 자리로 돌아오는 그녀를 다른 남자가 낚아채어 또 다시 춤을 추었다. 그녀는 여왕처럼 웃으며 그들 사이에서 춤을 추었다. 음악은 점점 템포가 빨라졌다.

가쁜 숨을 내쉬며 그녀가 자리에 앉자 옆자리에 앉는 남자가 있었다. 얼굴이 익은 듯도 하고 낯선 것 같기도 했다. 그러나 이미 그런 건 문제가 되지 않았다. 두 사람은 맥주 잔을 부딪치고 단숨에 마셨다. 빈 잔을 내려놓고 마주보며 이유 없이 큰 소리로 웃었다. 갑자기 남자가 그녀의 목을 끌어안고 입을 맞췄다. 순간 그녀의 몸에 힘이 들어갔지만 이내 풀어버렸다. 그것은 학습되고 관습화되어 몸에 저장된 반사작용일 뿐, 그녀의 의지는 저항하고 거부해야 할 이유를 찾지 못했다. 그러나 남자의 축축한 입술이 연체동물의 빨판처럼 그녀를 빨고 입안 구석구석을 축축한 혀로 헤집고 다녀도 그녀 몸에서는 아무런 감응이 일지 않았다.

긴 키스를 마치고 그녀 목에 두른 팔을 풀지 않은 채 그녀를 바라보는 남자는 득의만면한 표정이었다. 그녀도 희미하게 웃어주었지만, 안으로 기어 들어가는 미소는 입술 꼬리만 슬쩍 비틀었을 뿐이다. 담배 한 대를 다 피울 동안 남자는 줄곧 그녀 귀에 대고 뭐라고 떠들었다. 음악소리 탓도 있었지만, 그녀의 귀는 이미 안으로 향해 있어 그의 말이 들리지 않았다.

맥주 한 잔을 더 마시고 일어섰다. 어디를 가냐며 남자가 허리를 휘감았다. 그녀는 화장실에 간다고 말하고 밖으로 나왔다.

막 계단을 올라가는데 누군가 그녀 팔을 붙잡았다. 그녀 곁에 앉았던 남자였다. 설마 그냥 가는 건 아니겠지? 그가 입 꼬리로 웃음을 흘리며 화장실은 저쪽이라도 일러주었다. 사실 그녀는 집으로 돌아갈 생각이었다. 흘러 넘치는 웃음과 흥겨움 속에서 그녀의 의식은 자꾸만 내부로 향했고 가식과 위선으로 가득 찬 속은 공허했다. 얼른 따라 나와서 화장실까지 알려주는 그의 과도한 친절 속에는 동물적인 초조감이 감춰져 있었다. 그녀는, 피식 웃으며 몸을 돌려 화장실로 들어갔다. 옷을 벗고 변기에 앉으

166

려는 순간 화장실 문이 벌컥 열렸다. 그녀는 벽으로 밀쳐졌고, 이어 잔뜩 발기된 성기가 파고 들어왔다.

집에 돌아와 불도 켜지 않은 어둠 속에서 술잔을 비웠다. 소주 병이 거의 비어갈 즈음 그녀 입에서 가느다랗게 흐느낌이 새 나왔다. 전화벨이 울린 것은 그 무렵이었다.

그녀는 한나절 내내 전화 내용을 기억해내려고 애썼다. 집을 나와 약국에 가서 술 깨는 약을 사먹고 근처 식당에서 고춧가루가 둥둥 떠 있는 국밥을 입안으로 떠 넣으면서도 머릿속은 온통 남자의 전화에 대한 생각으로 그득했다. 당신의 방이 보고 싶어요 라고 했던가, 아니면 당신이 보고 싶어요 라고 했던가. 그녀보다는 방이 보고 싶다고 했던 것 같다. 어째서 그녀를 보고 싶다고 하지 않고 방이 보고 싶다고 했을까. 전화통화만 했으니 보고 싶다면 의당 그녀가 보고 싶어야 할 터인데, 그는 분명히 방이 보고 싶다고 했던 것 같다. 그래서 그게 뭐 어려운 일이냐며 오라고, 술에 취해 혀가 풀린 목소리로 호기를 부렸다. 어쨌든 그녀는 남자를 초대했고 그는 올 것이다. 그 외에 더 무슨 말을 했을까. 외롭다고? 안아달라고? 그녀는 절망했다. 어처구니없게 강간을 당하고 돌아와 채 몇 시간이 흐르지도 않아서, 몇 번의 통화로 독자라는 것만 알 뿐인 낯선 남자를 집으로 초대한 것이다. 스스로에 대한 말할 수 없는 환멸과 모멸감으로 온몸에 소름이 돋았다.

남자로부터 처음 전화가 걸려온 것은 서너 달쯤 전이었다. 그녀를 찾는 목소리가 정중했다. 남자는 자신을 독자라고 소개했다. 독자라니, 그녀는 남자가 착각을 한 게 아니라면 자신을 놀리는 거라고 생각했다. 시시한 번역서를 보고 독자라며 전화를 걸어올 사람은 없는 것이다. 그러나 잠시 후, 남자는 이미 접어버린 지 오래된 그녀의 기억 한 자락을 끄집어냈다. 10여 년 전, 동지이자 연인이었던 남자를 감옥에 보낸 후 미혼모로서 그의 아이를 키우며 꿋꿋하게 살아가는 여자를 그린, 자전적 요소가 강한 그녀의 첫 작품은 제법 호응을 받았었다. 그러나 여자로서 누릴 수 있는 행복을 그 작품은 빼앗아가 버렸다. 당신의 손주가 있다는 것조차 모르고 있던 그의 부모가 그녀로부터 아이를 데려가 버렸으며, 몇 년 후 감옥에서 나온 그는 다른 여자와 결혼했다.

죽을 작정을 했었다. 그녀의 상실감 앞에서 변혁이니 이념이니 하는 것들은 허깨비일 뿐이었다. 그럼에도 죽지 못하고 살아오는 동안 세상은 변했고 그녀는 정말이지 어디 한 군데 기대고 의지할 아무것도 없이 오직 살아가기 위해 자신의 재주를 파먹고 있었다. 이제 그녀가 한때 소설가였다는 것을 기억하는 사람은 아무도 없었다. 아니, 자신마저 까맣게 잊고 있던 일이었다.

남자는 몇 년 전에 읽었던 그녀의 소설을 다시 읽게 되었으며 여전히 사회적으로 유효한 부분이 있다고 힘주어 말했다. 폐기

처분되었다고 생각한 소설 속 대사를 줄줄 외웠으며 등장 인물에 대해 마치 실제 인물인 양 분개하거나 공감을 보냈다. 얼굴이 달아올랐다. 그녀는 그만 두라고, 그건 생각하고 싶지도 않은 소설이라고 화를 냈다. 그러나 남자는 독자의 입장도 있는 게 아니겠냐며 조금만 참고 들어보라고 그녀를 진정시켰다. 시간이 지날수록 묘하게 이야기 속으로 빠져 들어가고 있는 자신을 느꼈다. 부끄럽고 화가 치미는가 하면 한편으로는 기억 속에서 완전히 잊혀졌던 자신의 과거가 조금씩 되살아나 숨을 쉬는 듯 했던 것이다. 덮어두려고 했던, 치가 떨리게 증오스러운 시절이라고만 여겼던 그 때를 사실은 못 견디게 그리워하고 있었다는 걸 깨달았다. 남자의 말에서 진심이 느껴졌고 목소리에는 존경심마저 실려 있는 듯 했다. 위로 받는 것 같았다. 따뜻한 온기가 온몸을 기분 좋게 감쌌다.

통화는 한 시간이 넘게 이어졌다. 대화는 자연스럽게 취미라든가 기호 따위의 사적인 내용으로까지 발전했다. 그녀는 조금 피로해졌지만 남자가 고마운 마음에 끝까지 성실하고 솔직하게 대답해주었다. 그러다가 갑자기, 자신의 위선이 가증스러워졌다. 자신은 이미 그 때 그 소설을 쓴 사람이 아니지 않은가 말이다. 무엇보다 현재 자신의 삶은 그 때로부터 얼마나 멀리 와 있는지, 끊임없이 그것을 상기해야 하는 것이 그녀는 고통스러웠다. 외출할 일이 있다고 둘러대며 남자의 이름조차 묻지 않고 전화를 끊었다. 남자는 아쉬운 듯 머뭇거리며 다시 전화하겠다고 했다. 그녀는 그저 의례적인 인사치레이려니 하고는 잊었다.

그러나 일주일쯤 지난 후, 남자가 다시 전화를 걸어왔다. 남자는 대뜸 오랜 지기처럼 그 동안 무엇을 하며 지냈는지, 잠은 잘 자는지 잘 챙겨먹고 있는지 따위의 지극히 일상적인 안부부터 물었다. 처음에는 반감이 들었다. 그러나 너무 오랫동안 고독감과 외로움에 찌들린 그녀는 그것이 주는 따스함을 거부할 여유가 없었다. 따스함은 그렇듯 일상적이고 사소한 곳에서 오는 거라는 걸 절절하게 느끼며 가슴 한쪽이 저릿해졌을 정도다.

그 날도 통화는 한 시간이 넘게 이어졌다. 그러다가 무슨 이야기 끝엔가 남자가 노래를 불러주고 나중에는 자기가 좋아하는 시라면서 시낭송까지 했다. 시도 시인 이름도 처음 들어보는 것들이었는데, 대부분 소녀 취향의 감상적인 것이었다. 남자의 목소리는 가끔 평정을 잃은 듯 가늘게 떨리고 과잉된 감정 상태를 노출하기도 했다. 남자가 정상이 아닐지 모른다는 생각이 퍼뜩 스쳤다. 고립되고 소외된 채 어두운 방안에 갇혀 모르는 사람들에게 전화를 거는 일로 현실을 지탱해나가는 정신병자. 하긴, 이미 과거 속으로 묻혀버린 그녀를 찾아내 이렇듯 헌신하는 것부터 이미 정상이라고 하기 어려운 일이었다. 갑자기 허탈해졌다. 남자가 자신의 처지만큼이나 안쓰럽기도 했다.

그 후, 전화는 잊을 만하면 걸려왔다. 남자는 그녀와의 인연에 남다른 의미를 부여하려 들었다. 온갖 별자리와 경전이 동원되었다. 터무니없고 상투적인 말에 짜증이 치밀었다. 몇 번인가 그녀가 자제력을 잃고 소리쳤다.

  ―그 동안 내가 말한 거 다 잊어버려요. 난, 작가도 아니고 세상에 대한 헌신과 애정 따위 잊은 지 이미 오래예요.

  그러나 남자는 그런 그녀를 오히려 안타까워하며 위로하려고 들었다. 격렬한 그녀의 반응에도 남자의 태도는 여일하게 정중하고 부드러웠다. 그것이 다시 그녀로 하여금 평정을 잃게 했다. 전화는 계속되었다.

  그러다가 그와 함께 있을 때 남자로부터 전화가 걸려온 일이 있었다. 남자는 예나 다름없이 길고 긴 대화를 이어나가겠다는 태도로 느긋하게 안부부터 물었다. 그녀는 손님이 있다며 말을 잘랐다. 남자는 당연히 알 권리가 있다는 듯, 누구냐고 물었다. 사뭇 도전적으로 느껴지는 말투였다. 와락 치밀어 오르는 불쾌감을 감출 수 없었다. 그런 것까지 말해야 하나요? 그녀는 내동댕이치듯 전화기를 내려놓았다.

  ―그런 사람을 뭐라고 하는지 알아? 그걸 바로 스토커라고 해. 집요하게 사람을 괴롭히는, 이를테면 정신병자지. 무슨 일을 저지를지 몰라.

  그녀의 이야기를 들은 그가 대뜸 그렇게 말했다. 스토커라구?

  ―그래, 몰라? 주로 연예인들한테 협박 전화를 계속 해대거나

따라다니면서 괴롭히는 스토커 말이야. 존 레논도 그래서 죽은 거야. 조디 포스터는 겨우 목숨을 건졌고…….

ㅡ그렇지만 왜 나한테?

ㅡ정신병자들이 사람을 가리나? 일반인들이 당한 일이야 매스컴을 타지 않으니 모르는 것뿐이겠지. 하여간 일방통행적인 사랑은 추해지거나 과격해지거나, 둘 중 하나야. 그런 것도 사랑이고 부를 수 있다면 말이지.

남자는 안개꽃과 케이크를 들고 서 있었다. 면바지에 니트, 그리고 면 재킷을 입은 남자에게서는 금방 목욕탕에서 나온 것처럼 비누 냄새가 풍겼다. 크지도 작지도 않은 키, 단아한 이목구비, 이마로 흘러내린 윤나는 머리카락, 어디 한 군데 넘치거나 모자람이 없는 평범하지만 단정한 차림새였다. 남자가 스토커라는 것을 증명할 만한 것은 어디에서도 찾을 수 없었다. 걸리는 게 있다면 병적으로 흰 피부였다. 하얀 얼굴, 하얀 손, 하얀 목덜미. 흰 피부 아래 푸른 정맥이 비쳐 보였다. 관자놀이에 불거진 정맥혈이 어린 짐승이 숨을 할딱이듯 애처롭게 뛰고 있었다. 안개꽃 사이로 보이는 남자가 환상이 아닌 실체라고 말하는 것은 그 애처롭게 뛰는 정맥혈관밖에 없는 것처럼 보였다. 남자는 들어오라고 하기 전에는 한 발자국도 움직이지 않을 것처럼 서 있었다.

그녀는 예상보다 여리고 가냘픈 남자의 인상에 안도했다. 계획했던 대로 남자가 존경하는 작가로서 선배로서 의연하게 남자를 맞았다.

"어떤 꽃을 살까 망설이다가…… 그러다가 선생님이 이곳이 안개가 지독한 곳이라고 했던 말이 떠올랐어요. 그래서……."

"예쁘네요. 안개는 다른 꽃을 받쳐주는 꽃이라고만 생각했는데……. 고마워요."

안개만으로도 이렇게 풍성하고 아름다운 꽃다발이 되다니, 남자의 센스가 느껴졌다. 그녀는 병에 꽃을 꽂으며 남자로부터 꽃을 선물 받는 것이 처음이라는 것을 깨달았다. 지금껏 그녀가 사랑이라고 불렀던 것들 속에는 이런 게 끼어들 여지가 없었다. 꽃, 키스, 선물, 기념일 따위의 가슴 떨리는 모든 것들을 소모적인 것이라고 여겼다. 사랑은 오직 중심으로 관통해 들어가는 본질이어야 한다고 생각했다. 때로는 사랑한다는 말 한 마디 없이 격렬하게 몸을 나누기도 했으며 일체의 일상과 권리, 의무를 배제한 오직 사랑만을 위한 사랑을 추구하기도 했다. 사랑의 이름으로 휘둘러지는 모든 것을 폭력이라고 생각했던 때도 있었다. 그런 그녀가 꽃다발 하나에 지난 삶이 출렁거리는 것을 느꼈다. 결국 이런 거였을까? 그녀는 지난날 자신이 무시하고 경멸했던 것들이 뒤늦게 자신의 뒤통수를 치는 것을 종종 느끼곤 했다.

그녀가 커피를 내올 동안 남자는 방 한가운데에 어정쩡하게 선 채 두리번거리고 있었다. 일인용 소파 두 개가 작은 다탁을 사이에 두고 나란히 놓여 있고 그 앞에 텔레비전과 책상과 책장, 그리고 방의 절반 가량을 차지하며 더블 베드가 놓여 있었다. 열 평짜리 원룸에서 더블 베드는 기형적으로 커 보였다. 전에 그 자리에는 싱글 침대가 놓여 있었다. 서른이 훨씬 넘은 독신녀에게 그것은 서글픈 상징이었다. 이건 마치 뭔가를 선언하는 것 같군. 그가 처음 그녀 집에 왔을 때 쓰게 웃으며 내뱉은 말 때문에 침대를 바꿔버렸지만 문제는 그게 아니었다. 독신녀에게는 싱글도 더블도 예사롭지 않은 상징이 되어버리는 것이었다. 뭐가 어찌됐건 사생활을 완전히 노출해버리는 원룸으로 알지도 못하는 남자를 초대한 일은 정신나간 짓이었다.

남자는 야단맞은 학생처럼 무릎을 꼭 붙이고 소파에 앉아 있었다. 전화할 때 거침없던 것을 생각하면 소심해 보이는 태도가 긴장하고 있는 듯했다. 누군가를 해코지 할 정도의 폭력성은 느껴지지 않았다. 그저 자기 세계에 함몰되어 있는 편집증이 그녀에게 표출된 것일 뿐인지도 모를 일이었다. 남자는 두 손으로 커피잔을 받쳐들고는 다시 주위를 두리번거렸다. 무얼 찾는 듯했다.

"책이 별로 없지요?"

불안해하거나 경계하는 내색을 비치지 말 것이며 남자를 자극하지 말자. 후배를 대하듯, 소탈한 태도와 어조로 자연스럽게 거리를 유지해야 한다고 그녀는 자신에게 재차 다짐하며 말했다.

174

"선생님 작품이 보이지 않네요."

"아, 그거. 너무 오래돼서 이제는 다 없어졌어요."

"그래도 기념으로 한두 권쯤은 남겨놓으셨을 줄 알았는데."

"글쎄, 그다지 기념하고 싶은 생각도 없고 별로 마음에 들지도 않아서요."

"마음에 들지 않는다구요?"

남자 목소리가 돌연 높아졌다. 그녀는 당황했다.

"그렇게 말하시다니…… 좀 슬프네요."

남자는 정말 슬픈 표정을 짓더니, 갑자기 웅변조로 말하기 시작했다.

"세상 모든 것이 다 변하지요. 정신을 차릴 수도 없이……. 그렇게 모두 흘러가 버리고, 사라지는 것처럼 보이지요. 하지만 진짜로 세상을 움직이는 것은, 아마 그런 것들이 아닐 겁니다. 불변의 진리…… 뭐 그런 게 있지 않을까요? 사랑, 희망, 믿음, 진실, 진부하지요. 하지만 진부하다고 진실하지 않은가요?"

남자의 말은 남자가 말한 대로 진부했지만, 그래도 가슴 한구석에 잔잔한 파문을 일으켰다. 어쩌면 그녀도 그렇게 말하고 싶은 것을, 오랫동안 꿀꺽 삼키고 있었던 것인지 모른다는 생각이 들었다.

그에게 와달라고 한 것이 공연한 짓이었는지 모르겠다는 생각이 들기도 했다. 남자와의 전화 통화 내용을 기억해낸 그녀는 집에 가만히 앉아 있을 수가 없었다. 갑자기 초인종이 울리고 낯선 남자가 찾아온다면, 그것도 그가 스토커라고 규정지었던 남자가. 무작정 밖으로 나가 백화점 꼭대기 층부터 지하까지 샅샅이 돌아다녔지만 불안한 마음은 진정되지 않았다. 호숫가를 맴돌다가 해가 떨어질 무렵, 그에게 전화를 걸었다. 일 년 넘게 만나는 동안 그의 집으로 전화를 건 것은 그것이 처음이었다. 다행히 전화를 받은 것은 그였지만, 반말과 높임말 사이를 오락가락하는 걸 보면 곁에 아내가 있다는 걸 눈치챌 수 있었다. 당황하고 있을 그가 눈에 선했다. 그만큼 그녀의 부탁을 거절할 수 없었을 것이다.

"참, 케이크."

남자는 중요한 것을 잊고 있었다는 듯 갑자기 케이크를 찾았다.

"저기 있어요. 지금 먹겠어요?"

"아니, 먹으려는 게 아니라……. 선생님께 시 한 편을 바치려고 그럽니다."

케이크를 다탁 위에 올려놓았다. 남자의 표정은 더욱 진지해졌다. 그리고 확신에 찬 목소리로 천천히, 그러나 가늘게 떨면서 말하기 시작했다.

"선생님, 세상에 책이 얼마나 많은지, 아시죠? 서점에 나가보세요. 하루에도 수백 권씩 책이 나오고 있어요. 그런데 하필이면 선생님 책을, 다른 누가 아닌 제가 읽었어요. 저는 한 달에

176

열 권이 넘는 책을 읽습니다. 하지만 모든 책에 감동하지는 않아요. 그리고 작가에게 전화를 하고 이렇게 직접 방문을 하는 것은 더더구나…… 이번이 처음입니다. 이렇게 선생님과 마주 앉아 있다니, 정말 믿을 수가 없어요."

그러고 나서 잠시 한숨을 돌린 남자는 이번에는 케이크에 조심스럽게 초를 꽂기 시작했다. 그녀는 지켜보고만 있었다. 케이크 가득 초가 꽂히고 하나씩 불을 붙이자 케이크 전체가 불꽃의 덩어리처럼 보였다. 엄숙한 제의를 위해 마련된 제단 같은 강렬한 분위기가 은근히 그녀를 달뜨게 했다.

"이제, 제가 시를 하나 읽어드리겠습니다. 어젯밤에 선생님 전화를 끊고 저를 초대해주신 선생님의 믿음에 감사하고 감동해서 밤을 새워서 고치고 또 고쳐서 겨우 완성한 겁니다. 제 감정에 겨워서 쓴 거니까, 흉보지는 마세요. 저는 시인이 아니지만, 어제는 시인이 된 기분이었으니까요. 어쨌든 이건 선생님께 바치는 시입니다."

남자는 셔츠 윗주머니에서 네모 반듯하게 접어둔 쪽지를 꺼내 들었다. 그녀의 마음은 조금씩 무너지고 있었다. 처음 그를 맞이할 때 가졌던 객관적인 눈과 균형감이 자꾸만 흔들렸다. 그녀를 위해 시를 썼다는 말에 유치하지만 뭉클한 감동이 이는 것을 어쩔 수 없었다. 남자의 행동과 말에서 위선 같은 건 느껴지지 않았다. 그녀를 미혹하기 위해 이렇게까지 헌신해야 할 무엇도 그녀에게는 없지 않은가. 하지만 바로 그 점이 납득되지 않았다. 그녀의 마음은 좀 허둥대고 있었다. 이런 태도를 어떻게 받아들여야 하는지 갈피를 잡을 수 없었던 것이다. 뜨겁게 타오르는 눈길과 가늘게 떨리는 목소리에서는 전 존재를 바치는 듯한 간절함이 느껴졌다. 한 남자가 오직 그녀를 간절히 원하며 애처롭게 떨고 있는 것이다. 그녀는 말 잘 듣는 어린 소녀처럼 앉아 있었다.

그러나 그의 시를 다 듣고 나서 그녀의 마음속에는 다시 의혹이 불같이 일어나기 시작했다. 시는, 진부하고 유치한 것은 말할 것도 없고 오직 절절한 구애의 수사로 넘치고 있었던 것이다. 그건 광기에 가까웠다. 도대체 원하는 게 뭐란 말인가. 정중함과 부드러움, 깍듯한 예의, 절대적인 헌신, 무구무해한 듯 보이는 연약함, 그 뒤에 남자의 시나리오가 숨어 있는지도 몰랐다. 그렇게 생각하는 순간, 반신반의하던 모든 것들이 반대편으로 와서 죽 늘어서는 것이 보였다.

"이제 촛불을 끄세요."

퍼뜩 정신을 차렸다. 그러나 이제 와서 이 상황을 어떻게 바꿔야 할지 알 수가 없었다. 그의 눈길을 의식하며 그녀는 순순히 촛불을 껐다.

순간 기다리고 있었다는 듯 어둠이 두 사람을 덮쳤다. 촛불을 끄는 순간 어둠이 덮칠 거라는 걸 까맣고 잊고 있었던 그녀는 깜짝 놀라서 몸을 움츠렸다. 촛불이 켜 있는 동안 바깥에 어둠이 내리고 촛불을 끄는 순간 방안은 암전 상태가 되리라는 것을 남자는 계산하고 있었는지도 몰랐다. 불이 켜져 있다고 해도 마찬가지였지만 불이 꺼진 상태에서 그녀는 속수무책일 수밖에 없었다. 어쨌든 남자가 무슨 짓을 해도 그것은 완전 범죄가 될 것이다. 그녀가 남자에 관해 아는 것은, 거의 없었다. 독서광이라는 것과 낚시를 즐긴다는 것, 술 담배를 전혀 하지 않는다는 것, 그러나 그런 정보가 무슨 소용이 있단 말인가. 집에 초대까지 한 남자에 관해 이토록 무지할 수 있다는 것이 그녀는 믿어지지 않았다. 어떻게 이런 일이 일어날 수 있는지……. 너무 어처구니가 없어 이 모든 일이 꿈속의 일인 것만 같기도 했고, 그런가 하면 악몽 같은 이 밤이 영원히 끝나지 않을 것 같기도 했다.

남자가 자리에서 일어섰다. 그러자 온몸의 세포가 소스라치듯 놀라 긴장으로 딱딱하게 굳어버렸다. 그녀는 숨을 멈추고 검은 물체가 되어 버린 남자의 움직임을 주시했다. 남자는 어둠 속에서 매우 익숙하게 현관 옆의 스위치를 찾아 올렸다.

남자는 다시 소파로 돌아와 앉았다. 무릎 위에 두 손을 가지런히 모아 쥐고 그녀만 바라보고 있었다. 자랑스러움과 기대감으로 하얀 뺨에 홍조마저 도는 남자의 얼굴에서는 불순한 기미 같은 건 느껴지지 않았다. 콧방울에는 땀방울이 맺혀 있었다.

"시가, 마음에 들지 않나요?"

"아, 아니, 그렇지 않아요."

그녀가 더듬거리자 남자 얼굴에 금방 그늘이 드리웠다.

"밤새도록 끙끙거리면서 고치고 또 고친 건데…… 글이나 말이라는 거, 그게 한계라는 걸 깨달았어요. 제 마음의 일부분도 표현하지 못했어요."

"아니, 그렇지 않아요."

"억지로 그러지 않아도 돼요. ……차라리 말이나 글이 없었다면, 그런 생각을 했어요. 그러면 차라리 인간들은 더 진실해지지 않았을까요? 그렇지만 이미 언어에 묶여버렸으니, 말 외에 달리 마음을 전할 방법을 알지 못하고……."

아무 장식도 없이 눈처럼 하얀 케이크는 장독대 위에 쌓인 눈처럼 보였다. 거기에 절반가량 녹아 내린 촛농이 울긋불긋 꽃잎처럼 점점이 흩어져 있었다. 이런 케이크는 어디서도 본 적이 없었다. 남자가 특별히 주문했을 것이 틀림없었다. 그녀는 남자의 광기에 매혹과 공포를 동시에 느끼고 있었다.

남자는 한동안 의기소침하게 고개를 숙이고 있었다. 무슨 생각을 골똘히 하는 것 같기도 했다. 그러다가 갑자기 그녀 앞에 무릎을 꿇고 앉더니 그녀의 손을 꽉 움켜쥐었다. 깜짝 놀란 그녀가 손을 빼내려 했지만 남자의 힘에, 강렬한 눈빛에 스르르 힘이 빠져버렸다. 남자의 손은 땀이 배어 축축했다.

"사랑합니다."

그녀는 말문이 막혀버렸다. 남자는 손에 힘을 풀지 않고 그녀를 올려다보고 있었다.

"사랑해요. 이 순간을 얼마나 기다렸는지, 당신은 모를 거예요."

"제발, 저의 진심을 받아주세요."

남자는 애간장이 끓는 듯 간절한 눈빛으로 그녀를 바라보았다.

"이러지 말아요. 우리는 이제 처음 만났을 뿐이라구요."

"그게 문제가 되나요? 시간이 그렇게 중요한가요? 그게 무슨 사랑의 증거라도 된다는 건가요? 사랑은 운명이고 인연입니다."

남자는 무슨 연극 속의 대사를 읊는 것처럼 말했다.

"대단한 말처럼 들리긴 하지만, 나는 그런 말에 넘어가기엔 너무 많은 실패를 겪었어요."

자기 감정에 스스로 감동한 듯 점점 커지는 동공을 바라보며 그녀는 냉정을 유지하려고 애썼다. 그러나, 마음 한구석에서는 잔인하게 그녀를 떠나려고 하는 그와 남자를 비교하고 있었다.

어떻게 이런 사랑이 가능하단 말인가. 하긴, 사랑은 한 번도 똑같은 모습으로 찾아오지 않았다. 생애 마지막일 거라고 믿었던 사랑도 끝이 나고, 그 뒤에 다른 사랑이 또 찾아오기도 했다. 사랑에는 공식이 없다. 유일한 것도 없고 영원하지도 않았다.

순간의 진실이 있을 뿐이었다. 자신의 발아래 무릎 꿇고 간절한 눈빛으로 그녀를 올려다보고 있는 남자. 전혀 예기치 않게 나타난 남자지만 이 사람이 그녀의 사랑이 아니라고 말할 근거는 없지 않은가. 영원, 유일한 것을 기대하지만 않는다면 말이다. 그녀의 사랑을 갈구하며 애처롭게 웅크린 한 마리 고양이 같은 남자의 사랑을 받아주면 안 될 이유는 없는 것이다. 이 남자와 함께 거리로 나선다면 햇볕 아래 한 점 거리낄 것이 없을 것이다. 누구의 남편이 아닌, 오직 그녀를 사랑하는 남자로서 그녀를 위해 존재할 것이다. 그처럼 그녀를 안타깝게 하지도 않을 것이고 질투심에 눈멀게 하지도 않을 것이다.

싸늘하게 외면하고 있던 그녀의 눈동자가 조금 흔들렸다. 아무 생각 없이 남자의 애정을 받아들이고 싶다는 유혹이 살며시 눈 뜬 것이다.

"잘 이해를 못 하시는 군요. 그렇다면 이해할 만한 말을 해드릴까요? 나는 이미 수개월 동안 당신을 지켜보고 있었습니다. 물론 처음 알게 된 건 당신의 첫 작품이 나왔을 때지요. 그 때 이미 당신을 만나고 싶었지만, 아직 때가 아니라고 생각했습니다. 먼 길을 돌아왔지만 결국 당신은 내 앞에 나타나고야 말았지요. 바로 옆 건물로 당신이 이사를 온 겁니다. 놀랄 것은 없는 일이지요. 그렇게 되게 되어 있었던 일이니까요. 그때부터 나는 죽 당신을 지켜보았어요. 거리에서도 '라고'에서도. 당신은 가

끔 혼자가 아니더군요. 어떤 남자가 당신 집을 드나들기도 했구
요. 그렇지만 그로 해서 당신 얼굴이 밝아 보였다면 다시 포기
했을 겁니다. 아직도 때가 이르지 않은 거라고 생각했겠지요.
그러나 당신은 점점 죽어가고 있었어요. 얼굴은 늘 깊은 수심에
잠겨 있거나 무표정했지요. 나는 더 기다릴 수가 없다고 생각하
고 당신를 보호해야겠다고 결심한 겁니다."

"그만둬요."

그녀는 벌떡 일어나며 손을 빼냈다. 남자의 손 안에서 축축하
게 젖어있던 자신의 손이 불결하게 느껴졌다. 불쾌했다. 얼결에
뒤로 엉덩방아를 찧으며 멍한 표정으로 그녀를 올려다보는 남
자를 더는 견딜 수 없었다. 지금껏 나를 엿보고 미행했다는 말
인가. 나의 무엇을 어디까지 알고 있는 것일까. 도대체 그는 언
제나 오려는가. 그녀의 머릿속은 어서 남자를 내보내야겠다는
생각으로 터질 것 같았다. 사랑 타령도 신물이 났다. 잠깐이나
마 남자의 맹목적인 구애에 마음이 흔들린 것이 수치스럽게 느
껴졌다. 이건 편집증 환자의 미친 짓거리일 뿐이었다.

"미안하지만 이제 그만 가줘요."

그녀가 신경질적으로 소리를 지르자 남자의 하얀 얼굴이 벌
겋게 달아올랐다. 어쩔 줄 몰라서 안절부절못하던 남자가 벌떡
일어나 그녀에게 다가왔다.

"갑자기 왜 이러세요."

"사람 잘못 봤어요. 이제 돌아가세요. 그리고 다시 연락하지
마세요."

그녀는 싸늘하게 굳은 표정으로 남자를 외면했다.

"내가 뭘 잘못했나요? ……당신을 고통스럽게 할 생각은 아
니었어요. 비난하려던 것도 아니구요. 나는 그저……."

남자는 울먹이기까지 했다. 가슴에 모아 쥔 손은 가늘게 떨고
있었다. 절대적 헌신이라고 여겼던 것이 굴욕적인 맹목으로 비
치다니, 그녀는 스스로도 돌변한 사태를 납득할 수 없었다. 어
쨌든 그런 남자의 태도는 역겨운 것이었다. 일방통행적인 사랑
은 추해지거나 과격해지거나 둘 중 하나라고 하던 그의 말이 떠
올랐다.

"다 필요 없어요. 이제 그만 나가줘요."

그녀가 현관문을 열기 위해 몸을 돌리자, 남자가 뒤에서 그녀
를 와락 감싸안았다. 가냘픈 체구 어디에서 그토록 억센 힘이
나오는지 버둥거려도 소용이 없었다. 남자는 더욱 완강하게 그
녀를 옥죄었다.

"사랑해요. 사랑한다구요. 그 말밖에는……."

남자는 낮게 절규하며 그녀 목덜미에 얼굴을 파묻었다. 남자
의 뜨거운 눈물과 입김이 그녀를 진저리치게 했다. 그는 언제
오려는가. 그녀를 안심시키기 위해 거짓말을 한 것이었나. 지금
그는 아내의 무릎을 베고 느긋하게 텔레비전을 보고 있을지도

184

모른다. 남자의 맹목이 살의로 변해 싸늘한 시체가 된 후에나 나타날지도 모른다. 그걸 본 그의 표정은 어떨까. 애통한 눈물 한 방울쯤 흘릴 것인가. 어쩌면 차라리 잘 됐다고 홀가분해할지도 모른다. 그럴 것이다. 힘이 빠졌다. 버티고자 하는 의지가 약해지고 있었다. 이렇게 죽더라도 아쉬워할 무엇도 없을 거란 생각이 그녀의 기운을 점점 소진시켰다.

기운이 바닥나려는 순간, 그녀는 있는 힘껏 그의 팔을 물었다. 물 속에서 자신을 놓아버리고 있다가 바닥을 치면 다시 올라갈 기운이 생기는 것처럼 본능적인 저항이었다. 남자가 비명을 지르며 뒤로 물러섰다. 그의 얼굴은 아픔보다는 비참과 절망으로 뒤범벅이 되어 있었다.

"제가 그렇게 싫은가요?"

"그래요. 싫어요. 꼴도 보기 싫어요. 어서 여기서 나가요."

그녀는 머리를 마구 흔들며 소리를 질러댔다. 그런데도 남자는 영문을 모르겠다는 표정이었다. 그 뻔뻔한 얼굴을 향해 그녀는 싱크대 위에 있던 접시를 던졌다. 접시는 남자 어깨를 살짝 스치고 벽에 부딪히며 산산이 부서졌다. 커피 잔을, 밥그릇을 마구 던졌다. 사랑이고 뭐고 다 집어치워. 나를 가만 놔두라구. 어서 꺼지란 말이야. 그녀는 자신을 통제할 힘을 완전히 잃었다. 자신의 과격한 행동에 감정은 더욱 고조되었다. 눈물이 흐르고, 원망과 고통, 슬픔, 자기 혐오와 연민, 분노가 뒤죽박죽이

되어 폭발해버릴 것 같았다. 제발, 그러지 말아요. 제가 잘 못했어요. 남자가 겁에 질린 목소리로 소리쳤다. 가슴에 이마에 허벅지를 무방비 상태로 맞으면서도 소경처럼 양팔을 저으며 더듬더듬 그녀에게 다가왔다. 제발, 그만 해요. 내가 이렇게 빌게요. 남자가 엉엉 소리내어 울기 시작했다.

깨진 그릇 파편으로 방안은 발 디딜 틈이 없었다. 이제 끝났는가. 갑자기 찾아온 적막이 믿어지지 않았다. 어디에선가 남자의 울음소리가 여전히 들리는 것 같기도 했다. 그가 언제 들어왔는지, 그가 남자를 어떻게 내쫓았는지, 기억이 나지 않았다. 잠시 후, 그가 돌아와 그녀 앞에 우뚝 설 때까지 그녀는 넋을 놓고 앉아 있었다.

아, 당신이 왔군. 결국 와 주었어.

그를 올려다보려니 울컥 목이 멨다. 그녀는 얼른 헝클어진 머리를 매만졌다. 옷매무새도 고치고, 일어서려고 했다. 그런데 다리가 없어진 것처럼 감각이 없었다.

"어쩌다 이렇게까지 된 거야?"

아, 얼마나 다정하고 믿음직한 목소리인가. 떠났다고 생각한 건 오해였던 거야. 그는 언제까지나 내 곁에 있어줄 거야. 그녀는 그의 목소리에 힘을 얻어 몸을 일으켰다. 그리고 그의 품에 얼굴을 묻었다. 익숙한 그의 체취에 정신이 아득해졌다. 비로소 당신의 품에 안겼어. 당신이 나를 악몽에서 구해주었어. 영영 이 순간이 오지 않을까 봐 얼마나 두려웠는지……. 그녀는 양 팔에 힘을 주어 그의 허리를 꼭 끌어안았다.

그는 그녀의 어깨를 부드럽게 쓰다듬으며 침대로 데려가 주 었다. 그녀는 그의 부축을 받으며 침대에 걸터앉았다. 그는 양 손을 바지 주머니에 집어넣고 그녀를 내려다보았다.

"좀 앉아."

그녀가 팔을 뻗어 옆자리를 가리켰다. 그는 천천히 고개를 저었다.

"아니야. 곧 가야 해."

"간다구? 왜?"

그녀는 아이처럼 천진하게 그를 올려다보았다. 그러나 그의 냉담한 얼굴을 본 순간 이내 풀이 죽어버렸다.

"아 그래, 가야지. 그래도 조금 앉았다가……. 그래, 커피라 도 한잔 마시자. 나도 마시고 싶어."

침대에서 일어나려는 그녀를 그가 눌러 앉혔다.

"아니야. 그대로 좀 쉬어라. 그리고, 앞으로 조심해. 내가 분 명히 말했잖아. 그런 놈들은 다 정신병자라고."

"그래, 알았어. 다음부터는 조심할게. ……그래도 잠시 앉았다 가면 안 돼?"

그녀는 애원하는 눈빛으로 그를 올려다보았다. 그의 얼굴에는 아무런 표정도 깃들지 않았다.

"이제 다시 보기 어려울 거야."

"그게 무슨 말이야?"

"변명같이 들릴지 모르지만 사실, 그 동안 많이 힘들었다. 아내한테도 미안하고……. 미국으로 이민가게 됐어. 전화하지 마. 나 같은 사람은 빨리 잊어. 그리고 새출발 하도록 해. 좋은 사람 만나기 바랄게."

그의 입을 바라보며 그녀는 그의 말이 무슨 의미인지 깨달으려고 애썼다. 잊으라니, 어떻게 잊으란 말인가. 그의 알몸 구석구석까지 샅샅이 다 뇌리에 박혀 있는데 그것을 어떻게 지운단 말인가.

"안 돼! 가지 마!"

그녀는 벌떡 일어나 그의 허리를 끌어안았다. 그를 붙잡아야한다는 생각밖에, 아무 생각도 떠오르지 않았다.

"내가 뭐 잘못한 거 있어? 내가 화나게 한 거 있어? 다 말해. 고칠게."

"이러지 마. 네가 잘못한 게 뭐가 있겠니? 잘못한 게 있다면 나지. 그 동안 한 번도 마음 편하게 해주지 못했잖아. 이제 나 같은 건 잊어버려."

그녀는 목이 메어 아무 말도 못 하고 머리만 크게 저었다.

"헤어지는 마당에 이러지 말자. 이러면 서로 더 힘들 뿐이야.

넌 좋은 여자야. 분명히 좋은 남자 만날 수 있을 거야. 이제 결혼도 하고 안정된 생활을 해야지. 언제까지나 이렇게 살 수는 없잖아."

"나 당신한테 아무것도 원하지 않을게. 헤어진다는 말만 하지 마."

"이러지 마. 제발, 마음 편히 갈 수 있게 해줘."

허리를 단단히 감고 있는 그녀의 팔을 그가 억지로 떼어놓았다. 그녀의 팔이 힘없이 떨어졌다.

그가 구두를 신는 것을 물끄러미 바라보며 서 있는데, 밀고 당기는 이 상황이 익숙하다는 생각이 퍼뜩 스쳤다. 그에게 멱살을 잡혀 끌려나가던 남자의 원망에 찬 눈초리가 비로소 떠올랐다. 남자의 절망감도 나와 같았을까? 아, 이처럼 굴욕적이고 비참한 악순환은 언제까지 되풀이될 것인가. 이 밤은 정녕 끝나지 않으려나. 이 밤이 지나 아침에 눈을 뜨면 다시 시작할 수 있을까? 자신이 없었다. 그렇다면 차라리 이 밤이 영원히 지속되길……. 그래서 그도 영원히 저 자리에서 구두를 신으려고 헛되이 발버둥치며 붙박혀 있게 되길…….

그러나 그녀의 주술은 아무런 효력을 발휘하지 못했다. 구두를 다 신은 그가 현관 문고리를 잡아 비틀었다.

"좋아. 보내줄게. 아니, 잊어줄게. 그게 원하는 거라면. 하지만 오늘밤만이라도, 제발 오늘밤만이라도 내 곁에 있어줘."

그는 뒤를 돌아보지도 않은 채 잠자코 서 있다가 문을 열었다. 그녀가 달려가 그의 팔을 붙잡았다.

　"보내준다고 하잖아. 잊어주겠다고."

　그는 그녀의 팔을 매몰차게 뿌리쳤다. 그녀는 더욱 화급해져서 그의 팔소매에 매달렸다. 그가 다시 떼어내려 했지만 이번에는 쉽게 떨어지지 않았다. 그녀는 그의 팔에 온몸을 밀착시켰다. 이러지 말라고 했지. 그는 나지막하지만 단호하게 소리치면서 그녀의 어깨를 단숨에 밀쳐냈다. 맨발로 현관에 서 있던 그녀가 바닥에 떨어져 있던 사기 조각을 밟고 휘청거렸다. 그는 뒤도 돌아보지 않고 현관문을 닫고 나가버렸다. 비틀거리던 그녀가 그대로 뒤로 넘어졌다. 양팔을 휘저어 무언가를 잡으려고 시도해봤지만 잡을 것이 아무것도 없었다. 그녀의 몸이 거실 바닥에 부딪히며 둔중한 소리를 낸 것과 현관문이 닫힌 것은 거의 동시였다. 그녀는 누운 채 그가 황급히 계단을 뛰어 내려가는 소리를 들었다. 갑자기 졸음이 밀려왔다. 그의 구두 발자국 소리가 그녀의 머릿속에서 북소리처럼 쿵쿵, 울렸다. 북소리는 점점 빨라지다가 아득하게 멀어져 갔다.

　다음 날 아침, 거대한 인공호수를 끼고 있는 신도시에는 이틀째 살인적인 안개가 끼었다. 아니, 그것은 안개처럼 보이지만 사실은 중국에 우후죽순 들어선 공장에서 뿜어대는 온갖 중금

속 오염물질이 들어 있는 황사라고, 텔레비전 기상 캐스터는 설명했다. 호수로 가는 외각도로가 내려다보이는 그녀의 원룸 창은, 커튼이 걷혀진 채였다. 환히 불이 켜져 있는 것은 그녀의 방뿐이었다. 캔버스처럼 환한 그녀의 창은 희뿌옇게 밝아오는 하늘에서 어딘가를 향한 출구처럼 보였다.

구름에 둥실 떠 있는 듯한 그녀의 방은 발디딜 틈 없이 어지러웠다. 다탁 위에는 촛농이 울긋불긋 화인처럼 박힌 케이크가 놓여 있었으며 유리병에 꽂힌 안개꽃은 밤 사이 뭉실뭉실 남김 없이 꽃송이를 피워 올렸다.

적막을 깨며 자지러질 듯 전화벨이 울렸다. 그릇 파편들 사이에 지난밤과 같은 모습으로 그녀는 누워 있었다. 머리 부근에는 붉은 꽃 한 송이가 밤 사이 봉오리를 터뜨린 듯 피가 흘러 흥건했다. 다섯 번째 벨이 울리고 나자 자동응답기가 작동하기 시작했다.

지금은 잠시 외출 중입니다. 메시지를 남겨주시면 돌아오는 대로 연락 드리겠습니다.

여보세요? 어디 가신 건가요? 아니면 아직 깨지 않은 건지. ……어제 일은 정말 죄송했습니다. 너무 내 생각에만 빠져서……. 당신에게는 내가 아직 낯선 사람인데, 시간을 줬어야 하는데, 그걸 미처 깨닫지 못했어요. 제가 미숙했어요. 하지만 말이지요, 이거 하나만은 알아주세요. ……당신에 대한 제 사랑까지 미숙한 건 아니란 거 말이에요. 언젠가는 알게 될 거예요. 그때까지 기다리겠어요.

거대한 스크린처럼 보이는 안개 거리에서는 신호등만 부표처럼 떠서 깜박이고 있었다.

신성한 집

태어날 때는 니나내나 마카 깨벗고 나오는 기 똑같은데, 죽을 때는 다 다른 기라. 배곯아 죽는 놈이 있는가 하믄 처묵다가 배 터져 죽는 놈이 없나, 집에서 죽는 놈, 질바닥서 죽는 놈, 자다가 죽는 놈에 개에 물리 죽는 놈, 차에 받쳐 죽는 놈, 자빠라져 죽는 놈, 엎어져 죽는 놈, 하다가 죽는 놈, 몬 하고 죽는 놈. 그중에 젤로 좋은 기 뭐겠노?

하다가 죽는 놈?

에라이, 쑹한 거. 하하. 그래, 니 말도 맞다. 기분은 젤로 좋을 끼다. 내? 내는 고마 오메 뱃속에서 안 나오는 기 젤로 좋을 거 같다.

몰라. 그냥 그런 생각이 든다. 다 살았다 싶으이 그런가? 이래 죽으나 저래 죽으나 어차피 죽는 거는 마찬가진데, 뭐 한다꼬 생고생을 했노 싶은 기, 마 그렇다.

이모는 새처럼 고개를 푹 꺾어 가슴에 파묻었다. 그 모양이 자기 탯속으로라도 들어가려는 것처럼 보였는데 그래서 나는 잠시 알지 못할 숙연한 기운에 휩싸였다. 생명을 싹틔우고 기르던 양분 다 빨려 황폐한 불모지, 죽어 스스로 걸어 들어갈 곳 있다면 바로 거기겠다 싶기도 했다. 그러나 순간 고개를 치켜든 이모의 눈빛은 내 생각을 비웃듯 반짝 빛났다.

한번은 테레비 시청료 받으러 왔데. 그런데 그 총각이 아이구야, 하면서 식겁묵은 얼굴로 도망내뺴뿌리는 기라. 그래서 요번 달에는 시청료 안내도 되나 보다 하고 좋아했드만…….

와는? 저 방에서 뚱뚱한 할매 기 나오제, 이 방에서는 백수머리에 쇠꼬챙이처럼 말라 비틀어진 할매 기 나오제, 그때는 너그 이모부도 안즉 안 죽고 살았을 때이, 오늘 내일 하는 산 송장들이 방 하나씩 차지하고 안 있었나. 내는 뭐 젊었나? 할마시 다 된 기 머리는 산발을 해갖고 빨래한다고 헉헉대고 있다가 고개

를 쳐드니 총각이 놀래가 도망간 기라. 귀신 나오는 집 같았겠
제. 요새 아들 카는 거 그거 있대. 유령의 집 말이다. 딱 그 짝이
다카이.

이모는 뭐가 그리 좋은지 사뭇 통쾌하게 웃었다. 백발머리 풀
어헤친 할매들이 툇마루로 줄줄이 기어나오는 모습을 상상하던
나는 어깨를 움찔했다. 그러거나 말거나, 이모 입에서는 제대로
물살을 타 술술 이야기가 풀려 나오는데, 몇 십 년 세월을 실개천
건너듯 이리 성큼 저리 성큼 건너뛰면서 그칠 줄을 몰랐다.

요새 테레비에 나오는 거, 뭐시라카드노. 아이고야, 내가 요
새는 이래 깜빡깜빡한다. 건망증이 오는 기라. 손주들 주민번호
까정 다 외우던 사람인데. 아래께는 우체국에서 뭐를 갖고와가
주민번호를 대라캐서 말해줬더이, 할매 연세가 우예 되십니
꺼? 그래서, 와? 내일 모레 팔순이다, 그캤더니, 하이고 참 기
억력 좋으십니다, 이카데.

그런데 요새는 자꾸 깜빡깜빡카는 기라. 오십 년 육십 년 전
일은 환한데, 어제 일이 생각이 안 나고 그라데. 술 때문에 그란
다꼬 술 마시지 말라꼬 아이들이 잔소리하지만도, 우예 사람이
맨날 정신이 말개서 살겠노.

하며 살짝 눈을 흘기는데, 그 눈길은 나를 보는 게 아니고 나
를 뚫고 그 너머 어딘가를 보는 듯 어룽거렸다. 백내장 수술을
한 눈은 굵히고 때 탄 사내아이들의 구슬처럼 빛을 잃어 초점이

흐렸다.

한 잔 더 도고. 니는 홀짝홀짝 마시네. 내는 성질이 급해가 한 꼬뿌를 한 입에 털어 넣는다 아이가. 이기 빙인기라. 쪼매치썩 마시믄 좋은데, 술을 가래늦가 배았거등. 그 전에는 술 마실 생각도 몬 했제. 한 잔씩 마셔보이 좋데. 그런데 쪼매씩 마실라카이 넝구치를 몬 하겠는 기라. 그래, 눈 깜꼬 확 마시뿟다 아이가. 그래가 이래 버릇이 안 됐나. 술술 넘어가는 술, 수리수리 마수리, 술이 요물이라, 마 몬 살겠다 싶다가도 술만 드가믄 만사 오케인기라. 더럽고 앵꼽은 기분도 술술 풀리는 기라. 그래서 술이라 캤는갑다.

하여간에 그거 뭐꼬? 그래, 맞다. 인간극장. 너그 친척 있다. 엠비씬지 케비에순지 방송국에 높은 사람이라 카드라. 그 사람이 외할매 살았을 때 들다보러 와 갖고, 퍼뜩 방송국에 전화해라, 여 인간극장 찍으마 댁길이겠데이, 그라데. 그래 내가, 하이고 고마두소, 남 우세시킬 일 있능교 카마 말릿다.

그래도 그때만해도 몸이 성하니, 반신불수 된 어메 치다꺼리 다 하고, 시오마씨 눈봉사 4년 치매 4년 그거 수발 다 들었제. 거다가 남편은 혈압으로 쓰러졌제.

빨래 빨래, 참 말도 몬 하게 했다. 시오마씨가 온 전신만신에 똥을 처발라 갖고, 그 때는 우리 집에 이불이고 비개고 남아나는 기 없었다. 내중에는 빨래를 하다하다가 안 돼서 다 내삐리

붓다. 문 곁에 아무리 바짝 붙어서 자도 잠결에 궁시렁거리는 소리가 들린다. 그래 가마 들어보마 벌써 휘휘 젓고 있다. 요강에 똥을 싸가 그거를 손으로 휘휘 젓는 기라. 다음 날 가보마, 똥을 요래요래 반죽을 해가 이찌나래비로 세워놨다. 그래놓고는, 하이고 아재요, 고디국있소, 아이고 아재요, 이거 좀 잡소, 아재요, 콩은 많이 여물깂었는교? 하고 앉았다.

그거만 하든 좋구로. 씻긴다고 옷 벳기든 이년이, 어떤 년인데, 늙은 거 옷을 벳기노, 카믄서 똥 묻은 손으로 내 머리를 철부덕철부덕 때리는 기라. 얼매나 보골이 나는지.

할마씨, 내 시집갔을 때부터 그래 몬댔구로 하더이…….

거침없이 계곡을 타고 흘러내리던 물이 여울목을 만난 듯 그 대목에서 소리 죽여 잦아들며 맴을 돌았다. 담배 하나 불붙여 물고 길게 연기를 피워 올릴 때는, 호리병 속 같은 가슴에 서리서리 쟁여두었던 한이 푸스스 흩어지는 것 같기도 했다.

담배도 그때 배았지러. 일하고 오다가도 마 시오마씨 생각만 하믄 숨이 턱 막히고 가슴을 쥐어뜯는 거 맨키로 아픈 기라. 그라믄 질바닥에 고마 주저앉아가 일나지를 몬하겠는데, 우야노. 그래 어떤 할마시가 갈쳐주데. 담배 푸라꼬.

니는 안 풋나? 그래, 푸라. 니도 속이 얼마나 답답겠노. 말 몬 하는 술 담배는 내 마음 알아주는데, 말 잘 하는 님은 내 마음 몰라주더라.

여울목에서 한동안 길 잃고 맴맴 소용돌이치던 물이 틈서리를 찾았는지 뱀처럼 미끄러져갔다.

오야, 그래. 한 번만 더 해봐라. 내 속으로 그래 카는데, 또 그라는 기라. 똥이 덕지덕지 묻은 손으로 때리는 기라. 그래가 고마 그 손을 탁 쌔리뺏다 아이가.

하고 많은 복 중에 일복 하나 푸지게 타고 난 여자, 그래놓고 자기가 먼저 가슴이 철렁 내려앉더란다. 평생 구박만 받고 똥치레까지 다 했으면서 노망난 시어머니 손등 한 번 때린 게 지금까지 걸리는지 좀 전의 독 오른 표정은 온데간데없고 자글자글 주름 잡힌 눈에 눈물이 다 질금거렸다.

살이 없어노이 뼈마디만 남은 손에, 핏줄도 약하제, 그라이 내가 한번 쌔릿다고 고마 핏줄이 터졌능가 우옛능가, 다음 날 보니까 손등이 시퍼런 기라.

그거를 보이, 와 그래 불쌍켔노.

그래 천리 도망은 해도 팔자 도망은 몬 한다 카는 기라. 평생 구박만하던 할마씨 손등 한 차례 쌔릿다고, 그거를 보고 눈물은 와 흘리노 말이다. 빙신인 기라. 평생 그래 살라고 그런 기라.

하기사 그래놓이, 동생들 다 시집가가 서울로 어데로 가고 그래 고향 다 떠나도록 내는 요서 한 발자국도 몬 떼고 동동 거려쌋다가, 결국은 이래 안질배이 안 돼뿟나.

아슬아슬 버티던 담뱃재가 제 무게를 이기지 못하고 툭 떨어졌다. 앙금처럼 가라앉아 있던 응어리 한 토막 재로 태워버린 듯 이모는 한결 개운해진 표정이었다. 팔십 평생을 한자리에서 산다는 것은 어떤 것인가. 나무의 넋을 타고 난 것인가. 아름드리 둥치에 가지 많아 바람도 많고 바람 받으면 몸살을 앓지만, 그늘 깊고 뿌리 또한 깊은 고목인가.

너그 외할매는 죽고 없을 땐가? 그래, 죽은 뒤다. 할마씨, 용하제? 외할매 죽기 전에 그카데.

내는 내년 4월에 죽는다. 그런데 니는 우얄래?

뭐를 우얀단 말이요?

내는 내년 4월에 죽지만도, 너그 시오마씨는 노망을 끼다.

내가 노망이 뭣인동 보기를 했나, 그래, 노망이 오믄 오는 대로 또 그카고 사는 기제 벨 수 있겠소. 그캤더니 진짜로 노망 오데.

그래. 외할매는 참말로 4월에 죽었지러. 할마씨, 이인이라카이. 이인 안 있나? 그기 박사보담도 높은 기다. 우예 자기 죽는 날을 그리 정확하게 예언을 하노 말이다. 그라고, 내가 죽을 빙이 오마 물도 한 모금 주지 마라카는 기라. 그래, 사람이 사는 데까지는 사는 기제, 우예 그럴 수 있습니꺼, 말 같지도 않은 소리 하지 마소, 그랬더이 그라믄 아래 사람들만 고생한다, 카는 기라. 그라고 참말로 한 손에 마비가 딱 와뿌니까 마 그 날로 물한 모금 안 넝구트라. 독하제. 보름을 물 한 모금 안 넝구테? 그래도 산 목심인데 목이 와 안 타겠나? 그라믄 물을 이래 머금었다가는 탁 패뱉아 뿌리는 기라. 그런데도 오줌은 얼마나 싸던동. 들어가는 거도 없는데 오줌만 오줌만 싸쌓대. 참, 사람이 물로 맨들어졌드레이. 사람이 물이더라카이.

그거 일 다 치르고 나이 어느 날 갑자기 몸이 퍽 주저앉는 기라. 다리야 맨날 아팠지. 삼십 년을 아이고 다리야, 아이고 다리야 했지만도, 서까래 썩어 나동그라지듯이 우예 그라겠노. 마 몬씨겠는 기라.

그래 병원에 안 갔나. 그랬더이 의사가 그카데.

아이고 할매요, 무슨 일로 이래 많이 했는교? 집에 농사 짓는교?

농사는 무신 농사요. 집에 식구들이 많아가 엉망군상을 해가사이 안 그렇소.

할매, 연골이 하나도 없이 다 닳았심더.

하이고 그기 무신 복인공. 옛날에는 이 좁은 집에 식구가 열 셋씩 이래 됐다. 너그 큰언니 아들 둘이, 신랑, 거다가 오빠 손자 둘이, 하나는 이혼하고 가뿌니까 내가 키우고, 재취 자리는 서울여잔데 돌 때 딱 갖다주고 가뿌리더라. 요새는 학교에 급식소라도 있지만 그때는 급식소도 없었거든. 하루 도시락 여섯 개를 썼다 카믄 말 다 안 했나? 먹는 거 그거 만드는 기 어디 보통 일이가? 거다 빨래는 또 어떻노.

그러니 다리가 이래 무너지고, 팔이 빙신이 돼가 뭘 잡도 몬하고, 몸이 마 삭아내리고 닳아뿌고 그란 기라. 나무 기둥 썩어 부싸지는 거 맨키로 그래 되는 기라. 사람이고 나무고 마카 똑같은 기라. 우예 안 그라겠노. 몸이라꼬 어디 천년만년 씨묵을 수 있나? 밥통 저거도 씨다 보이 하루만 지나도 밥이 누렇게 변하고 그라던데, 사람 몸이라꼬 천년만년을 가겠노 말이다.

그래도 마음은 젊어가 다리 아픈 것도 이자뿌고 일라설라카다가 아이코, 하고 마 주저앉아버리는 기라. 내는 죽을 때까정 일만 하다가 고마 탁 뿌싸지뿌라 카는 팔잔 기라.

먹장구름이 대낮부터 솜이불처럼 하늘을 덮고 있었다. 낮게 내려온 구름이 세상의 잡다한 소음을 삼켜버린 듯 적막한 오후였다. 개 짖는 소리 하나 들려오지 않았다. 그렇듯 기이한 흑막과 적요로움을 뚫고 집으로 들어서자, 이기 누고, 내가 인자 마 빙신이 돼가, 너그 아베 죽었다카는데 거도 몬 가보고……. 아부지 잘 보내드릿나? 뭐가 급해서 그래 허무하게 가뿟노, 영웅호걸 다 죽고, 내는 뭐를 볼라꼬 이래 살아 있을꼬, 하며 내 손을 꼭 잡았는데, 이모는 백년 이백 년 한하고 어두컴컴한 토굴 같은 방에서 터져 나오는 말 주워 담으며 이제나저제나 쏟아 부을 누군가를 기다려온 사람 같았다. 살이 쏙 빠져 해깝해진 몸 어디서 그런 힘이 나오는지 손아귀에서는 먹잇감을 누르는 맹수의 악력이 느껴졌다. 나는 인사도 제대로 차리지 못한 채 그렇게 붙들려 있었다.

태어나 고작 5년을 살았을 뿐인 이곳을 고향이라며 찾아올 무엇이 내게 남아 있었던가. 문득 펼친 책갈피에서 후두둑 떨어지는 바랜 흑백사진 같은 기억 몇 장이 전부인 이곳을. 작은 어촌에서 민박을 하는 친구와 달포가량을 지내고 집으로 돌아가는 길이었다. 바다는 거대한 침묵 덩어리였다. 금방이라도 뭔가를 토해낼 것처럼 부글거리면서도 안으로 안으로만 삭여내어 끝내 속을 알 수 없는 거인이었다. 무슨 일이든 일어나 주었으면, 태풍이 불고 해일이라도 일었으면, 하다 못해 거친 파도가 나를 때려주기라도 했으면 싶었다.

답답해서 술만 마시는 내게 친구가 말했다.

니가 먼저 마음을 열어야 돼. 그러면 저 침묵의 소리를 들을 수 있는 귀가 열릴 거야.

침묵의 소리라고? 그러나 아버지는 어쩔 것인가. 거대한 벽처럼, 거대한 침묵처럼 버티고 섰다가 하루아침에 신기루처럼 사라져버린 아버지를 나는 이해할 수가 없었다. 아니, 용서가 되지 않았다.

나는 하릴없이 종일 모래밭에 앉아서 조개나 소라 같은 게 되어 뭔가를 게워냈고 불어오는 해풍에 그것을 말렸다. 그러자 내 몸 어디에 부레라도 생겼는지 부력 같은 것이 나를 떠밀어냈다. 돌아가라고, 이제는 돌아가라고 말하고 있었다. 그런데 그곳이

204

이곳이었을까? 고속도로에서 나는 갑자기 핸들을 틀어 이모에게로 온 것이다.

그나저나, 15년 만에 이모를 본 나는 충격을 받아 어질머리가 일었다. 수분 다 빼앗겨 바싹 말라 비틀어진 명태나 무쪼가리도 형태는 남아있거늘, 늙어서 살 내리고 쪼글쪼글 주름잡힌 거야 어쩔 수 없다고 쳐도 어떻게 사람 뼈대가 저렇게 쪼그라들 수 있단 말인가. 그건 대구가 명태가 되거나 문어가 오징어가 된 것만큼이나 요령부득이었다. 다만 아직도 쩽쩽한 저 목소리에서만 나는 이모를 느끼고 있었던 것이다.

아이구 야야, 불 써라. 와 이래 어둡노. 내가 눈이 어두버졌나 캤다.

그러고 보니 밤이었다. 대낮부터 어두컴컴해서 밤이 된 것도 몰랐다. 귀신 이야기만 한참 하던 토굴 같은 곳에 형광등 불빛이 오히려 이물스러웠다.

하이고, 참 생강스럽데이. 니가 낼로 다 찾아오고……

불이 켜지자 이모가 새삼스레 나를 빤히 쳐다보며 말하는데, 갑자기 어디선가 어린아이 울음소리가 터져 나왔다. 소리는 안방에서 들렸다. 소리를 따라가 보니, 방안 가득 펼쳐놓은 요 위에 이불이 섬처럼 봉긋하게 솟아 있고 새카만 머리카락이 수초처럼 흩어져 있었다. 이모가 앉은걸음으로 다가가, 오야, 할매여깄다, 고모할매 왔다, 하며 다독거리자 아이는 알아듣지 못할

소리를 꿍얼거리며 더욱 목청 높여 울어댔다. 귀신 나오는 무서운 꿈이라도 꾸었는지, 얼른 잠에서 빠져나오지도 못한 채 가위눌린 듯 계속 칭얼거렸다. 아예 이모가 옆에 드러누워 한참을 토닥거리고 나서야 아이는 겨우 울음소리 잦아들며 다시 잠 속으로 빠져들었다.

이모 집 근처에서 전화를 걸자 나를 데리러 나온 건 당질이었다. 남편과 이혼하고 서울로 올라가 돈 벌고 있는 사촌은 아들, 딸 둘을 친정 엄마에게 맡겨두고 있었는데, 나이 스물하나로 두 달 후면 군에 간다는 당질을 나는 처음으로 보았다. 고등학교 그만두고 검정고시해서 수능 준비한다는 당질녀는 피잣집 아르바이트 나갔다는 말에 집에는 이모와 당질만 있다고 여기고, 근 100년의 세월을 거슬러 오르며 이모의 삶을 따라 이야기를 따라 나의 몸도 긴 세월의 강물에 조금씩 젖어 들어가던 참에 생경스럽게도 어린아이 울음소리가 들린 것이다.

엉덩이를 밀며 툇마루로 나오는 이모를 빤히 쳐다보자, 명철이 딸 아이가, 한다.

명철이는 또 누군고 하니, 큰오빠 손주란다. 여자복이 없는 건지 넘치는 건지, 재혼에 동거까지 한 큰오빠는 환갑을 바라보는 지금 혼자 살고 있으니, 그 아들이 이혼을 해도 아이 돌봐줄 할머니가 없어 어쩔 수 없이 증조할매인 이모가 세 살 나던 때부터 이년째 돌보고 있다는 거였다.

조금 더 자고 일어난 아이는 처음 보는 내게 고모할매 하며 착 안겼는데, 세월은 나도 모르는 새 나를 할매로 만들어놓은 것이다.

부엌은 심란했다. 두어 평 남짓 좁은 부엌에 빼곡히 들어찬 가재도구들은, 얼마나 많은 식구들이 그 부엌에 기대 살았는지 대변해주고 있었다. 그러나 이가 빠지거나 손잡이가 떨어져 무엇 하나 성한 것이 없는 데다 먼지가 찐뜩하게 앉은 것이 물 닿아본 지 오래인 듯 했다. 싱크대에는 꾸덕꾸덕 말라붙은 밥풀과 벌건 고추장 국물로 띠를 두른 빈 그릇들이 쌓여 있어 뭐라도 하려면 설거지부터 해야 할 것 같았다.

바닥도 어지러웠다. 도마며 프라이팬, 휴대용 가스레인지에서부터 크고 작은 양푼과 파, 무 쪼가리, 희거나 빨간 가루가 들어 있는 잡병들과 구석에는 항아리들까지 떡하니 자리를 잡고 있었다. 하긴, 부엌만 그런 것도 아니었다.

손바닥만한 마당과 툇마루, 신발장 옆과 위 그리고 방구석마다 쌀가마니며 푸대자루, 정체를 알 수 없는 상자들과 시커먼 비닐봉지, 부러진 우산과 장화 같은 것들이 쌓여 있었다. 반 백년을 한 집에서 살았으니 세월의 더께만큼 잡동사니들이 쌓이게 마련일 텐데, 거기에다 자식들이 이혼하면서, 망해서, 집을 줄여가면서 등등의 이유를 달고 가져다 놓은 살림들이 또 한 짐이었던 것이다. 종당에는 그것들이 주인 행세를 할 기세였다.

야야, 커피 맛이 와 이라노.

커피 마시고 싶다고 해서 찬장에서 커피랑 프림, 설탕을 찾아서 한잔 탔는데, 한 모금 마신 이모는 이맛살을 잔뜩 찌푸렸다. 설탕을 넣는다는 게 조미료를 넣은 모양이었다. 그렇다면 불고기 잴 때 한 숟가락 듬뿍 넣은 그것도 조미료였다는 얘기였다.

고 아래 병에 보얀 그기 설탕이다.

참기름은? 간장은? 마늘은? 설탕은? 내가 물을 때마다 이모는 마루에 앉은 채 당새기 들씨 봐라, 싱크대 밑에 있다, 니 앞에 안 있나, 하며 가르쳐줬다. 보지 않고도 어디에 뭐가 있는지 환히 꿰고 있었다. 그런데 조미료와 설탕이 나란히 있었나 보다.

나를 할매로 만들어버린, 촌수를 헤아리기도 난감한 꼬맹이는 설거지를 한다고 고사리 손에 비누거품을 잔뜩 묻히고 있었다. 티셔츠 앞섶이 다 젖고 바닥으로 물이 튀었다. 그래놓고도 표정은 의기양양했다.

애살이 얼매나 많타꼬. 가마 보이, 내를 닮았더라카이. 뭐든지 지가 한다고 고집 세워쌌는기, 영판이라. 내가 그랬거등. 누가 뭐라 캐도 내 할게, 니 몬하나? 그라믄 내 할게, 이라이끼 네 우리 외할매가, 이런 박살할 년. 저거는, 말깽이 겉은 년이 지 할 거 몬 할 거 다 나서가 내할게, 내 할게 그칸다꼬. 그래도 우야노. 내 성질이 그란 거를. 성질이 급해가 가마 두고 몬 보는 기라.

붙임성 좋고, 뭐든 자기가 하겠다고 나서는 바지런함과 적극성이 다행이라고 여겨지면서도, 한편으로는 생존에 대한 애착을 엿본 듯 짠하기도 했다.

느닷없이 나타난 젊은 여자에게서 엄마를 느끼는가.

꼬맹이는 내가 가는 데마다 강아지처럼 따라다녔다. 이모가 이야기를 할 때는, 할매는 말 많이 했잖나, 내도 말 쫌 하자, 면서 이모 입을 틀어막았다. 이렇게저렇게 대꾸라도 해주다가 한참 이야기에 열이 오른 이모가, 앗따, 야가 와 이래 걸거치쌌노, 저리 좀 가그라, 하고 밀치자 샐쭉해져서는 이불 위를 뒹굴며 김밥말이를 하더니 그것도 곧 시큰둥해져서 내 등에 찰싹 붙어 지 몸을 배배 틀어댔다.

종알대던 그 입도 밥 먹을 때만큼은 잠잠했다. 오랜만에 보는 고기반찬에 입맛이 도는지 밥 한 공기를 뚝딱 비웠다.

그러나 그것도 그때뿐. 잠깐 텔레비전 앞에서 뒹굴더니 또 끼어들었다.

고모할매는 어디서 사는데?

오늘 우리 집에서 자고 갈 꺼가?

내가 이불 다 피났다. 내캉 자자.

그때마다 장난감 하나 줘서 보내고, 할 일 만들어서 보내고,

만화 채널 틀어서 보내고 했지만, 마치 벽에다 공을 던지듯이 금방 돌아와서 내 목을 감고 늘어졌다. 평소와 달리, 도대체 알아듣지 못할 말을 많이도 하는 할머니가 두렵고 야속한지, 울먹거리기까지 했다. 그러다가 제풀에 지쳐 방안 가득 어수선하게 깔아놓은 이부자리에서 몸부림을 치더니, 잠잠해진 것으로 보아 잠이 든 것 같았다.

올 때 잠깐 얼굴 본 당질은 저녁 먹고 이모 명령에 따라 쌀가마니랑 고춧가루 빻아놓은 걸 옮겨놓고는 다시 구석방에 틀어박혔다. 그 방도 엘피 레코드가 산더미고, 반듯하게 개켜진 기억이 까마득할 듯싶게 이부자리가 뒤엉켜 있었다. 잔뜩 어질러진 앉은뱅이 책상에 컴퓨터가 놓여 있고 인터넷이 연결되어 있다는 것만이 이 집에서 유일한 현대적인 소통의 표지였다. 당질녀는, 아르바이트해서 받은 돈으로 메이커 운동화와 티셔츠를 샀다고 멋쩍게 웃으며 보여주더니 저녁도 먹지 않고 방으로 들어갔다.

뭐가 좋을지 고민해서 사온 불고기를 정작 이모는 국물만 조금 떠먹었다.

내는 이가 안 좋아서 많이 몬 묵는다. 너거들 많이 무라.

그리고 술잔만 비웠다. 자식들 잔소리에다 손주들 눈치 보여 마음대로 못 마시다가 내가 좋은 핑곗거리가 된 것이다.

착하다, 착하다 누가 뭐라 카기 전에 내가 내를 봐도 착해.

아이구 문디야, 아이구 쪼다야. 니걸이 시도 많이 읽고 책도 많이 보고, 세계문학이라 카는 거 안 본 기 없고 그랬는데……. 세계문학, 그거 책이 얼매나 두껍노. 암굴왕이라 카는 거 안 있나?

이모 또 말한다. 술이 얼근해지자 세월의 강 훌쩍 건너뛰어 유년기로 흘러갔다.

구세병원에 가니까 다 있데. 일본글로 봤제. 그때는 한국말이라는 거는 받침이나 쪼매 알까, 그라고 뭐라 카기 전에 책도 엄꼬.

암굴왕, 그기 일본말로 강구쯔오다. 하이고, 옛날에는 뭐시라 뭐시라카믄서 이야기도 잘 했는데, 인자는 암굴왕 그기나 생각날까. 하기사 반 백년이 흘렀으이 뭐를 알겠노.

그거 하나씩 몰래 뚱치가 보고 살째기 갖다놓고 그라는데, 저녁에 그거 하나 뚱치가 오마, 할매가 밥 안치라 카고 불때라 카거등. 그때는 보리끼를 땐다. 보리짚 안 있나. 그거 때다가 책보고, 밥하다가도 보고, 그러다 보믄 한정이 없는 기라. 그거 한번 잡으믄 밤을 새서라도 다 봐야 돼. 촛불도 귀하이 호롱불 아래서 봐야 되는 기라.

그런데 우리 외할매는 책만 보믄 마 싹 씨리뿌리고, 마 싹 씨리뿌고 그카는 기라. 우리 아부지가 돈은 안 벌고 맨날 방구석에 틀어백히가 책만 보고 그라다가 일찍 죽어뿌릿으니, 안 그라겠나? 그래 우리는 저 창고에 책 숨카놓고 거서 호롱불 써놓고 보고 그랬는데…….

그라믄 뭐하노. 남은 기 뭐꼬 말이다. 아무것도 없고, 내한테 남은 거는 일복밖에 없는 기라, 일복.

그기 어렸을 때부터 나타난다 카이. 에려도 하는 짓을 가마 보마 팔자가 보이는 기라.

니 큰이모를 보마 알 수 있지러.

지가 맏딸인데도 어메 좀 모시라카이, 내는 몬 한다, 한 마디로 이라데. 아들 하나 없어놓이 딸네 집 전전하미 살도록 맏딸은 한븐도 안 모신 기라.

잘 살기는 얼마나 잘 사노. 그래도 엄마가 왔는데, 시장이라도 봐갖고, 어메 고기 좀 꾸버 주라, 말 한마디 없는 기라. 참, 아무것도 모르는 사람인기라. 자기밖에 몰라.

어려서부터 그랬다. 한번은 언니캉 내캉 강너메, 우리 밭 있다, 거 안 갔나. 거 수박밭이 있는데, 우리가 가이 수박을 따주더라. 그래 둘이 앉아가 배가 산만해지도록 묵고 갈라카이, 수박 따주까? 카데.

내는 오야, 따주소. 가가 동생들 믹일 생각에 그랬제. 그런데 언니는, 그거를 우예 가가노. 몬 가간다. 치아라, 카는 기라. 그래, 아이요, 주소. 내 갖고 갈꾸마. 캤더이 수박 시 개를 따주데.

그래, 언니 한 개, 내는 양손에 한 개썩. 그래 들고 오는데, 언니는 무겁다믄서 버린다 안카나.

니 미쳤나? 묵을 거를 와 버리노. 그라마 내 묵을란다, 도.

그랬더이 언니가 그래, 니 다 묵으라, 카마 지키고 앉았는 기라. 냉기마 빼마리 백 차례 쌔리뿐다카믄서.

그래 그거를 묵기 시작했는 기라. 아까 수박 반 통 묵었는데 배가 얼마나 부르겠노. 그래도 묵었제. 언니는 살을 쪼매라도 냉기믄 안 된다카믄서 지켜보는 기라.

그때 다 묵었는동 우옜는동 모리겠다만, 하여간 그래가 다시 양팔에 수박 한 개썩 안고, 또 배에도 수박 한 통 들었제, 그라고 강을 건넜는 기라. 물이 이래 발목까정 흘러 넘치는 보를 건너는데, 팔이 후둘후둘 떨리더이 고마 하나를 널짰다 아이가. 저리 물에 둥둥 떠서 흘러가더니 고마 강가서 파삭 박살이 안나나. 얼매나 아깝던동.

결국 수박 하나를 가져왔지. 그러이 언니 말이 사실 맞는 기라. 어린 기 팔에 무신 심이 있겠나? 그거를 들고 그 먼 길을 우예 오겠노. 하지만도 내는 동생들 믹일라고, 그 생각밖에 없었다 카이.

하이고, 그래 콧대 높던 언니가 죽을 때는 참 비참하데. 하여간 그랬다.

가마 생각해보믄, 니나 내나 뻘가벗고 태어나는 거는 똑같은데, 죽을 때는 우예 그래 다 다르겠노. 그기 무신 짚은 뜻이 있능가 싶기도 하고…….

이모는 말로 남을 것 같았다. 오래지 않아 저 한 줌 육신은 땅으로 돌아가 흔적 없어질 것인데, 그렇다면 한 목숨 살다간 흔적은 무엇으로 남을 것인가. 말이었다. 이모 살았던 이곳에 말이 남아 떠돌다가, 훗날 그녀의 자손들이라도 찾는다면 들판에 풀잎 돋아나듯 그렇게 되살아날 듯했다. 그렇다면 이모의 한 생은 저 말들을 만들어내기 위한 혹독한 과정이었던가.

그런데 아버지는, 한마디 말도 없이 가버렸다.

병원으로 달려갔을 때, 아버지는 이미 의식이 없었다. 관상동맥 두 개가 오래 전에 막혀 있어 지금까지 버틴 게 오히려 기적이라고 했다. 갑자기 쓰러진 건, 나머지 하나마저 막힌 때문인데 다행히 수술은 성공적이라고 했다.

동생들의 눈초리가 나를 힐난하고 있었다. 이 지경이 되도록 어떻게 옆에서 아무것도 모르고 있을 수 있었냐고.

그러나 어떤 기미도 없었다.

몇 번의 마른 헛기침 그리고 현관문 열고 닫는 소리를 나는 누워서 듣고 있었다. 아버지는 평소와 다름없이 아침 운동에서 돌아와 신문을 펼쳐놓고 말 한마디 없이 밥을 먹을 것이다. 자기 먹은 밥그릇 싹 씻어놓고 오랫동안 양치질을 한 후 방문 탁 닫으면 기침소리만 집안을 떠돌 거였다. 일요일이었지만, 아무리 생각해봐도 약속도 없었고 딱히 갈 곳도 없었다. 쌍쌍이 고개를 맞대고 앉은 극장은 다시 가고 싶지 않았고 그렇다고 텅 빈 사무실에 앉아 있는 것도 궁상맞은 일이었다. 그러나 좁은 집안에서 하루 종일 아버지의 헛기침 소리를 듣고 있는 건 숨이 막히는 일이었다. 나는 밥상을 간단히 차려놓고 집을 나왔다.

영화를 보고 나와서 휴대폰을 켜보니, 부재중 전화가 열 번도 넘게 찍혀 있었다. 동생이었다. 운동을 하다가 쓰러진 아버지를 옆에 있던 사람이 구급차를 불러 병원으로 데려갔다는 것이다.

유리창으로 보이는 아버지는 정체를 알 수 없는 링거 병과 차가운 기계에 포위되어 있었다. 자칫 저승으로 떨어질 뻔했던 아버지를 저것들이 간신히 붙잡고 있는 것처럼 보였다. 마취가 풀리면 일반 병동으로 옮길 거라고 했다.

그 말에 동생들은 탈진한 표정으로 늦은 점심을 먹으러 나갔고, 나는 간호사가 사오라는 물품을 사러 지하 매점으로 내려갔다. 크리넥스, 물휴지, 슬리퍼 따위가 적혀 있는 품목 중에 기저귀도 들어 있었다. 기저귀를 보자 심사가 복잡해졌다. 늙고 병들면 다시 어린아이가 된다지만, 아버지가 이걸 차고 있는 건 도무지 상상이 되지 않았다.

그러나 그건 상상으로 끝나고 말았다. 물건을 사들고 병실 앞으로 갔더니 의사들이 아버지를 둘러싸고 있었다. 갑자기 부정맥이 찾아오고 심장박동 수가 떨어진다는 거였다. 그때부터 상황은 급격히 나빠졌다. 의사들이 수시로 들락거리고 링거 병이

주렁주렁 걸렸다. 저녁 무렵이 되자, 심장박동 수가 걷잡을 수 없이 떨어져 심장 마사지를 해야 할 지경이 되었다. 전기 충격기 아래서 아버지 몸이 물고기처럼 펄떡거렸다. 그러나 한번 떨어진 심박수는 돌아올 줄을 몰랐다.

마침내 의사가 최종 선고를 내렸다. 더 이상은 의미가 없다고, 기계에 의지해서 조금 회복된다고 해도 곧 떨어지는데, 환자에게 고통과 부담이 적지 않다고 했다.

누군가 말해야 했다. 이제 그만두라고. 그 말이 떨어지면 간신히 아버지의 한쪽 다리를 붙잡고 있는 저 싸늘한 기계들이 일시에 작동을 멈출 것이고, 아버지는 저 세상으로 가는 것이다. 이승에서 저승으로, 영원히 가는 것이다.

모두 입을 다물었다.

그만 보내드려요.

그 말을 한 건, 나였다.

삼우제까지 마치고 집에 돌아오니, 내가 차려놓은 밥이 그대로 있고 이부자리는 아버지의 몸을 석고로 뜬 것처럼 흐트러진 채 굳어 있었다. 어디를 둘러봐도 아버지가 죽었다는, 이제 돌아올 수 없는 곳으로 가버렸다는 표시는 없었다. 금방이라도 헛기침을 하며 돌아와 식탁에 앉을 것 같았다. 밥은 상해서 쉰내를 풍길지언정 그대로인데, 이부자리를 빠져나간 아버지는 형체도 없이 사라져버린 것이다.

사람이 늙으면 노골노골 부드러워지고 원융해질 거라고 생각한 건 나의 착각이었다. 아버지는 쇠심줄에 무두질을 하듯 더욱더 질겨지고 딱딱하게 굳어 가는 것 같았다. 그렇게 반대하던 결혼을 하더니 이혼도 제멋대로 해버린 내가 아버지는 못마땅했고, 이제 인생의 중반에 접어든 딸에게 아직도 젊은 날의 고지식함과 엄격함을 고수하려는 아버지를 나는 참을 수 없었다. 어쩌다 반주로 술 한 잔 마신 김에 속엣말을 털어놓으려고 하면 둘 중 하나가 자리를 박차고 일어났다.

회복 중이라는 말에 동생들에게 돌아가라고 했었다. 이제 아버지는 꼼짝없이 내게 의지해야 하는 것이다. 소금에 절여놓은 배추처럼 축 처져 있는 아버지에게, 아버지가 내게 얼마나 강압적이며 폭군처럼 군림했었는지, 그래서 정반대의 남자를 찾아 결혼했는데 아버지에 대한 반발심 때문에 그를 정확히 볼 수 없었노라고, 결국 내가 결혼을 한 것도 이혼을 한 것도 모두 아버지 때문이었노라고 말하고 싶었다. 그러면 숨이 한풀 꺾인 아버지는, 그랬구나, 내가 네게 그랬었구나, 미안하다, 사실은 그런게 아니었다, 다 너를 사랑했기 때문이었다, 이런 말을 듣고 싶었다. 그거면 되는 거였다.

그런데 아버지는 마지막 순간까지 나에게 폭력을 휘둘렀다. 한 마디 말도 없이, 거짓말같이, 가버렸다. 완강하게 다문 입은, 내가 네 뜻대로 될 것 같더냐, 며 앙다물고 있는 것 같았다.

믿을 수가 없었다. 아침에 쓰러져서 그 날로 죽다니. 그것도 앞으로 십 년은 너끈히 살 것처럼 건강을 챙기던 사람이. 이렇게 지독하고 모지락스러웠던가. 딸자식한테 똥오줌 칠 기회조차 주고 싶지 않았던 걸까.

원망스럽고 억울하고 분통이 터졌다. 그제야 울음보가 터졌다.

안 되겠다. 나랑 같이 가자.

장례식 때 올라와 삼우제까지 곁을 지켜준 친구가 단호하게 말했다. 아버지 떠난 빈집에 혼자 두고 가려니 영 발이 떨어지지 않는다는 거였다.

저거저거, 훠어이, 훠어이…….

이모, 고마 자자, 하고 방에 가서 누웠는데, 이모는, 그래 자자, 하면서도 일어날 줄을 몰랐다. 어둠 속 어딘가를 노려보고 있던 이모는 갑자기 두 팔을 훼훼 저어 무얼 쫓는 시늉을 했다.

니는 안 들리나?

뭐가 들린다고 하는데 내 귀에는 아무것도 들리는 것이 없었다. 무겁게 깔린 어둠만큼 무거운 정적이 흐르고 있을 뿐이었다.

저승새 말이다, 저승새. 저승새가 또 우네. 며칠 전부터 또 운다 아이가.

그러고 나니 희미하게 무슨 소리가 들리는 듯했다.

훠이익, 훠이익—

누군가 멀리서 서투르게 휘파람을 부는 것 같았다.

진짜 이름? 몰라, 어릴 때부터 그냥 저승새라고 캤으니 그런 갑다 하제. 귀신새라 카기도 하고 저승새라 카기도 하고 그랬다. 할매들이 그카대. 사람 죽을라카믄 꼭 저 새가 운다꼬. 우는 소리가 기분 나쁘잖나.

숨죽이고 귀 기울였다. 새소리라고 알려주지 않았다면 내 귀에는 적막의 다른 빛깔일 뿐이었을, 새소리 같지 않은 새소리가 조금씩 볼륨을 높이듯 또렷하게 들렸다. 낮게 깔리는 그 소리는, 여느 새와 달리 한 음으로만 우는 듯했다. 새들의 울음소리가 조물주로부터 제각기 개성적인 피리를 부여받은 거라면, 저승새는 구멍이 하나뿐인 피리를 얻은 것이다. 그래서 저주스런 이름이 붙었겠으나, 단음으로 울리는 소리가 내 귀에는 세상의 온갖 소리들을 조율하는 것처럼 들렸다.

오늘 밤, 또 누가 저승으로 가는가베.

아침에 눈을 뜨니, 이모 자리는 비어 있었다. 화장실 갔다가 광 위 옥상으로 올라갔다. 그곳에 서면 멀리 강물이 수평선처럼 펼쳐지던 기억이 있는데, 지금은 아파트가 가로막고 있었다. 강둑도 아스팔트를 깔아 4차선 도로가 되어 있었다. 그 덕에 안 그래도 낡고 오래된 이모 집은 땅 속으로 파고 들어가는 형국이 되어버렸다.

거 화분 있제?

이모 목소리였다. 내려다보니 이모는 부엌 바닥에 오두마니 앉아 무언가를 하고 있었다.

니 갈 때, 화분 하나 가가라. 인자 내는 물도 몬 주고 키울 수가 없으이, 그래 하나씩 갈라준다 아이가.

난간 쪽에 작은 소철이며 선인장, 벤저민 같은 화분들이 즐비한데 돌보는 손길이 없으니 빛을 잃어 시들시들했다. 쓸쓸한 풍경이었다. 그래도 허공을 헤매던 풀씨 하나 깃들었는지 종자가 전혀 다른 꽃들이 화분흙에 피어 있기도 했다.

내려가서 물 한 바가지 퍼와서 화분에 물을 주고 부엌으로 갔다. 옛날 부엌을 입식으로 개조한 것이라 마루보다 허리 높이 정도 푹 꺼져 있으니 바닥에 앉은 이모가 보이지 않았던 것이다.

작은 가스레인지에서 청국장이 바글바글 끓고, 이모는 호박을 썰고 있었다. 필요한 것들은 손닿는 곳에 다 있었다. 뒤로 돌면 냉장고요, 옆에는 온갖 양념통들이 줄줄이 놓여 있고 싱크대 아래에 냄비 따위 그릇들이 쟁여 있었다. 어수선하게만 느껴졌던 것이 이모에게는 질서였던 셈이다.

청국장? 내가 만들었제. 몸이 이래도 아직도 고춧가루 항그 빠사놓고, 된장 고추장 직접 담가 안 먹나. 사먹는 거 그거 맛이 있나?

내가 흠흠, 코를 벌름거리며 툇마루에다 상을 보자, 이모가 끙, 일어나 벽을 짚어가며 마루로 와서 앉았다. 이모는 담배 한 대 피워 물고 마당 위로 보자기만큼 펼쳐진 하늘을 올려다보며 또 말했다.

욱이가 있었으믄 아마 여다가 빌딩을 올릿을 기구만.

욱이? 그게 누구지?

부엌을 저래 고쳐준 것도 욱인데……. 얼마나 착하던동, 공사장에서 노가다 해가 월급 받은 거 마카 내 갖다주고, 그랬는데.

아,

이모 말을 듣고 있던 나는 나도 모르게 낮은 탄식을 내질렀다. 내가 중학생 때 막내이모네와 두 가족이 어울려 여름 피서를 온 적이 있었다. 강가 모래톱에 대형 텐트가 쳐지고 솥단지가 걸렸다. 가스불에 얼굴이 홍시처럼 달아오른 이모는 고무줄 치마를 입은 채 물로 뛰어들었다. 팔을 한 번씩 휘저을 때마다 꽃무늬 나일론 치마가 해파리처럼 활짝 펼쳐졌다가 오므라들었다. 도시 물 먹은 동생들이 알록달록한 수영복 입고 헤엄칠 때, 그녀는 고무줄 치마 입고 해녀처럼 물 속을 드나들었다. 앞서거니 뒤서거니 헤엄치는 그녀들 주위로 물비늘처럼 웃음소리가 일었다. 이모는 동생들을 너끈히 따라잡고도 물 밖으로 나올 때면 양손에 고둥이 가득했다. 햇살 아래 고둥은 보석처럼 빛났다.

그때는 이모부도 살아서, 투망질로 잡은 은어며 피라미를 집아 매운탕을 끓였는데, 구릿빛으로 그을린 이모부는 그리스 신전의 기둥처럼 단단하고 커 보였다. 그때 분명히 사촌오빠가 둘이었다. 막 결혼을 한 큰오빠는 잠깐 얼굴만 비췄고, 낚시도 하고 고둥 잡고 헤엄치며 우리와 같이 놀아줬던 건, 그랬다, 욱이 오빠였다. 검은 뿔테 안경을 쓴 순하디 순한 눈매, 웃을 때는 작은 눈이 안 보였다. 산 넘어가는 태양이 강물을 황금빛으로 물들일 때 국광처럼 빨갛게 익은 얼굴들이 한 장의 사진으로 남아 있다. 그 속에서 오빠는 우리 뒤에 산처럼 든든하게 버티고 있었다. 그랬던 사람이, 그토록 젊은 나이에 뇌출혈로 쓰러졌다는 걸 한동안 믿을 수 없었다. 그러니 또 하나의 죽음이 있었던 것이다.

밤새도록 죽은 사람들 이야기를 했으니 이모의 마음자리가 아들에게 옮아간 것은 당연한 일이었다. 이 시골집에 흔한 것은 푸성귀나 개똥, 구더기나 파리가 아니라 죽음이었다.

영혼 결혼식도 짝이 있는 갑데. 원동 어디에 처녀 적에 죽은 처자가 있다 캐서 영혼 결혼식을 시키는데, 둘이 좋아가 찰싹 달라붙더라 카는 기라.

우예 아냐고? 몰라. 무당이 그카데. 그 전에는 이 사람을 해주도 싫다 카고 저 사람을 해주도 싫다 캐서 몬 하고 있었는데, 이 총각을 지다렸는갑다, 이라데.

222

꿈에 한븐 어떤 여자하고 있데. 내가 생활비 안 주나? 그캤더이, 어메, 인자 내도 살림을 차릿으니 내한테 오지 마소, 이카는 기라. 그라고는 참말로 잘 사는지 꿈에도 안 비데.

그러면서 이모는 고개 들어 지그시 하늘을 올려다보았다. 마치 허공 어딘가에 아들래미가 살림 차리고 사는 집이 있어 거길 들여다보며 대견해하고 흐뭇해하는 듯한 표정이었다.

잠시 후, 아이들 기척소리에 고개 돌려보니 참으로 가관이었다. 어제 산 옷 말쑥하게 차려입은 당질녀 나오는 방은 이모부 돌아가신 방이었고, 외할머니 살던 방에서는 당질이 추리닝 바지 속에 손 넣고 엉덩이를 북북 긁으며 나왔으며, 똥칠갑하다 돌아가셨다는 할매 살던 방에서는 꼬맹이가 부스스한 머리에 눈곱을 떼며, 할매, 내는 고기반찬하고 밥 묵을란다, 하며 기어 나오고 있던 것이다.

그때 이야기 하나가 떠올랐다.

농부가 어부에게 물었단다.
당신은 바다가 무섭지도 않소.
무섭긴 뭐가 무섭다는 거요?
당신 아버지는 어디에서 죽었소?
바다에서 돌아가셨소.

할아버지는?

마찬가지라오.

그린데도 바닷가에서 사는 게 무섭지 않단 말이오?

그러자 어부가 농부에게 물었단다.

당신 아버지는 어디에서 돌아가셨소?

방에서 돌아가셨소.

그럼 할아버지는 어디에서 돌아가셨소?

물론 방에서 편히 주무시다가 돌아가셨다오.

당신은 당신 할아버지 아버지가 돌아가신 그 무서운 방에서 어떻게 살고 있는 거요.

민박집 하는 친구가 해준 우스갯소리였다. 하긴 누구라서 등 뒤에 귀신 하나 달지 않고 살겠는가.

밥상머리에 앉은 아이들은 밥숟가락 놀리는 것보다 말이 더 많았다.

고기반찬 엄나?

어저께 니가 다 묵었잖나? 삼촌이 다 봤다.

꼬맹이가 반찬투정을 하자 당질이 고 입을 손가락으로 톡톡 치며 놀렸다.

아이다. 내는 많이 안 묵었다. 고모야, 니가 묵었나?

고모는 어제 굶었다. 니가 밥도 다 묵었다 캐서 고모는 쫄쫄

배 곯았다, 요 가시나야.

　삼촌과 고모가 짠 듯이 놀려대자 꼬맹이는 기어이 입을 삐죽거리며 눈물바람을 할 기세였다. 이모는 멀찍이 앉아 엷은 웃음을 머금은 채 바라보고만 있었다.

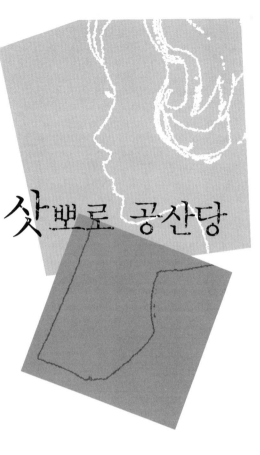

삿뽀로 공산당

1.

삿뽀로행 비행기를 기다리고 있는 중이었다.

"여기 간사이공항이 가라앉고 있다면서요?"

H선생의 목소리.

"네, 그래요. 그래서 영종도공항이 허브공항이 될 거예요."

N교수의 냉철한 대답. 당신네 땅이 가라앉는다는데, 묻지도

않은 영종도 이야기를 했다.

"무서워서 어떻게 살지?"

다시 H선생.

소파에 머리를 기댄 채 눈을 감고 있던 나는 N교수의 대답을 기다렸다. 아무 말이 없다. H선생의 말은 좀 잔인하다. 천재지변이 일상이 되어버린 나라의 국민이 무슨 말을 할 수 있겠는가. N교수는 아마, 눈가에 예의 잔주름을 잔뜩 매단 채 소리 없이 웃기만 할 것이다. 조금은 쓸쓸하게……. N교수의 그런 표정을, 나는 알고 있었다. 한 지붕 아래서 십 년 가까이 남처럼 살고 있는 아내. 무작정 말이 좋아서 학교를 빼먹고 경마장으로 달려가를 않나, 안 그러면 목장으로 가출해버리는 중학생 아들, 혼전 동거 중인 첫째딸, 몸이 약한 둘째딸……. 학문에 관한 한 논리정연하고 분석적인 N교수도 가족 문제만 나오면 난감한 표정을 감추지 못했다. 이야기의 끝은, 잘 놀다가 장난감을 흩어버리고 심술을 부리는 아이처럼, '몰라, 나도 몰라' 하며 쓸쓸히 웃어버리는 것이었다.

바다는 고요하다. 공항 청사가 바다 한가운데 섬처럼 떠있기 때문이다. 바다 건너 오사카가 옅은 해무에 가려 가물거린다. 서울에서는 흔연히 술을 마시고 노래방도 가곤 했지만, 함께 여행을 하기에 우리 세 사람은 어딘지 어울리지 않는 조합 같았다.

삿뽀로 이야기가 나온 건, 첫눈에 대한 기대가 부풀어오르기 시작하던 초겨울 무렵이었다. 안식 휴가를 받은 N교수의 서울 체류 기간도 거의 끝나가고 있었다. 그 기간 내내 그는 H선생의 소설 번역 작업에 몰두했다. 제주 4·3문제에 관심을 가진 그에게 내가 H선생의 소설을 소개하자 단박에 그 소설에 매료되어 아예 번역을 하겠다고 나선 것이었다. 십 년 가까이 한국을 오가며 한국 근현대사를 연구한 덕에 이제는 한국어로 농담까지 할 정도의 한국통이었지만 제주 사투리를 번역하는 것은, 지구를 들어올리는 것만큼이나 힘겨웠다고 털어놓았다.

곧 서울을 떠날 N교수의 환송을 핑계로 모여 앉은 술집의 하얀 회벽에 '러브 레터' 영화 포스터가 붙어 있었다. 무심히 그걸 올려다보던 내가 물었다.

저기가 어디예요?

아, 저 영화, 오타루예요. 삿뽀로에 있는…… 제가 대학을 다닌 곳이 바로 저기예요. 정말 눈이 많이 와요. 일년에 반은 눈으로 덮여 있어요.

N교수는 열에 들떠서 말했다. '러브 레터'는 우현과 함께 본 영화였다. 영화를 보고 밖으로 나오니 신기하게도 영화 속처럼 밤하늘에 눈송이가 날리고 있었다. 첫사랑을 잊지 못하고 방황하는 여자를 끝까지 기다려주는 남자, 멋지지 않아?

나는 펄펄 날리는 눈송이를 손으로 받으며 말했다. 그래, 멋져. 그런데 내가 남자라서 그런가? 난, 첫사랑을 잊지 못하는 그 여자가 더 멋지던데? 그것도 이미 죽어버린 남자를 말이야. 그러면서 우현은 멋쩍게 웃었다. 그때는 별 생각 없이 했던 말이 시간이 흐를수록, 손톱 밑에 박힌 가시처럼 아프게 상기되곤 했다.

이 소설 번역하는 걸로 학교에서 연구비를 받을 수 있을지 몰라요. 혹시 그 돈 나오면, 삿뽀로에 같이 가요.

H선생과 나는, 좋다고, 꼭 초대하라고 맞장구를 쳤다. 그러나 그건 술자리의 흥취에서 나온 즉흥적인 것이었으므로, 나는 곧 잊어버렸다. 그리고 무엇보다 나는, 눈이 많이 오는 곳이건, 비가 많이 오는 곳이건, 아무 데도 갈 수 없었다. 우현이 불쑥 한국을 떠난 후, 나는 한 발자국도 움직일 수 없었다. 나는 바람처럼 떠돌고 있는 우현의 닻이 되어 주고 싶었다. 그러나 우현의 방랑이 예상외로 길어지면서 내가 닻이 아닌 덫일지도 모른다는 자각이 들기 시작했다.

N교수는, 삿뽀로 눈 축제가 끝난 마당이라 패키지 가격이 무척 싸다며, 우리를 초대했다. 관광 같은 걸 할 기분도 아니었고, 눈이라면 서울에도 푸지게 내렸지만, 나는 서울을 떠났다. 아무런 설렘이나 기대도 없이……. 할 수 있다면 모두 다 잊고, 지난 시간을 타임캡슐처럼 눈 속에 봉인하고 싶었다.

2

백 여 년 전, 제국주의 열강이 탐험이라는 미명 아래 마구 파헤쳐 놓은 사막에 미지의 신비는 남아 있지 않았다. 이제 지구 상에 더 이상 탐험할 곳은 없는 것이다. 미지의 세계가 사라진 자리에 권태만이 식곤증처럼 부풀어오르고 있다.

중국의 사막을 헤매다 중앙아시아로 들어간다는 우현이 마지막으로 보낸 편지였다. 나는 편지를 끝까지 읽지 못하고 팔을 툭 떨어뜨린 채 하늘을 올려다보았다. 사막으로부터 날아온 화살이 가슴 한복판에 박힌 것 같았다. 통증은 목구멍을 타고 머리끝까지 치올랐다가, 서서히 팔, 다리로 퍼져 나갔다. 파란 하늘 호수에 바스라질 듯 말라버린 나뭇잎이 떠 있었다.

우리는 유물론자거든.

우리는 술이라면 청탁불문이지.

우리는 예술영화라면 잠부터 오니까 말야.

오랜만에 만난 우현은, 자신을 '우리'라고 말하고 있었다. 나는 허공에다 돼지꼬리를 그려가며 '나'라고 고쳐주었지만, 우현은 마치 눈깔사탕이라도 문 아이처럼 '나'라는 말을 어색해했다. '우리' 속에 나는 없었다. 그런 건 아무래도 좋았다. 세월이, 나이가, 그리고 시대가 베풀어준 관대함 탓이었을 것이다.

그러나 우현은 그렇지 않았다. 늘 '우리' 속에 살던 우현에게 '나'란 문제는 막다른 골목에서 맞닥뜨린 채무자처럼 난감한 화두인 것 같았다.

마치 한바탕 회오리 바람에 판도라의 상자가 열려버린 것 같아. 세상이 온통 나, 나, 나라고 외쳐대고 있어. 그 동안 억압되었던 것들이 한꺼번에 분출한 거지. 물론 인정해. 그 동안 억눌려왔던 개인의 문제들, 개성 모두 소중하다는 거 알아. 하지만 그럼 이 세상은 어디로 가는 거지? 그런 건 아무래도 좋다는 건가?

우현은 감옥에서 막 출소한 사람처럼 세상을 낯설어 하고 있었다.

그런 우현이, 이제 이 지구상에 권태만이 들끓어 오르고 있다고 말한다. 그건 무슨 의미인가. 나는 편지에서 극도의 피로감에 지쳐 있는 우현의 모습을 보았다.

그는 지금 무얼 하고 있을까. 위그루 여인이나 몽골 여인을 만나 사랑에라도 빠진 것인가. 초원을 달리며 양떼를 쫓고 있는가. 그토록 혐오하던 자본주의의 사슬을 끊고 소로우처럼 살고 있기라도 하단 말인가. 사막의 모래 바람 속에서 자신의 욕망을 풍화시키고 있는가.

삿뽀로행 비행기에서 나는 앞좌석 주머니에 들어 있는 아나 항공 잡지를 펼쳤다. 건성으로 잡지를 넘기던 나의 눈길은 제일 뒷장의 지도에서 멈췄다. 삿뽀로가 있는 홋카이도는 북위 45도에 걸쳐 있는 섬이다. 비슷한 위도에 블라디보스토크가 있고 그

위로 시베리아 벌판이, 끝도 없이 펼쳐져 있다. 그리고 몽골, 카자흐스탄, 우즈베키스탄, 키르키스……. 자잘한 글씨로 쓰여 있는 낯선 나라들. 내가 우현을 다시 만나기는 했던 것일까.

3

"오타루에서는 눈이 와도 우산을 쓰지 않아요."

오타루 역사를 빠져 나오자 펄펄 눈이 날리고 있었다. 내가 우산을 꺼내려고 하자 N교수가 웃으며 손사래를 쳤다.

이곳의 눈은 습기가 적기 때문에 툭툭 털어 내면 된다는 거였다. 나는 미심쩍은 눈초리로 손바닥을 펼쳤다. 깃털처럼 가볍게 내려앉은 눈은 정말 금방 녹지 않았다. 거리도, 자동차도, 사람들의 머리와 어깨도, 입자 고운 밀가루를 뿌린 듯했다. 얼핏, 하얀 분칠을 한 게이샤의 얼굴이 떠올랐다.

"이런 눈을 파우더 스노우라고 해요."

파우더 스노우? 부자나라는 눈도 다르군. 나는 반사적으로 그렇게 중얼거렸다. 도착하자마자 나는 이유도 없이 심통 난 아이처럼 굴고 있었다. 그러나 오타루는, 슬픈 사연 하나쯤 꺼내 음미하고픈, 아름다운 거리였다.

백년이 넘은 석조건축과 목조가옥들, 좁다란 골목길들은 고풍스러웠다. 그곳이 골동의 박제된 거리가 아닌 실제로 사람이 음식을 해먹고 잠을 자고 사랑을 나누기도 하는 곳이라는 게 믿어지지 않을 정도였다. 불쑥, 아무 집이나 들어가서 그들이 밥을 먹고, 이야기 나누는 것을 곁에 서서 지켜본다고 해도, 그들은 알지 못할 것 같았다. 도로에 세워놓은 차를 빼려고 바퀴 주위의 눈을 치우는 사람도, 횡단보도 앞에 서 있는 사람도, 화복 차림에 머리 수건을 질끈 동여맨 생선 가게 주인도 우리를 전혀 눈여겨보지 않는 것이 정말 전설 속의 거리를 걷는 기분이었다. 격자 창이 달린 여닫이문, 낮게 매달린 화선지 등 시리도록 새하얀 눈이 쌓여 있는 이 거리에는 달콤하고 나른한 향기가 배어 있는 듯했다. 일본의 옛날 거리를 알 리 없으면서도 나는 오래된 그 거리를 첫눈에 친근하게 느꼈다.

"타임머신을 타고 온 것 같군."

꿈결인 듯 걷고 있던 H선생이 나지막이 중얼거렸다. 그 말을, N교수가 금방 알아듣고 맞장구를 쳤다.

"네, 맞아요. 오타루는 하나도 변한 게 없어요. 제가 학교 다닐 때만 해도 오타루가 삿뽀로보다 컸어요. 그러나 지금 오타루는 그대로이고, 삿뽀로는 일본에서도 손꼽히는 큰 도시로 변했어요."

눈은 소리 없이 계속 내린다. 아주 먼 옛날에도 그랬듯이……. H선생도 N교수도, 그리고 나도 백발 노인이 되어 있었다. 먼 미래의 어느 날, 과거 순례에 나선 나를 보는 것 같았다.

오사카에서 자라고 고등학교를 나온 사람이 어쩌다 유배라도 가듯 이렇게 춥고 먼 곳에서 대학을 다니게 되었냐고, N교수에게 물었다.

"아버지로부터 도망가려구요."

N교수는 농담처럼 말하더니, 이내 이렇게 덧붙였다.

"그러나 그 시절이 저에게는 가장 농밀한 시간이었어요. 가장 열심히 살았고 뜨겁게 살았던……."

나는, 왈칵 목이 멘다. 그의 말이 통째로, 그의 인생 전체의 무게로 가슴에 턱하고 실려와, 더 이상 설명 없이도 모든 걸 알 것 같았다. '농밀한'이라는 말을 이보다 더 훌륭하게 구사할 줄 아는 사람을 나는 본 적이 없었다.

대학 시절, N교수는 사회주의에 경도되어 있었다고 했다. 그는 소위, 전공투 세대였다. 세상을 떠들썩하게 했던 요도호 사건의 주모자 중 한 사람이 친구라고 했으니, 꽤나 급진적인 학생이었음이 틀림없을 것이다. 그때 친구가 함께 북으로 가자고 했는데, 마지막 순간에 주저앉았다고 했다. 만일 그러지 않았다면, N교수는 지금 어디에서 무엇을 하고 있을까. 어깨를 나란히 하고 같은 길을 걸어오다가 갈림길에서 헤어진 친구는 지금 어떻게 되었을까. N교수와 함께 한 대학 시절을, 그도 어디에선가 가장 농밀했던 한 시절로 기억하고 있을까.

우현에게 가장 농밀한 시간은 언제였을까. 대학 시절, 문학

청년이던 그는 사회주의에 경도된 후, 무엇보다 운동가이자 활동가가 되고자 했다. 대학 1학년 때, 순수 문예지에 추천 받았던 시를 그는 언제나 부끄러워했다. 그때만 해도 사회주의에 물들기 전이었다. 이후 그는 일본어로 된 마르크스와 헤겔 등을 밤새워 읽으며 자신을 단련했다. 한 잠도 자지 않고 밤새도록 세미나를 한 후에도, 피로한 기색 하나 없이 의욕과 생기로 충만했다. 글을 잘 쓴다는 이유로 문건을 작성하는 것은 늘 그의 몫이었고, 그 바람에 학교에서 제적을 당하고 수배의 길에 올라야 했다. 막막한 도피생활을 떠나면서도, 우현의 눈빛은 그 어느 때보다 빛나고 있었다. 그를 잡을 수 없었던 건, 어둠 속에서도 형형하게 빛나던 그 눈동자 때문이었다. 그것은 생의 한가운데 그 본질에 육박해 있는 자만이 가질 수 있는 거라는 걸, 나는 느낄 수 있었다. 그러나 그것이 우현을 영영 떠나보내는 것이라고는 상상하지 못했다. 수배 생활은 생각보다 오래 지속되었다.

우현은 지금, 어디로 도망가고 있는 것일까. 무엇으로부터……

어디로 갈 거야?

대륙으로…….

그게 어딘데?

몰라. 중국이나 소련. 아니, 그냥 초원이나, 사막.

언제, 올 건데?

238

그것도, 잘 모르겠어. 다만, 좀 갑갑해. 바다에, 휴전선에 막혀서 오도가도 못 하는 이 나라도 답답하고, 나도 답답해. 민족이니 국가니 이상이니 신념이니 하는 것들이 도대체 뭐였는지, 다시 생각해보고 싶어. 그게 모두 위선이었을까?

그럼 난? 난, 어떻게 해야 하지?

니가 늘 말하던 '나'라는 것도 생각해볼게. 사람도 말도 모두 낯선 그런 곳에 가면 혹시 알 수 있을까?

4

카페 분위기는 아주 모던하다. 강철 스테인리스 골조가 천장을 가로지르고, 검정색 하이그로시 스탠드 바 위의 파카글라스는 쨍하고 소리를 낼 듯 위태롭게 진열되어 있다. 역시 검은색의 테이블과 의자들. 그 사이로 흰 블라우스에 검은 조끼를 입은 여종업원이 우리 테이블을 향해 미끄러지듯 사뿐히 걸어왔다.

"커피나 마시지."

H선생이, 흥이 가신 목소리로 말했다. N교수도 나도, 시큰둥한 표정으로 고개를 끄덕였다.

카페 창밖으로 연인들과 관광객들이 나타났다가 사라지고, 또 나타나고 사라졌다. 그들은 운하와 눈을 배경으로 사진을 찍거나 눈싸움을 하기도 했다. 웃고 달리고 끌어안고 넘어지는 모습들이 한편의 무성영화를 보는 기분이었다.

그때, 가로등에 반짝 불이 켜졌다. 서서히 땅거미가 내리던 거리가 순간 차가운 빛을 내기 시작했다. 나는 세상과 한 걸음 떨어져, 한 세계가 사라지고 새로운 세계가 펼쳐지는 어떤 지점을 목격한 듯했다.

N교수는 졸업 후, 두어 번 오타루에 왔지만 운하가 이렇게 변했는지 비로소 알았다고 했다. 운하는 문학관에서 바다 쪽으로 두 블록을 걸어 내려온 거리에 있었다. 먼바다에 정박하고 있는 대형 선박에서 물건들을 실어 나르던 물길이었던 운하는, 지금은 모두 복개하고 반 정도만 관광용으로 남겨둔 상태였다. 운하 옆으로 즐비하게 늘어선 창고건물은 외관은 옛날 모습 그대로 남겨둔 채 내부만 카페나 음식점으로 개조하여 사용하고 있었다.

관광지로 유명한 곳이라고 했지만 우리나라의 개천과 별로 다르지 않았다. 다만 물길을 따라 가스등처럼 생긴 가로등과 허름한 창고 건물이 옛날 모습 그대로 남아 있으니, 그것의 운치가 그런 대로 괜찮았다.

H선생이, 기분도 그렇지 않은데 술이나 한잔 하자고 말했다. 그렇지 않은 기분이 뭔지 알 것 같았다. 나는 진작부터, 세계적인 관광지에 여행을 온 것이라기보다 어쩐지 회한에 찬 과거 순례라도 나선 듯한 기분에 사로잡혀 있었던 것이다.

그러나 막상 창고 뒤편으로 돌아서자 예상은 보기 좋게 빗나갔다. 네온사인과 대형 간판들로 화려하게 치장을 한 거리는, 여느 유흥가와 다르지 않았다.

그중 가장 소박해 보이는 카페를 골라 들어갔지만 역시 운하에서 느꼈던 조촐한 운치는 전혀 찾을 수 없었다. 창고 입구를 통유리로 막아 놓아 마치 쇼윈도에 앉은 기분이었다. 그런데 이 거리에, 고바야시 다키지의 문학관이 있었다.

다키지 문학관을 발견했을 때 H선생은, 돌연 꿈에서 깨어난 사람처럼 흥분했다. 사거리 신호등 부근에서 문학관 안내 표지판을 발견한 것은 H선생이었다.

"문학관이 있다는데?"

표지판에는 오타루 문학관이라고 써 있었다. 그제야 N교수가 생각난 듯 외쳤다.

"맞아요. 고바야시 다키지하고 이시하라 신타로의 문학관이 있어요."

"고바야시 다키지? 그 사람…, 《게공선》? 그게 고바야시 다키지 작품, 맞지?"

"네, 그래요. 그 사람, 잡혀가 고문 받다가 하루 만에 죽어버렸어요."

"그래, 그랬지. 노동당 활동도 활발하게 했던 걸로 아는데…, 그 사람 문학관이 있다니, 이거 뜻밖인걸."

H선생은 잊고 있던 친구 소식이라도 들은 듯 서둘러 발걸음

을 옮겼다.

　나는 앞서 가는 두 사람을 얼른 따라가지 못하고 걸음을 멈추었다. 귀가 먹먹해지고 숨이 가빠왔다.

　일본에 이렇게 훌륭한 작가가 있었어. 노동자들의 집단 투쟁을 이렇게 리얼하게 묘사하다니, 그것도 프롤레타리아의 관점을 굳건히 유지하면서 말이야. 일본에서 20년대 말에 벌써 이런 작품을 썼다는 거 아냐. 제국주의와 천황제에 대한 비판도 신랄해.

　이십 여 년 전에 우현이 내게 했던 이야기가, 마치 지금 내 귀에 대고 속삭이듯 생생하게 울려 퍼졌다.

　그 무렵이었을 것이다. 나는 우현이 점점 두려워지기 시작했다. 아니, 우현이 내게서 멀어지고 있는 것 같아, 두려웠다. 우현은 달라지고 있었다. 나는 우현이 계속 시를 쓰기 바랐다. 운동이라면 문학을 통해서도 할 수 있고, 어쩌면 그것이 더욱 영향력이 클 거라는 말까지 하며 우현을 설득하려 했다. 그러나 우현은 요지부동이었다. 이미 그에게 문학은 수단일 뿐이었다. 우현은 나에게 이기적인 아나키스트라고 쏘아붙였다.

　우현이 잡혀갔다는 소식을 듣고 면회를 갔지만, 허락되지 않았다. 머릿속에서 다키지의 작품들이 연극무대에 올려진 듯 살아 움직이기 시작했다. 몽둥이 찜질에 사지가 너덜너덜해지고 살점이 떨어져 나가고, 바늘로 살을 쑤셔 후비는 살인마들의 고문에 돼지 내장처럼 널부러져 있는 것은, 우현이었다. 머리가 터질 것 같았다.

"이런, 벌써 폐관 시간인가?"

문학관은 셔터가 굳게 내려 있었다. H선생은 안타까운 표정으로 오래도록 건물을 올려다보았다. 변심한 애인의 얼굴이라도 한번 보고싶어 하는 청년 같은 표정이었다. 선생은 무엇이 그토록 보고 싶었던 걸까. 다키지의 친필 원고? 그가 쓰던 안경이나 가방? 아니면 그를 죽음으로 몰아넣었던 고문기구들?

감옥에서 나온 우현은 한사코 나를 피했다. 그가 옥중 결혼식을 올렸다는 소식을, 모두들 알고 있던 그 사실을, 나는 그제야 들을 수 있었다. 신부는 수배 중 그를 도와준 조직의 선배이며, 결혼식 당시 이미 만삭이었다고 했다.

세 사람은 말없이 커피를 마셨고 나란히 담배를 피워 물었다. 비록 다키지 문학관에 들어가지는 못했지만 모두 그 생각을 하고 있었나 보다. N교수가 먼저 말문을 열었다.

"다키지 작품을 읽은 게, 대학생 때였어요. 소설의 무대가 거의 삿뽀로, 오타루예요. 60년대에 이 거리를 걸으면 다키지의 체취가 그대로 느껴졌어요. 그 사람, 여기서 학교도 다니고, 척식은행에 취직도 했어요. 소설 쓸 무렵엔 사회주의 리얼리즘에 심취해서, 혁명적 인간상을 구현하는, 사회주의 리얼리즘에 아주 충실한 작품들을 썼지요. 《게공선》은 직접 어선을 타고 취재

한 거예요. 제국주의, 재벌, 국제관계, 그리고 노동자…… 이 전부를 전체적으로 보지 않으면 안 된다는 그 사상은 당시로서는 정말 획기적인 것이었어요."

"그래, 맞아. 정말 대단한 작품이야. 자본주의가 어떻게 침투하고 착취를 하는지, 통찰력이 예리하더군. 고문 장면은 또 얼마나 끔찍하던지, 읽으면서 모골이 다 송연해지더라구. 그런데 바로 자기가 그렇게 고문을 당하고 죽은 거 아냐."

"제가 대학 다닐 때도 다키지가 소설 쓰던 무렵하고 크게 달라진 게 없었어요. 게다가 맨날 데모다 휴교다 해서 정신 없을 때였고. 그러니 그 작품은 정말 충격적이고 감동적이고, 재미있었어요."

"우리나라에서도 80년대에 많은 사람들이 그 소설을 읽고 감동을 받았었지."

H선생의 목소리는 20여 년의 세월을 거슬러 올라간 듯 아련한 향수에 젖어 있었다.

"그렇지만 지금 읽으면 재미없을 거예요."

가차없이 되받는 N교수. 그 말에 내 가슴이 다 철렁 내려앉았다. H선생도 뜨끔한지 일순 표정이 굳어버렸지만, 이내 어색한 미소를 띠며 순순히 수긍한다.

"그래, 그렇긴 해. 지금은……, 내 소설도 그럴 거야. 내 소설도 다키지처럼 싸움의 소산이었거든."

244

N교수의 단호한 평가도 그렇지만, H선생의 담담함도 가슴을 서늘하게 했다.

"하지만 그땐 희망을 말해야 했어. 사회주의 리얼리즘이니 뭐니 그런 것보다, 그땐 정말 희망이 보이는 것 같았으니까. 희망, 그게 내가 소설을 쓴 이유였고, 그만큼 절실했는데…… 그게 지금 와서 작위적으로 보이고 재미가 없다면…… 지금 우리의 삶은 뭐라고 할 수 있을는지……. 나는 오히려 요즈음이 더 절망적인데 말이야. 내가 이상한 건가?"

제주에서 태어난 업으로, H선생의 문학은 4·3문제에서 자유롭지 못했다. 그러나 내가 보기에 H선생의 태생은 업이나 족쇄가 아닌 튼실한 닻처럼 보였다.

며칠 전, 우연히 한국인 단체 여행팀과 마주쳤어. 중국 변방의 소도시였는데, 그런 곳에서 한국말을 들으리라고는 상상도 하지 못한 일이었지. 그런데 왜 그랬을까? 한국어, 점점 잊혀가던 한국어가 너무나 익숙하게 들리는 것, 그것이 또한 얼마나 낯설던지……. 나는 마치 그들이 나를 잡으러 온 사람들이기라도 한 듯 얼른 고개를 돌리고 말았어. 한국어를 듣는 순간, 갑자기 한국으로 소환 당하는 듯한 느낌이 들더군. 왜 그런 느낌이 들었는지, 나도 모르겠어. 그러면서 이러다가 나는 영영 내 나라로 돌아가지 못하고 영원히 떠돌게 되는 게 아닐까 하는 두려움을 느꼈지. 그랬으면서도 그들과 마주치기도 싫었고…….

설국에 어둠이 내린다. 싸늘하게 식은 코끝이 시큰해졌다. 낯설면서도 익숙한 느낌을 주는 이 거리. 제국주의를 무찌르고 사회주의 국가를 건설하자던 다키지가, 옆구리에 유인물을 낀 다키지가 어느 골목에서 불쑥 튀어나올 것 같았다. 잔혹한 고문 앞에서 젊은 생애를, 세상에 대한 희망을 접어야 했던 안타까움과 한숨이, 아직 옛 모습을 간직한 이 거리 곳곳에 배어 있는 듯했다.

5

놀랍게도 우현을 다시 만난 건, 지리산에서였다.

그 무렵 나는, 좀 길게 시간이 난다 싶으면 혼자서 배낭을 꾸려 지리산으로 훌쩍 떠났다. 힘겹게 이어오던 결혼이 채 십 년을 넘기지 못하고 깨진 직접적인 이유야 남편의 외도 탓이었으나 그 이전에 닻을 끊어버린 배처럼 좀체 마음 붙일 곳을 찾지 못하던 내가 그 원인 제공자였으므로 남편이 이혼을 요구했을 때 두말 않고 도장을 찍어주었다. 등산화 끈을 묶으면 어깨를 파고들 것 같은 배낭 무게에도 불구하고 몸과 마음은 바람처럼 자유로웠다. 그때 지리산은, 나에게는 숨구멍 같은 곳이었다.

우현을 잊은 건 아니지만, 그렇다고 연연해하기에는 이미 세월이 너무 흘러버렸다고 생각하고 있던 나는, 그것이 틀렸다는

246

것을 지리산에서 알게 되었다. 지리산 구비구비마다 추억이 배지 않은 곳이 없었다. 소변이 마려울 때마다 우현이 찾아가던 주목나무는 훌쩍 자라 늠름한 모습이었고, 땀을 흠뻑 흘린 뒤 윗옷을 벗어젖히고 등목을 하던 뱀사골 계곡의 너럭바위도 그대로였다. 천왕봉의 해돋이를 보며 커피 마시던 자리, 산새 두 마리가 부리로 입맞추는 걸 보며 덩달아 몸이 달아올라 오래도록 키스를 하던 고사목 지대, 부풀어오른 아랫도리 때문에 텐트에서 얼른 나오지 못하고 수줍게 웃던 그 미소까지도, 고스란히 남아 있었다.

우현도 혼자였다. 귀신을 본 것처럼 우리는 우뚝 멈춰선 채 한동안 움직이지 못했다. 일찌감치 산장에 도착한 나는 산책을 나서던 길이었고, 우현은 가슴팍을 타고 흐르는 땀을 닦으며 산장을 향해 걸어오고 있었다. 수배가 떨어져 서울을 떠나던 날 밤, 골목의 가로등 불빛 아래서 본 이후 첫 해후였다.

가까운 숲으로 함께 걸었다. 아무 말도 할 수 없었다. 나란히 숲길을 걸으면서도 꿈속을 걷는 듯 아무 생각도 떠오르지 않았다. 서늘한 한 줄기 바람에 오싹 한기를 느끼고서야 멀리 잉걸불처럼 타오르는 반야봉을 쳐다보았다. 그루터기에 앉아 담배 한 대씩을 나눠 피웠다. 노을이 장삼처럼 반야봉을 휘감으며 서서히 번져나가고 있었다. 깊은 한숨을 토해내듯 담배만 피우던 우현이 말문을 열었다.

"미안하다."

꽉 잠긴 우현의 목소리가 가늘게 떨렸다. 혹, 눈물이 날 것 같았다. 가끔 그런 상상을 했었다. 어느 날엔가, 아주 우연히라도 한 번쯤은 만나게 될 거라고. 내 마음속에서 아직 우리의 인연이 끝나지 않았으므로. 그러면, 무슨 말을 할까. 그러나 그때마다 가슴이 먹먹해져, 아무 말도 떠오르지 않았다. 결국 할 말은 아무것도 없었다. 그저 보고 싶을 뿐이었다. 나는 눈물을 삼키며 짐짓 장난스레 말했다.

"우리 그런 말 하지 말아."

"……"

"도대체 누가 누구에게 미안한 거지? 누가 사과를 받아야 하고? 난, 그런 거 잘 모르겠어."

"그런가? 그래."

그 날 밤, 둘은 밤새도록 소주잔을 기울였다. 한동안 무거운 침묵이 이어졌다. 새들도 잠이 들었는가, 술병에서 술잔으로 그리고 다시 목구멍을 타고 흘러내리는 술만 무슨 시냇물 소리처럼 졸졸 거렸다. 말문이 터진 건, 가지고 온 술이 모두 바닥이 난 후였다.

"난 아까, 환영을 보고 있는 줄 알았어. 너무 보고 싶더니 드디어 내가 헛것을 보는구나 싶더라."

"보고 싶었다구?"

"응. 그랬어."

"정말? 언제부터?"

"그런 게 중요한가? 꿈결같이, 이렇게 만나고 있는데."

"뜻밖인걸? 난, 네가 날 많이 미워했다고 생각했는데."

"왜 그런 소릴……. 내가 왜 너를 미워해?"

"그런 거 아니었어? 그러지 않고서야 어떻게 그렇게 떠날 수가 있고, 그 동안 한 번도 나를 찾을 생각도 하지 않고……. 아, 그래, 우리 이런 이야기 하지 말자. 다 지난 일이야. 이제 와서 뭘 어쩌겠어."

"그렇지. 지난 세월을 돌려놓을 수는 없는 일이지. 미안하다는 말, 하지 말라고 했지만, 만약 너를 만나게 되면 정말이지 꼭 말하고 싶었어. 너한테 정말 미안해. 그 때 난, 경주마처럼 눈가리개를 하고 있었던 것 같아. 오직 앞만 보고 달렸어."

"훗, 그 말은 참 아이러니하게 들리는 걸. 그 땐 네가 그랬거든. 내가 앞만 보고 달리는 경주마 같다고 말이야."

"내가 그렇게 말했나? 그거 참. ……요즘 들어 그런 생각이 많이 들더라. 마치 네가 뿌린 것이니 네가 거둬라 하는 것처럼 내가 했던 말들이 부메랑처럼 내 가슴에 와서 꽂힌다는 생각. 세월이란 게 결국 그런 건가 싶어지기도 해. 그래, 그랬지, 그 땐. 이제 와서 하는 이야기지만, 나를 사랑한다는 그 말조차 받아들이기 힘들었지. 그런 네가 사랑스럽게 보이는 게 아니라 나

를 묶어두려고 그러는 것만 같아서 이기적으로 보였으
니……."

"휴우, 뭐라고 해야 할지……."

"그 사랑이 나를 좀먹고 약하게 만든다고 생각했지. 그랬어,
그땐. 물론 이제 와서 다 내가 잘못 생각했었다는 말, 우스갯 거
리도 안 된다는 거 알아. 그런데 뿔뿔이 다 흩어지고 산산이 부
서진 뒤에야 알겠더라. 결국 남는 건 그것밖에 없다는 거."

"너무 오래 걸렸구나."

"그렇지. 한심하지. 그땐 더 한심했고. 너희 집이 잘사는 것
도 마음에 안 들었거든. 그런 생각이 드니까 너마저 나의 적인
것 같더라."

"적이라구? 기가 막히네. 십 년도 넘게 궁리한 변명이 겨우 그거
란 말이야?"

"하하, 내가 생각해도 우스워. 이해해달라는 말은 하지 않을
게. 그런데 말이지, 내 머릿속에서 관념적인 적은 분명한데, 내
눈앞에 구체적인 적으로 간주할 만한 사람은 너밖에 없었던 거
야. 그 땐 그랬잖아. 내편 아니면, 적."

"그때는 그랬지, 라는 말을 하기에는 너무 이른 거 아냐? 한
창 혈기왕성하게 일해야 할 나이 아니냐구."

"그렇지?"

"갑자기 낯설어진다. 처음에 봤을 땐, 순간 이십 년 세월을

돌려놓은 것처럼 왈칵 반가운 생각밖에 없었는데……."

"그래, 그럴 거야. 저, 나 말이지, 부탁이 있는데……."

"뭐?"

"제발 나를 마구 욕하고 때리고 야단 좀 쳐줘. 네가 그런다면 정신을 좀 차릴 수 있을 것도 같은데……."

나는 우현의 눈을 가만히 들여다보았다. 세월 탓이라고 하기에는 너무 총기를 잃고 흔들리고 있었다. 시간이 지날수록, 보고 있을수록 더더욱 낯설어지는 모습이었다. 나는 우현의 손을 잡고 일어섰다. 밖에는 예고에도 없던 폭우가 쏟아지고 있었다. 폭우 속으로 거침없이 발을 내디뎠다. 싸리비처럼 굵은 빗방울이 온몸을 내리쳤다. 불어난 계곡물이 우당탕 쿵쾅 바위 굴러 떨어지는 소리를 내며 흘렀다. 이미 흠뻑 젖어버린 나는 야트막한 계곡으로 내려갔다. 우현이 위험하다며 말렸지만, 나는 오히려 우현의 손을 잡아끌었다. 계곡물이 어딘가로 끌고 가겠다는 기세로 종아리를 휘감으며 잡아당겼다. 나는, 옷을 하나씩 벗기 시작했다. 바지도 윗옷도, 그리고 마침내 속옷까지 모두 벗어버렸다. 놀라서 바라보던 우현도 결심한 듯 하나씩 벗기 시작했다. 칠흑같이 어두운 밤, 두 개의 나신이 부딪혀 희미한 빛을 뿜어냈다. 이십 여 년 동안 멍울져 있던 앙금이 말끔히 풀려 씻겨 내려간 듯 속이 후련해졌다. 그때는 그랬다.

우현에게 문제가 있으리라 짐작은 했지만, 알고 보니 생각보다 복잡했다.

우현은 꽤 심각한 알코올릭이었다고 했다. 함께 일하던 동지들이 하나둘 등을 돌려 떠나고 그들이 변신하는 모습을 지켜보며 마시기 시작한 술이 나중에는 폐인이 될 지경까지 이른 것이다. 결국 아무 일도 할 수 없게 되었고, 집에 틀어박혀 술로 세월을 보냈다. 그의 빈자리를 아내가 보험 외판으로 메웠다. 그러던 어느 날, 아내가 이혼을 요구하더란다. 남자가 생겼다면서……. 스스로 나서서 옥바라지까지 한 아내였지만, 세상의 변화에 누구보다 민감한 그녀는 끝까지 운동을 붙들고 무능력자로 전락해가는 남편을 견디기 힘들어 했다. 그는 아내의 요구가 정당하게 느껴졌으므로 아내가 원하는 대로 해주고 싶었다. 그러나 막상 이혼을 하려고 하자, 남자가 아내를 버렸다. 아내는 한동안 우울증을 앓을 정도로 실의에 빠져 있었다. 자존심에 상처를 입은 아내는 아이를 데리고 친정으로 가버렸다.

우현은 그제야 정신을 차리고 가까스로 자신을 추스렸다. 선배가 경영하는 무역회사에 들어갔지만, 적응할 수가 없었다. 거래를 위해서라는 명목으로 벌어지는 로비와 상납, 룸살롱 접대, 그렇게 흥청거리는 그늘에서 자행되는 노동자들에 대한 착취.

"난, 그 동안 참으로 험한 길을 걸어왔다고 생각했어. 독재 투쟁, 수배, 고문, 감옥 생활. 그런데 지금 보니 그 시절은 마치 온실 같은 날들이었어. 육체적으로는 고달팠지만 정신만은 명징했거든. 이제 난, 좀더 단련 받아야 해. 더 상처받고, 더 철저히 망가져야 해. 독재보다 더 무서운 자본주의 사회에서 살아남기 위해서는 말이야."

6

초로의 대학동창생들의 목소리가 점점 높아졌다. 십 년, 혹은 이십 년, 더 길게는 대학 졸업 후 처음 만나는 친구들도 있다고 했다. N교수의 목소리가 단연 크다. 그는 동창 모임에 H선생과 나도 동행하기를 바랐다. 우리는 N교수의 현재 관심사를 대변하는 상징일 수 있었다. 그리고 우리는, N교수의 과거 친구들이 궁금했다. 그러나 막상 인사를 나누고 나자, 더 이상 할 말이 없었다. 무엇보다 그들 사이에 쌓였던 이야기가 봇물처럼 터져나오기 시작했다. H선생과 나는, 부유하는 일본어 속에 떠 있는 섬 같았다.

우리는 조금 머쓱해져서 좀 전에 받은 명함들을 연구라도 하듯 진지하게 들여다보았다. 광고 회사 상무, 방송사 부장, 기계설비 회사의 대표, 고액과외를 한다는 이는 명함이 없었고, 나머지 세 장은 공산당원들의 것이었다. 한 명은 삿뽀로 공산당 지부장, 또 한 명은 일본 공산당 북해도 사무소 소장 그리고 나머지 한 명은 일본 공산당 기관인 《적기》지 편집장이다. 젊은 한때, 혁명을 꿈꾸지 않는 이들이 있을까. 그런데 삼 십 년이 넘어 사십 년이 가깝도록, 중년을 훌쩍 넘긴 지금까지 공산당 활동을 하고 있다는 것을 어떻게 이해해야 할까?

H선생이 문득 고개를 들고 말문을 열었다. 야릇한 감흥에 젖은 표정이었다.

"그게 벌써 몇 년 전 일인가? 일본에 왔을 땐데, 그 때 기억이 나는군."

H선생은 일본이 초행이 아니던가? 일본이라면 무조건 알레르기 반응을 보이던 선생의 단순한 민족주의적 태도 때문에 나는 선생이 일본 근처에도 가본 적이 없을 거라고 생각했다.

"그때 조총련 간부라는 사람을 만났거든. 인사를 하고 명함을 건네주면서 하던 말이, 그때 만나서 했던 이야기들보다 아주 오랫동안 잊혀지지 않더라구. 그런데 지금 그 말이 또 떠오르는군."

그러고는 마치 모노드라마의 배우처럼, 굵은 저음의 목소리로 나지막이 말했다.

"이거 비행기 타기 전에 버리시오. 다 이해합네다."

H선생은 씁쓸하게 웃었다. 그런 H선생을 물끄러미 바라보며 나는 꿈이나 희망이라는 말의 어원이 몹시 슬픈 말일 거라는 엉뚱한 생각을 했다.

"그런 시절이 있었네요. 정말 세상이 변하긴 변했나 봐요. 그러니까 우리가 지금, 공산당원들하고 술을 마시고 있는 거

잖아요.ᵕ

　나는 세상이 변한 하나의 구체적 물증이라도 되는 양 다시 명함을 들여다보았다.

　"그런데, 저는 '일본'이라는 말과 '공산당'이라는 말이 왜 이렇게 이상하게 보이는지 모르겠어요. 마치 갓 쓰고 양복 입은 사람 같기도 하고, 창과 방패의 '모순'처럼 보이기도 하는 게, 아무리 봐도 어불성설인 것 같아요."

　나는 촌스럽게도 내 곁에 앉은 일본 공산당원을 곁눈질했다. 흰 와이셔츠에 넥타이를 단정하게 맨 양복 차림의 그들은 일본의 전형적인 샐러리맨과 다를 게 없어 보였다. 그렇다면 그들이 작업복이라도 입어야 한다는 것인가. 그런 구태의연한 주장을 하고 싶은 건 아니지만, 그래도 공산당은 자민당은 아니지 않은가. 머릿속에서는 나 스스로도 가닥을 잡을 수 없는 엉뚱한 질문들이 꼬리를 물었다.

　"지금 일본 공산당이 의회에서 40여 석을 차지하고 있을걸? 당원 수도 만만치 않을 거고. 당비도 세계적으로 제일 많이 걷힌다지, 아마?"

　H선생은 일본 공산당이 나보다는 낯설지 않은 것 같았다. 하지만 막상 그들을 직접 만나고 나니 내심 당황한 눈치가 역력했다.

　"이게 마르크스가 말한 단계설에 해당하는 걸까요? 마르크스가 그랬잖아요. 자본주의가 극에 달하면 진정한 사회주의가 온다고……"

"하하하, 그런 말, 오랜만에 듣는구만. 참 낯설게 들리네. 아마, 일본 공산당이 생긴 게 20년대 무렵일 텐데, 어쨌든 그때 이미 이들은 선진국에 맞는 공산주의를 들고 나오거든."

선진국에 맞는 공산주의? 순간, 내 눈앞에는 어젯밤에 보았던 거리 풍경이 환등기처럼 찰칵거리며 돌아갔다.

우리 숙소가 있는 스스키노 거리는 삿뽀로에서 유명한 환락가였다. 거리는 밤새도록 삐끼와 행인들로 북적거렸다. 그들에게서는 추운 지방 사람들 특유의 움츠림이라고는 전혀 찾아볼 수 없었다. 금방 패션 화보에서 톡 튀어나온 듯 발랄한 옷차림에 발걸음도 경쾌했다. 반라의 여자들이 뇌쇄적인 포즈를 취하고 있는 대형 사진들이 빌딩마다 붙어 있었고, 네온사인은 밤을 잊은 채 현란하게 돌아갔다. 공중전화 부스에까지 빽빽하게 붙어 있던 콜걸들의 스티커는, 그러나 아침이 되자 막 세수를 끝낸 여인처럼 말끔하게 치워져 있었다. 그 많은 스티커를 누가 떼어냈을까. 스티커를 붙이는 직업이 있는가 하면, 누군가는 그걸 떼어내는 것으로 삶을 연명하는 것이리라.

이제 더 이상 사회주의가 자본주의를 대체하리라고 생각하는 사람은 없을 것이다. 바야흐로 신자유주의의 기치 아래 전 지구적 자본주의화가 진행되고 있는 마당이 아닌가. 러시아도 중국도 자본주의의 물결 앞에 무릎을 꿇은 지 이미 오래였다.

갑자기 터져 나온 커다란 웃음소리에, 나는 깜짝 놀라 정신을 차렸다. 무엇이 그리 우스운지, 모두 얼굴이 빨개질 정도로 웃어대고 있었다. N교수와 친구들은 삼십 년 세월을 훌쩍 뛰어넘어 대학 시절로 돌아간 듯했다. 교수든, 회사원이든, 공산당원이든, 지금 그들에게 그런 건 더 이상 중요하지 않아 보였다. 공산당원도, 콜걸이나 콜걸들의 전단지를 붙이고 떼는 사람들처럼 수많은 직업군 중 하나일 뿐일지 모른다. 어쩌면 공산당원이란 저들도, 일본의 자본주의가 사회주의 체제로 바뀌는 것은 원하지 않을 것이다. 작지만 첨단경비 시스템이 갖춰진 시내의 이 아파트가 한국 돈으로 5억이 넘을 거라고 N교수가 말했었다. 그리고 도쿄의 대학에 유학 중인 두 아이들. 이미 사회체제의 변혁을 꾀하기에는 가진 것이 너무 많아 보였다. 안주인인 이시가와 여사는 손님들과 이야기를 나누는 중에도 부지런히 부엌을 오가며 빈 접시와 술병을 치웠다. 그녀는 시원시원하게 말도 잘 하고 웃기도 잘 하는 활달한 여성이었다. 그녀 역시 같은 대학 출신이므로 옛날 친구를 대하는 마음가짐으로 스스럼 없었을 것인데도, 나는 그녀의 시원시원한 태도를 삿뽀로 공산당 지부장의 아내다운 면이라고 생각했다. 그녀는 문제아들을 모아서 가르치는 대안학교의 교사라고 했다.

N교수가 상기된 표정으로 우리 곁으로 왔다.

"죄송해요. 너무 오랜만에 만나서……."

"아니, 괜찮아요. 우리는 우리대로 이야기를 하고 있으니까……."

H선생이 예의를 차리며 대답했지만 나는 궁금증을 참지 못하고 대뜸 물었다.

"일본공산당 강령이 뭡니까?"

그러자, N교수는 두 번 생각도 하지 않고 식상하다는 표정으로 "아이-, 몰라, 나도 몰라." 하더니 웃어버렸다.

7

침대, 미니냉장고, 텔레비전, 디지털 알람시계가 부착된 라디오, 그리고 욕실. 비즈니스 호텔의 싱글룸은 감탄사가 절로 나올 만큼 완벽했다. 이곳에서 한 달 혹은 일 년을 지낸다고 해도 불편함을 느끼지 못할 것 같았다. 새것처럼 주름 하나 없이 청결한 시트나 냉장고 속에 든 각종 음료수, 샤워 후 갈아입을 수 있는 유카타 같은 것은 기본이고, 마치 독방 감옥같이 좁은 곳을 100프로, 아니 120프로의 효율로 극대화시킨 공간 배치가 놀라웠다. 그러나, 한치의 허술함도 없는 이 완벽함이 나의 숨통을 틀어막았다.

창문을 열었다. 건물들 사이로 스즈키노 거리의 네온사인이 섬광처럼 빛나고, 삿뽀로의 하늘은 어두워질 줄 몰랐다. 그토록 아름답던 삿뽀로의 눈도 이 거리에서는 도시의 비둘기 떼처럼 구질구질하게만 보였다.

샤워를 하고 나자 할 일이 없었다. 텔레비전을 틀어봤지만, 무슨 말을 하는지 전혀 알아들을 수가 없었다. 이리저리 채널을 돌리는데, 갑자기 실오라기 하나 걸치지 않은 나체의 남녀가 얽혀 있는 모습이 화면 가득 확대되어 나타났다. 남녀의 나신은 물론이고 얼굴 표정, 거친 숨소리까지 마치 곁에서 일어나고 있는 일인 양 생생했다. 남자는 금방 사정할 듯, 고통스럽게 얼굴을 일그러뜨렸다. 남녀는 절정을 향해 치닫는다. 바로 그 순간 팟— 하며 화면이 바뀌더니, 파란 바탕에 하얀 글씨가 나타났다. 동전을 넣으라는 소리일 것이다. 독방에 절정의 침묵이 들어찬다.

삿뽀로 공산당의 명함이 떠올랐다. 삿뽀로 공산당. 그것은, 타락한 자본주의의 소금인가, 아니면 자본주의화한 이념인가. 차라리 적과 아군이 분명하던 시절이 행복한 시절이었던가. 행복한 이분법의 시절을 지나 혼돈의 개성 시대에 이르러 우리는 불행한가.

조금 있으려니 노크 소리가 들렸다. 문을 열어보니 H선생이었다.

"잠도 안 오고, 술이나 한잔 하러 나갈까 해서 말이야."

나는, 웃으며 코트를 꺼내 들고 밖으로 따라 나섰다.

"교수님은요?"

"벌써 잠이 들었는지, 노크해도 대답이 없어. 저러니 새벽같이 일어나서 우리를 깨우지. 확실히 학자들은 우리들하고는 생체 리듬 자체가 다른가 봐."

밖으로 나오니 우울하게 가라앉았던 기분이 훨씬 나아지는 듯했다. 일상이란 이런 것인가. 거리로 나가 친구를 만나고, 일을 하고, 술을 마시고, 차를 마시는 일상의 자잘한 일들. 몸을 움직이지 않으면 곰팡이처럼 피어나는 우울. 무엇이 진짜 삶인가.

한밤의 거리는 활기가 넘쳤다. 현란한 불빛과 고막을 찢을 듯 요란한 테크노 음악. 선정적인 옷차림의 여인들. 팔색조 같은 머리카락과 가짜 속눈썹, 아찔할 정도로 굽이 높은 구두. 저 여인들의 맨얼굴을 상상할 수가 없다. 화려한 것은 거짓과 기만에 가깝다. 도시의 불빛이 현란한 것은 도시인들이 자신을 정면으로 응시할 자신이 없기 때문일 것이다. 이 거리를 잠시만 걸어보면 사람들의 물결 속에 행인들보다 호객행위를 하는 삐끼들이 더 많다는 것도 금방 깨달을 수 있다.

우리는 후미진 골목의 조그만 주점으로 들어갔다. 밖에서 볼 때는 조그만 술집이려니 했는데, 홀과 카운터, 그리고 방에까지 제법 손님들이 많았다. 일본도 우리나라 사람들 못지 않게 음주 인구가 적지 않은데 특히 퇴근 후 바로 집으로 귀가하는 사람들이 드물다고 했다. 여성 음주 인구도 부쩍 늘었다고 한다. 다른 점이 있다면, 자정이 가까운 우리나라의 술집이 반쯤은 싸울 듯 악을 쓰거나 비틀거리는 것에 비해 일본인들은 자세가 흐트러짐이 없다는 거였다.

손짓 발짓을 동원해서 안주거리와 술을 주문하고 나자, H선생은 거리에서 삐끼가 나눠준 전단지를 들여다보았다. 서너 장은 되는 것 같다. H선생은 슬쩍 내 눈치를 보더니, 씨익 웃으며 바지 주머니에 넣었다.

"내가 원조 교제 연구를 좀 하려구 말이야."

"네?"

내가 놀란 표정을 짓자, H선생이 팔을 내저으며 변명한다.

"아니, 아니, 소설 쓰려구. 4·3진상위원회가 생겨서 4·3문제가 제도권으로 넘어갔으니까, 나도 할 만큼 한 거 같고, 이제 다른 걸 써야지. 안 그래? 그래서 가족 해체 문제를 다양한 각도에서 한번 다뤄볼까 싶은데⋯⋯. 일본에서는 '가정 내 이혼'이라는 말이 아주 흔하게 쓰인다더군. 섹스 없이 남처럼 사는 부부들 말이야. 우리나라도 비슷하잖아. 겉으로는 멀쩡한 것 같은데, 아이들은 아이들대로, 어른들은 어른들대로 모두 제각각 방황하고 있거든."

"흥미롭겠는데요? 특히 선생님이 쓰신다면⋯⋯. 어쨌든 선생님으로서는 새로운 실험이 되겠네요."

"그런 셈이지. 한동안 소설을 쓰지 못했는데⋯⋯. 그런데 모르겠어. 잘 써질지⋯⋯. 거참, 적이 사라지고 나니까 내가 누군지 모르겠더란 말이지."

선생은 막 가져온 술병을 들어 내 잔과 선생의 잔을 채웠다. 나는, 술을 받을 생각도 하지 않고 물끄러미 바라보고만 있었다. 그렇구나. 적이 사라져서……. 나는 방향을 잃고 정처 없이 떠돌고 있을 우현을 다시 떠올렸다.

"이상하지요? 이를 악물고 싸워왔던 적이 사라졌는데……, 그럼 모두 행복해야 하는데, 왜들 혼란을 겪고 있는 건 지……."

"그게 그런 거야."

H선생은 얼른 술 한 잔을 털어 넣고 나서 말을 이었다.

"여기 조총련들도 그렇다더라구. 남북 화해 무드 때문에 그럴 수도 있겠지만, 어쨌거나 요즘은 한국 국적을 취득하거나 일본인으로 귀화하는 사람들이 많이 생겨난다더구만."

"그런 걸까요?"

나는 막막한 심정으로 술잔을 비웠다. 어쩌면 적은, 더욱 교묘해져서 우리들 마음속에 기생하고 있는 건 아닐까. '나'라는 개성의 목소리로 위장한 자본주의의 욕망들.

"그런데 정말 아이러니한 게 뭔지 알아? 아이들한테는 내가 박정희 같은 사람이란 거야."

자기 잔에 얼른 술을 가득 채워 단숨에 비운 H선생은 입맛이 몹시 쓰다는 듯 미간을 찡그렸다. 나는 선생의 말을 얼른 이해하지 못한 채 다음 말을 기다렸다.

"적과 싸우다 보면 적과 비슷해지거든. 적과 비슷한 힘과 오기를 가지지 못하면 싸울 수가 없으니까."

"……."

"박정희가 죽었을 때 말이야, 집집마다 태극기를 게양하게 했거든. 당연히 나는 그렇게 못 하지. 그랬더니 그때 초등학교 다니던 아이들이 선생님이 조기를 달으라고 했는데, 아버지는 왜 그걸 못 하게 하냐고 항의를 하는 거야. 아마, 내가 뭐라고 설명을 했겠지만, 그걸 아이들이 이해할 수 있었겠어? 결국 그 아이들에게는 내가 박정희 같은 존재였던 거지. 그래서 아이들이 나를 무척 싫어했어."

H선생은 허탈하게 웃으며 창 쪽으로 고개를 돌렸다. 나도 고개를 돌려 창밖을 내다보았다. 밤이 깊었지만 거리는 백야처럼 어두워질 줄 몰랐다. 선생과 나는 말없이 하얀 어둠을 노려보고 있었다.

8

"그럼, 서울에서 만나겠습니다."

N교수는 기차표 쥔 손을 번쩍 들어 보이고는 돌아섰다. 기차 시간이 급했는지 개찰구를 지나자 가방을 어깨에 둘러메며 달리기 시작했다. 기차 타는 걸 배웅하겠다고 따라나선 우리는 그

가 너무 순식간에 사라져버려 조금 머쓱해진 기분으로 발길을
돌렸다. 기차역 개찰구에서 구름다리를 건너면 간사이공항 국
제선 청사였다. 그 아래로, 노란 택시들이 질서 정연하게 손님
을 기다리는 것이 내려다보였다. 하늘은 곧 비라도 뿌릴 듯 습
기를 잔뜩 머금고 낮게 내려앉아 있었다.

저녁 일곱 시에 출발하는 서울행 비행기를 타기까지는 무려
다섯 시간이 넘게 남아 있었다. 우리는 보딩게이트 사이의 한갓
지고 구석진 곳에 자리를 잡고 앉았다. 이제 뭘하며 시간을 때
우나 싶어 머뭇거리는데, H선생이 배낭에서 와인 병을 꺼내 보
였다. 삿뽀로의 편의점에서 산 것이다.

"이거나 마시자구."

선생은 내 마음을 읽었다는 듯 회심의 미소를 지어 보였다.

"여기서 그걸 마시게요? 그냥 가져가시죠."

공항 대기실에서 와인 한 병을 어떻게 마시나 싶어, 나는 지
레 놀란 표정을 지었다.

"비행기에서 터져버릴지도 몰라."

어리둥절해하는 나를 바라보는 H선생의 눈매에 장난기가 그
득했다.

"기압이 높아지면, 이 코르크 마개가, 뻥! 할 거란 말이지."

오타루 와인. 삿뽀로에서 가장 풍미가 좋은 오타루 와인은 요
이치의 포도로 만들어진다고 N교수가 말했었다.

요이치는 바닷가를 끼고 있는, 작고 조용한 마을이었다. 해안선과 자작나무숲 사이로 기차가 달렸다. 눈이 부셨다. 마을이며 산이며 거리, 골목, 그리고 바닷가 해안선 끝까지, 온통 하얗다. 평화로운 순백의 마을, 그곳에 온갖 문제아들을 모아놓은 학교가 있었다. 야쿠자, 폭력, 약물중독, 임신, 학습 부적응…, 노랑머리, 전기머리, 꽁지머리, 스킨헤드…. 칠판 앞에서는 선생님이 한창 강의에 열을 올리고 있었지만, 열심히 듣는 아이들, 아니 그냥 듣는 척이라도 하는 아이들은 손가락에 꼽을 정도였다. 아예 뒤돌아 앉아 자기들끼리의 대화에 열중인 아이들, 점심 도시락을 꺼내놓고 먹는 아이들, 거울을 들여다보며 화장에 여념이 없는 여학생, 초점 없는 멍한 눈으로 교실 문턱에 기대앉은 아이…….

이시가와 선생은, 이틀 전 집에서 만났을 때와 느낌이 사뭇 달랐다. 학교 구석구석과 동료 선생들을 소개할 때는 여걸의 이미지를 풍기나 했더니, 기도 안 차게 차려입고 껄렁대는 학생들에게는 언니 누나처럼 다정하게 어깨를 치고 그들도 이시가와 선생을 격의 없이 대하는 것이 느껴졌다.

이시가와 선생이 복도에서 어슬렁거리던 학생들에게 우리를 가리키며 뭐라고 한마디 했다. 그러자 갑자기 학생들이 우와, 탄성을 내질렀다. 나와 H선생이 N교수를 바라보자, '한국에서 온 소설가'라고 말했다는 거였다. 그 말에 H선생은 의아한 표정을 지으며 어깨를 으쓱했다. 그리고 그저 심심하던 차에 으레 내질러보는 소리려니 치부하고 웃어넘기고 말았다.

그런데 현관에서 막 신발을 신고 있을 때, 등뒤에서 누군가 소리쳤다.

"일본말 할 줄 아십니까?"

우리는 깜짝 놀라 고개를 돌렸다. 돌아보니 십여 명의 학생들이 몰려나와 있었다. 그중 턱에 피어싱을 한 노랑머리 남학생이 머리를 긁적이고 있었다. 다급한 말소리와 달리 그는 더 이상 아무 말도 하지 못했다. 한국말을 썩 잘 하는 건 아닌 듯했다. 그는 사람들의 시선이 부담스러운 듯 씨익 웃었다. 당장 눈앞에 벼락이 떨어진다고 해도 눈썹 하나 꿈쩍하지 않을 것 같은, 좀 전에 교실에서 보았던, 세상을 다 포기한 듯한 표정이 아니었다. 180센티가 넘는 큰 키에 거뭇거뭇한 수염자리, 복숭아씨처럼 불거진 목울대에서 남자 냄새가 물큰 풍겼지만 멋쩍은 듯 웃는 표정에서 앳된 티가 슬몃 드러났다. 뭔가 하고 싶은 말이 있는 것 같았지만 언어의 장벽이 우리를 가로막았다.

"자, 한잔 더 해."

어느새 내 술잔이 비어 있었다.

"그 학생, 말이에요."

"누구?"

"요이치 학교에서, 일본어 할 줄 아십니까? 라고 묻던 남학

266

생······.”

“아, 아 그래, 그 학생.”

“하고 싶은 이야기가 있었던 걸까요?”

“글쎄? 그럴지도 모르지만······, 처음 보는 사람한테 무슨······.”

“하지만, 그 목소리가 아직도 생생해요. 어쩐지 절실함 같은 게 느껴지는 게······.”

“허, 그랬나? 아무래도 나도 일본어를 조금은 배워야 할래나 봐. 싫다고 해도 시대가 시대라서 그러나? 아님, 제일 가까워서 그럴까? 어쨌든 자꾸만 일본에 갈 일이 생긴단 말이지.”

학생들과 우리는, 엉거주춤 어색한 자세로 웃기만 했다. 돌아서야지 싶으면서도, 웬일인지 발걸음이 떨어지지 않았다. 나만 그런 게 아닌 것 같았다. 그때 배낭 속에 들어 있는 카메라가 생각났다. 나는 사진이나 한 장 찍자고 제안했다.

잊고 있던 중요한 일을 기억해낸 것처럼 카메라 앞에 모여 섰다. 그 때 파인더를 통해 바라다 보이던 모습이 기억속에 인화되어 잊혀지지 않았다. 울긋불긋한 머리의 학생들 사이에서 흰머리가 성성한 H선생이 기막힌 조화를 이루고 있었던 것이다.

그 생각을 하자 피식, 웃음이 나왔다.

“응? 왜?”

H선생이 무슨 영문인가 싶은 표정으로 나를 바라보았다.

"그 학생들하고 찍은 사진 말이에요. 아마 그 사진 나오면 볼 만할 걸요."

"그래? 왜?"

"꼭 무슨 헤비메탈 그룹 같던데요? 선생님은 그룹 리더 같구요."

선생은 정말 그렇겠는걸, 하며 소리 높여 웃었다.

"그런 아이들하고는 절대로 공감대를 이룰 수 없을 거라고 생각했는데……, 그게 아닌 것 같아요. 그 짧은 순간에, 한마디 대화도 없이 오히려 깊은 교류를 한 것 같은 느낌이 들어요."

"그렇지? 나도 그랬어. 거리에서 봤던 말쑥한 차림새의 아이들한테서는 느끼지 못하던 어떤 느낌이 있었어."

"그 아이들이 소설가에게 그렇게 열광하다니, 그것도 신기해요. 고리타분하다고 생각할 것 같은데……."

"소설가라면, 자기들 이야기를 들어줄 것 같았는지 모르지. 우리도 미처 깨닫지 못했던 공감대를 형성했다면, 아마 그 지점이 아닐까."

언젠가 N교수가 내게 해준 이야기 한 토막이 떠올랐다. 한국에 처음 왔을 때 그는 명동 한복판에 자리잡은 로얄호텔에 묵었다고 했다. 어느 날, 갑자기 소란스러운 소리가 들려서 밖으로 나가보니 호텔 맞은 편 명동성당에서 대규모 시위가 벌어지고 있더라는 것이다. 우연히 시위 장면을 목격하게 된 그는 갑자기 피가 뜨거워지는 기분을 느꼈다고 했다.

9

스피커에서 탑승 시간을 알리는 아나운스먼트가 흘러나왔다. H선생과 나는 천천히 배낭을 챙겨 들고 자리에서 일어섰다.

우리는 얼굴이 불콰해져서는 아무 말도 없이 묵묵히 보딩게이트를 향해 걸었다. 안내 방송이 반복해서 울려 퍼졌다. 그걸 유심히 듣던 H선생이 말했다.

"아무래도, 억양이 일본 여자 같지?"

"그런 것 같네요."

"에쿠, 한국어 방송을 들으니까 비로소 돌아간다는 실감이 나는군. 아주 새삼스럽구만."

"겨우 사흘인데요?"

말은 그렇게 했지만, 나 역시 비슷한 기분이었다.

"그런데도 아주 멀리, 오랫동안 떠돌아다닌 기분이 들어. 아마, 신문을 안 봐서 그럴 거야."

비행기에 탑승하면 H선생은 가장 먼저 신문을 집어 들 것이다. 별로 달라진 것 없는 기사들을 훑어보며 한숨도 쉬고 화도 내겠지만, H선생이 자신의 존재감을 생생하게 느끼는 순간이 바로 그런 때가 아닐지. 그런 사람이 있는 것이다.

청사 밖을 쳐다보니 비가 내리고 있었다. 거기 유리창에 내
모습이 어른거렸다. 아니, 우현인 것 같기도 했다. 비에 후줄근
히 젖은 채 물끄러미 나를 바라보는 것 같았다. 야윈 듯했지만
자유로워 보였다. 유령처럼. 그의 육체는 비록 세상의 끝을 헤
매고 있으나 그 영혼은 내게 깃들여 있는지 모른다는 느낌이 들
었다. 마치 깨달음처럼 찾아온 그 느낌은 나를 전율케 했다. 내
가 그의 덫인지 닻인지는, 아마 죽는 순간까지 알 수 없을 것이
다. 그가 나의 덫인지 닻인지도.

그때 한 무리의 한국인들이 몰려왔다. 단체 여행객들인 듯했
다. 면세점에서 쇼핑을 하다가 급히 달려왔는지 양손에 쇼핑백
이 잔뜩 들려있었다. 그들은 옆 사람들은 안중에도 없는 듯 큰
소리로 웃고 떠들어댔다. 누군가 코를 비틀어 먹기 싫은 음식을
마구 밀어 넣는 기분이었다. 오지에서 한국말을 듣고는 자신도
모르게 몸을 숨겨버렸다는 우현처럼 나도 할 수 있다면 이 줄에
서 벗어나고 싶었다. 그러나 어쩔 수 없이 나는 그들 틈에 끼어
보딩게이트로 밀려 들어가고 있었다.

미오의 나라

막 교무실 문을 열고 들어서는 순간이었다. 마치 그때를 기다리고 있었던 듯 전화벨이 그악스럽게 울려댔다. 나는 반사적으로 벽시계를 올려다보았다. 예상대로 수화기는 나에게 건네졌다. 수화기에서는 가릉가릉 가래 섞인 기침소리가 들끓고 있었다.

"아직 연락 없냐? ……"

이 시간만 되면, 좀 더 정확히 말하면 미오가 다녀간 후부터 자명종처럼 걸려오는 아버지의 전화였다. 달라진 것이 있다면 수평계가 기울듯 긍정 쪽에 얹혀 있던 아버지의 기대가 서서히 부정 쪽으로 밀려나고 하루하루 말수가 줄어들고 있다는 거였다. 그 끝에는 어쩌면 아버지의 죽음이 기다리고 있는지 몰랐다. 아버지의 어디에 이토록 집요한 구석이 숨어 있었을까.

책상에는 채점해야 할 시험지가 수북이 쌓여 있었다. 성적 제출 기한을 벌써 넘겨 며칠째 채근을 받고 있는 시험지였다. 후배가 학원장으로 있는 이곳에 발을 들여놓을 때 나는 내 일을 찾을 때까지만이라는 단서를 후배 앞에서 몇 번이나 다짐했었다. 그게 벌써 3년 전 일이다. 그 동안 나는 이곳에서 만난 여선생과 결혼을 했고, 몇 달 후면 한 아이의 아버지가 된다. 착실하게 돈을 모은 덕에 내년이면 신도시에 아파트를 분양받을 예정이고, 알뜰하고 부지런한 아내 덕에 집안은 언제나 삶의 윤기가 흘렀다.

책상에 앉았지만 일이 손에 잡히지 않았다. 나는 그대로 학원을 나와 자동차의 시동을 걸었다.

한강은 호수처럼 평온했다. 지난 여름, 논밭과 집채를 흔적도 없이 휩쓸어버리고 서울마저 집어삼킬 듯 울러대던, 그 한강이 아니었다. 거대한 용트림같이 범람하던 분노를 잠재운 것은 무엇이었을까. 시간만큼 현명한 방책은 없다는 것인가. 어쨌든 며칠 후 강물이 서서히 후퇴하자 논밭이며 길이며 집들이 는질는질하게 빈약한 몰골을 드러냈다.

여름이 호된 만큼 가을은 빨랐다. 위로의 손길처럼 아침, 저녁으로 서늘하게 불어대는 바람 속에서 한강은 다시 예전의 모습을 회복하고 있었다.

그런데 나는 어떤가. 지난 여름 이후 내 마음속에서는 사락사락 모래가 흘러내리듯 소리도 없이 무언가가 빠져나가고 있었다. 미오, 그녀와 단 이틀 간의 만남이 지금 나의 삶을 한낱 모래성으로 만들어버리려는 것 같았다. 그런데도 나는 속수무책이었다. 물론 처음에는 무시하려고 했다. 그녀는 척박한 현실속에서 최선을 다해 꽃 한 송이 피운 것이고, 그것이 나를 잠시 취하게 만든 것일 뿐이라고. 그러나 갈수록 그녀의 목소리는 더욱 생생하게 살아나 나를 혼란스럽게 만들었다. 나는 오랜 마법에서 깨어난 사람처럼 주위의 모든 것이 생소하게 느껴졌고, 무엇보다 내 자신이 역겨웠다.

차가 자유로로 접어들면서 나는 액셀러레이터를 지그시 밟았다. 속도계의 바늘이 압력을 받아 바들바들 떨리기 시작했다.

미오가 한국에 온다는 아버지의 전화를 받은 것은 여름 휴가에서 돌아온 다음 날이었다. 원래 3박4일이던 것을 하루하루 연기하는 바람에 일주일로 늘어난 휴가였다. 파란 물감을 풀어놓은 것 같은 남태평양의 피지 섬, 그 야자수 그늘 아래 내가 서 있었다. 현실감이 느껴지지 않던 이국의 낭만에 나는 흠뻑 빠져 있었다. 돌아가고 싶지 않았다. 그대로 눌러 살고 싶다는 생각이 파도처럼 밀려왔다 밀려가곤 했다. 그러나 귀국 비행기에 오르자마자 내 머릿속에는 입시에 대비한 강의안 걱정이 놀랍도록 재빨리 들어차기 시작했다. 그리고 아파트 우편함에 쌓인 고지서들. 그것들은, 언감생심 돌아오지 않을 꿈을 꾸다니 하며 나를 조롱하듯 나풀거리고 있었다. 그리고 아버지의 전화.

"미오가 온단다."

"미오라니……, 그게 누구죠?"

나는 그녀의 이름조차 잊고 있었다. 일본에 있는 네 사촌이라는 말을 듣고서야 얼핏 사진 속에서 보았던 얼굴이 희미하게 떠올랐다. 삼촌 장례식에 왔던 일본 여자, 그러니까 숙모는 두 딸이 아버지 장례식에 참석하지 못한 것이 못내 마음에 걸린 듯 몇 장의 사진을 가지고 왔었다. 숙모는 어눌한 한국말로 열심히 미오의 이름을 설명해주었다. 받침이 없는 일본인들의 이름을 감안해서 발음이 튀지 않으면서도 한국인의 혼을 불어넣어 아름다울 미(美), 어조사 어(於)자를 쓴다는, 그러나 이때의 어는 감탄의 오로 읽어서 미오라고, 삼촌이 그렇게 지었노라고 했다.

"학회 일로, 어떤 단체에 끼어서 오게 된 모양이다."

학회라면, 그녀가 의사가 됐다고 하더니 의학 관계인 듯싶었다. 북조선으로 되어 있는 미오의 국적 때문에 여권 내기가 쉽지 않아 아버지 장례식에도 참석 못 했는데, 학술 관계라서 통과가 된 모양이었다.

"어쩌면 마지막일지 모른다. 무슨 수를 쓰든 그 아이 마음을 돌려야 한다."

삼촌 장례식 때도 아버지는 초면인 숙모를 붙잡고 미오의 국적 문제로 얼굴을 붉혔다. 그러나 숙모는 이미 성인이 된 딸의 문제를 엄마라고 해서 어쩔 수 없노라며 고개를 저었다. 딸의 장래를 망치려느냐고 아버지가 벌컥 화를 내자 숙모는 딸의 장래를 걱정하지 않는 엄마가 어디 있겠느냐며 쓸쓸히 웃었다. 그 문제에 관한 한 저도 국외자일 뿐이에요, 라고 덧붙이는 말 속에 그간의 신산했던 삶의 한 자락이 얼핏 비치는 것 같았다.

아버지와의 통화가 끝나고 나서도 마지막이라는 말이 어두운 동굴 속의 울림처럼 길게 여운을 남기며 잊혀지지 않았다. 마지막이라는 말이 주는 부담과 비장감 때문일 것이다. 나는, 못마땅해하는 빛이 역력한 후배에게 술을 사면서 휴가를 며칠만 더 연장해달라고 부탁했다.

그 날 밤부터 비가 내리기 시작했다. 밤이 깊어갈수록 빗줄기가 굵어지고 있었다. 점점 세차게 내리는 빗소리가 멀리서 진군해 오는 군화발 소리처럼 들렸다. 나는 담배 한 대를 물고 베란다에 나가 타닥거리며 튀어 들어오는 빗방울에 얼굴을 맡겼다. 나는 아버지의 특명을 성심을 다해 수행할 것을 다짐하고 있었다. 그것은 아버지의, 그야말로 마지막 부탁일 터이므로.

　호텔 커피숍에서 만난 미오는 사진 속의 얼굴보다 훨씬 앳되어 보였다. 화장기가 거의 없는 맑은 얼굴에 목덜미가 드러나는 짧은 생머리의 그녀는 간편한 청바지 차림이었다. 갑자기 창밖이 어두워지면서 장대비가 쏟아지기 시작했다. 그 광경을 물끄러미 바라보고 있던 미오가 곁으로 다가선 나를 올려다보며 엷게 미소지었다. 손님이 뜸한 탓도 있었지만 어떤 예감에 대한 확신으로 성큼 다가섰던 나는, 그녀의 미소를 보는 순간 엉거주춤 뒤로 물러섰다. 순간적인 느낌이었지만 그 미소는 십대를 갓 넘긴 미소년의 그것이었다. 미오가 먼저, 안녕하십니까 하며 일어서지 않았다면 나는 아, 사람을 잘못 봤군요 하며 정중하게 인사를 할 뻔했다. 나중에야 깨달은 것이지만, 묘한 흡인력이 깃들어 있는 미소년 같은 그녀의 미소는 삼촌으로부터 물려받은 것이었다.

　우리는 한 살 차이였지만 미오는 꼬박꼬박 오빠라고 부르며 높임말을 썼다. 작은 새처럼 말이 많고 앳되어 보이는 그녀의 모습과 소탈한 행동거지들은 삼십오륙 년이 넘어서야 비로소 상봉한 오누이들이 가질법한 어색함을 단숨에 지워버렸다. 그야말로 피가 물보다 진하다는 걸 실감할 수 있었다. 그러나 그럼에도 어쩔 수 없는 것이 있었다. 놀라울 정도로 능숙한 한국

278

말에도 불구하고 어쩔 수 없이 배어 있는 일본어투의 억양, 그리고 일본인 특유의 어딘지 절제된 듯한 예의바름과 싹싹함, 이런 것들이 그녀의 몸 속에 흐르는 피의 절반이 일본인의 것이라는 사실을 끊임없이 일깨워주고 있었던 것이다. 삼촌이 어떻게 일본 여자와 결혼하게 되었을까? 숙모 역시 사회주의자였다고 했지만 자신의 국적은 물론 딸의 국적도 바꾸지 못하게 할 정도로 투철한 민족주의자가 일본 여자와 결혼했다는 것은 뜻밖이 아닐 수 없었다. 결국 사랑이란 말인가?

"한국의 발전상을 많이 보여줘라. 그래서 내려올 때는 아예 마음을 바꿔 먹을 수 있도록 말이다."

한국의 발전상이라니······, 아버지가 하도 신신당부를 해서 알겠다고 대답은 했지만 막상 어디를 가야 할지 알 수 없었다. 우선 발전이라는 말 자체가 나로서는 개념 정의조차 내리기 어려운, 어쩐지 거북하고 모호한 단어였던 것이다. 아내가 '재일동포 모국방문단 코스'라는 기발한 아이디어를 내긴 했지만 그렇다고 미오에게 공단 시찰을 시킬 수는 없는 노릇 아닌가. 무엇보다 나에게는 시간이 많지 않았다. 이틀, 그러니까 다음날 제주 행 비행기를 타기까지 정확하게 만 하루가 내게 주어진 시간이었다. 벌써 나는 자신이 없어지고 있었다.

궁여지책으로 떠올린 것이 63빌딩이었다. 59층 스카이라운지에서, 마치 땅에 발을 디딘 듯 전혀 높이를 느끼지 못하는 무덤덤한 표정으로 식사를 하는 사람들을 보면서 나는 현기증을 느끼고 있었다. 날씨가 맑으면 인천 바다까지 보인다는, 그래서 서울도 한눈에 들어온다는 전망 때문에 올라온 곳이다. 그런데 빗속을 달려오면서도 왜 그 생각을 못 했을까? 창밖은 나의 얄팍한 계산속을 비웃듯 회색빛으로 포위되어 있었다.

참담한 나의 심사를 달래주는 것은 송아지 고기 요리뿐이었다. 입안에서 감지되는 육질의 부드러움은 자칫 혀를 깨물 것 같은 불안감마저 안겨주었다. 품위를 자랑하는 고급 식당답게 메뉴에는 요리에 사용되는 고기의 부위와 요리법까지 자세히 적혀 있었다. 버터로 구운 닭의 가슴살, 소금에 절인 거위의 간과 와인 향을 가미한 소스, 훈제한 오리 가슴살, 소 혀 스튜. 요리를 위해 재료를 채취하는 과정이 자연스레 연상되는, 조금은 잔인한 메뉴는 그래서 입맛을 돋워주는지 몰랐다.

"일본에도 이렇게 높은 빌딩이 있던가?"

발전상이라는 말에 짓눌려 있던 나는 나도 모르게 이렇게 치졸한 질문을 하고 말았다.

"아마……, 있을 거예요. 도쿄에 선샤인 빌딩이라고 있는데, 61층쯤? 그러나 나는 올라가 보지 못했어요. 이 빌딩이 내가 올라가 본 빌딩 중에서 제일 높은 곳이에요."

미오는 환하게 웃어 보였다. 그 미소에 우울했던 나의 심사가 조금 풀리는 기분이었다.

"결혼은 했니?"

"네, 한 여섯 달 정도 됐어요."

"그래? 그렇다면 청첩장이라도 보내지 그랬니? 갈 수도 있었을 텐데."

"아니에요. 어떻게 그렇게 멀리까지 와요."

"멀긴, 한 시간이면 가는 거린데……."

막상 그렇게 말하고 보니, 고작 한 시간 거리를 오기 위해 35년이나 걸린 미오의 처지가 피부로 느껴졌다. 그렇다면 한 시간 만에 갈 수 있는 내가 갔어야 하는 것이 아닌가. 나는 좀 미안했다. 그리고 아버지를 짓누르고 있는 부채감이 어떤 것인지 조금 알 것 같기도 했다. 그리고 그만큼의 부채감이 내게도 전해지는 느낌이었다.

"어머니 쪽은 몰라도 아버지 쪽으로는 친척이 전혀 없었을 테니 얼마나 쓸쓸했겠니?"

"아, 그렇게 거창한 예식을 치른 건 아니에요. 그러니까 우리는 동거를 하고 있거든요."

"동거?"

"네, 가족들과 친한 친구들만 불러서 음식을 먹고 간단하게 식을 올렸어요. 물론 더 크게 할 수도 있었어요. 하지만 그렇게 하고 싶지 않았어요. 그런 건 중요한 게 아니니까요. 결혼은 두 사람의 의견이 제일 중요하잖아요. 제도나 법률 같은 건 결혼의 의미를 오히려 손상시킨다고 생각해요. 그리고 저는 병원 일이 바쁘고 남편은 논문을 쓰느라고 여유가 없었거든요."

미오는 아무런 스스럼없이 그렇게 말했다. 그런데 나는, 부끄러웠다. 도대체 나는 무엇을 하려는 것인가. 미오의 입에서 동거라는 말이 흘러나온 순간, 그래, 그건 아마 너의 국적 탓이겠지, 너의 순진한 듯 무심한 표정은 뭔가를 숨기고 싶기 때문이 아니었니, 하는 생각이 뇌리를 스친 것이다. 나는, 드디어 나의 임무를 수행할 기회가 왔군, 하며 회심의 미소 한 자락을 흘리기까지 했다. 그런데 그게 아니었다. 미오가 말을 마치는 순간 나는 갑자기 속물이 되어버린 기분이었다. 자신의 신념에 솔직하고 투철할 수 있는 저 자신감은 어디에서 나오는 것인가. 숙모도 어쩔 수 없었노라던 딸의 모습이 저런 것이 아닐까 싶었다. 그리고 그 모습에서 나는 삼촌을 보았다.

삼촌은 고향 떠난 지 반세기가 훨씬 지나, 시신이 되어서야 조국에 돌아올 수 있었다. 제발 돌아오라던 아버지의 청을 죽는 순간까지 거절했던 것은 분단 조국에 돌아가는 것이 부끄럽다는 이유 때문이었다. 그러나 졸지에 쓰러진 삼촌은 아무런 유언을 남길 수 없었고, 장례식만은 고향에서 치러야 한다는 아버지의 명령과 고집을 숙모는 꺾을 수 없었던 것이다.

아버지에게 삼촌은 어떤 의미였을까? 죽은 줄 알았던 동생이 살아 있다는 것을 알게 된 아버지는 꼭 무엇엔가 홀린 것 같았다. 한참 바닷가를 서성거리다가 넋을 잃고 앉아 있기 일쑤였는데 그때 아버지의 먼 눈망울 속에는 현해탄이 출렁이고 있었다. 그러다가 가끔씩 혼자 중얼거리기도 했는데, 그럴 때면 마치 바닷가에 누군가 서 있기라도 한 듯 진지하고 애절한 표정이었다.

관은 화물선 냉동칸에 실려 왔다. 물표를 가지고 창고로 가면서 아버지의 무릎이 몇 번이나 맥없이 꺾였다. 화물선 냉동칸이라니, 생명이 빠져나간, 한낱 고깃덩어리 취급을 받으며 고향에 돌아온 동생을 맞이하는 아버지의 심사는 휘청거리고 있었다.

아버지는 기어코 관을 뜯고 말았다. 보고 싶은 마음이야 나역시 아버지 못지않았다. 몇 번 말리다가 못 이기는 척 관속을 들여다본 나는 소스라치게 놀라지 않을 수 없었다. 삼촌이 나를 보고 빙그레 웃고 있었던 것이다. 창백한 혈색만 아니었다면 금방 툭툭 털고 일어나 앉을 것같이 생생하고 따뜻한 미소였다. 그 미소는 미라같이 말라버린 삼촌을 성자로 보이게 했다. 죽음의 순간에 직면해서 미소를 지을 수 있는 사람은 도대체 어떤 사람일까? 하긴 종종 희미한 미소를 머금고 죽는 사람이 있다는 말은 들은 적이 있었다. 그건 고통의 순간에 마지막 축복처럼 퍼부어지는 엔돌핀 때문이라고 했다.

그러나 미오를 만나면서 삼촌의 미소가 단순히 생리적인 반사작용만은 아니었을 거라는 확신이 들었다.

아버지에게서는 한번도 그런 미소를 본 적이 없었다. 삼촌은 장손이었던 아버지 대신 강제징용에 끌려갔다고 했다. 해방 후 삼촌은 좌우익의 활극장으로 변해버린 조국으로 돌아오는 대신 일본에 남아 조국통일을 위해 일하는 길을 선택했다. 그러나 조국이 두 동강난 후 어디로도 돌아갈 수 없는 처지가 되어버린 것이다. 그렇게 삼촌은 아버지의 가슴에 묻혔고 아버지는 평생을 죄의식에 짓눌려 살아야 했다. 일제를, 이념을 그리고 오욕의 역사를 대신해서 말이다. 결국 형제는 산 자와 죽은 자가 되어서야 만난 것이다.

미오와 나 사이에도 어떤 심연이 가로놓여 있는 기분이었다. 아버지의 회한을 이해한다면 누구보다 내가 먼저 미오를 뜨겁게 끌어안아야 함에도 자꾸만 나를 밀어내는 무엇이 있었다.

머릿속이 복잡한 나는 식사를 마칠 때까지 다음 코스를 정하지 못하고 있었으므로 미오가, 가보고 싶은 데가 있다고 했을 때 기뻤다.

"어딘데?"

"아, 그러니까…… 무슨 공원이라고 했는데….."

공원이라구? 내 머릿속에는 얼른 서울 지도가 펼쳐지면서 일본에까지 이름이 알려질 만한 공원을 검색하고 있었다. 아, 올림픽공원?

아니, 아니, 미오는 머리를 잘레잘레 흔들며 웃었다. 그렇다면…… 나는 첨탑을 제거한다고 해서 한동안 매스컴에서 떠들썩했던 중앙박물관을 떠올렸지만 미오는 역시 고개를 저었다.

"아니, 아니에요. 그런 데가 아니고 형무소예요."

"형무소? 그렇다면 서대문 형무소 말이냐?"

맞아요, 미오는 손뼉까지 치며 기뻐했다. 몇 년 전에 독립공원으로 조성되었다는 보도를 접한 적은 있었지만 공원이 된 후로는 한 번도 가보지 못한 곳이었다. 그런데 미오가 그곳을 어떻게 알고 가자고 하는지, 발전상을 보기에도 모자라는 시간을 그렇게 낭비해도 될는지 망설여지지 않을 수 없었다.

아니, 좀 더 솔직해지자. 물론 그 순간에는 뚜렷한 이유를 깨달을 수 없었지만, 미오의 기뻐하는 모습, 그것이 내게는 어쩐지 마뜩치 않았던 것이다.

이곳이 정말 그곳이란 말인가. 독립문 쪽으로 들어간 공원은 예전의 모습을 찾아볼 수 없이 정갈하고 아름다웠다. 원래부터 있던 나무들인지 새로 조경을 한 것인지 알 수 없는 크고 오래된 나무들이 빗속에서 한층 싱그럽게 보였다. 녹지대를 지나자 사동 건물과 사형장이 나타났다. 그런데 어디나 빗장이, 벌건 녹물을 흘리며 우리를 막아섰다. 들어갈 수 있는 곳은 중앙 전시관이 고작이었다.

1층에는 마을 문고 수준의 자료실이 있었는데, 초등학생용 위인전에서 독립운동 관련 논문까지 광범위한 책들이 꽂혀 있었다. 그러나 어찌나 정갈하게 정리되어 있는지 한 번도 대출된

적이 없거나 애초에 대출이 목적이 아닌 것 같은 느낌이 들었다. 장서 위에는 독립유공자들의 영정이 근엄한 표정으로 우리를 내려다보고 있었다.

별 기대를 하지 않았던 것에 비하면 2층 전시장은 의외로 신경을 쓴 흔적이 느껴졌다. 일본인들의 침략상과 독립투사들의 활동 내역이 사진 자료로 꾸며져 일제 35년 간을 일별할 수 있었는데 무엇보다 인상적인 것은 전시장 코너마다 꾸며진 실물 크기의 인형들이었다. 그것은 주로 일본인들의 잔혹 행위, 고문이라든가 사형장의 모습, 감옥에 갇힌 독립 투사 등을 재현한 것이었다. 그중에는 관람객들이 자기 목을 직접 밧줄에 매달아 볼 수 있는 모의 사형대도 있었다. 한결같이 참혹하고 섬뜩하며 비극적인 분위기를 자아내는 것들이었다. 이미 다 알고 있는 것들이었지만 눈살이 찌푸려졌다. 그리고 동시에 미오의 얼굴이 굳어 있다는 것을 깨달았다.

나는 잠시 미오가 반은 일본인이란 걸 잊고 있었던 것이다. 그러자 그녀가 지금 어떤 입장으로 여기에 서 있는지, 그리고 이곳에 오자고 한 이유가 뭔지 궁금해졌다.

"이곳에 오자고 한 이유가 뭐지?"

전시관을 나오면서 나는 조심스럽게 물었다.

"아, 제가 아는 사람이 있는데요, 제가 한국에 가게 되었다니까 이곳에 꼭 한 번 들러보라고 했어요. 그 사람 여기에서 십 년

286

도 넘게 살다왔거든요. 그래서 그 사람은 여기가 제2의 고향이라고 해요."

사라졌던 미오의 미소가 다시 돌아왔다.

"그래? 그게 누구지?"

"재일동포예요. 그런데 한국에 유학 왔다가 간첩단 사건에 휘말렸어요."

"간첩이라구?"

간첩이라는 말에 나는 깜짝 놀랐다. 그러나 이내 내 목소리가 그토록 격앙되어 나온 것에 더욱 놀랐다. 아, 이런…… 반공 이데올로기에 그토록 진저리를 쳐왔으면서도, 공교육 기간 내내 잠시도 고삐를 늦추지 않았던 반공 교육은 나를 파블로프의 개처럼 머리보다 먼저 온몸의 세포를 긴장시켜 버린 것이다. 입맛이 썼다.

"하지만 그건 조작이었어요. 전향을 하지 않는다고 엄청난 고문을 받았다고 해요. 하지만 그는 아무것도 하지 않았기 때문에 전향도 시인도 할 수 없었다고 해요. 그래서 결국 징역을 살게 된 거예요. 조국이라고 공부를 하러왔을 뿐인데 그렇게 된 거지요. 그래서 그 사람은 서대문 형무소로 유학을 다녀왔다고 말해요. 그러나 여기에서 오히려 조국의 현실을 더욱 잘 알게 되었대요. 지금은 일본에서 인권위원회 일을 하고 있어요."

나는 말없이 고개만 끄덕였다. 내 속에 무엇이 이렇게 만드는

가. 나는 왜 번번이 그녀의 의도를 왜곡하려고만 하는지 가슴이
답답해졌다.

"그래 직접 와서 보고 나니까 느낌이 어떠니?"

"글쎄요. 아주 훌륭해요. 하지만 뭔가 빠진 것 같은 느낌이
들었어요."

"그래? 그게 뭐지?"

"물론 일본 사람들이 우리 민족을 어떻게 짓밟았는지 잊지
말자고 고발하는 것도 중요하다고 생각해요. 하지만 그렇게 잔
인한 일이 아직까지 행해지고 있다면요? 그것도 다른 민족 사
이의 일도 아니고 한민족끼리 말이에요."

나는 미오가 말하려는 것이 무엇인지 얼른 파악하지 못한 채
미오의 다음 말을 기다렸다.

"인권 탄압 말이지요. 아까 일본 사람들이 고문하던 장면을
인형으로 만들어놓은 것은 정말 감동적이었어요. 금방 비명이
라도 지를 것처럼 얼굴은 고통스럽게 일그러져 있고, 그리고 빨
간 조명 때문에 저는 진짜 피를 흘리는 줄 알고 깜짝 놀랄 뻔하
기도 했어요. 하지만 그것이 리얼하게 보일수록 그 이상의 무엇
없이는 자칫 공허해질지 모른다는 생각이 들었어요. 먼저 스스
로에게 솔직해지지 않고서 어떻게 남의 민족에게 사과를 받을
수 있겠어요. 저는 남한 정부가 그렇게 되기를 원해요. 감출 것
이 없는 사람은 과장도 하지 않잖아요."

미오는 오랫동안 생각해왔던 것처럼 차분하게 자기 생각을 설명했다. 그러나 나는 크게 흔들리고 있었다.

사실, 이곳 독립공원, 그러니까 불과 몇 년 전만 해도 구치소였던 이곳은 내가 대학생 때 6개월 넘게 갇혀 있던 곳이었다. 학내 시위로 무더기 구속된 학우들이 거의 방면되었음에도 유독 나만 제외된 것이다. 그건 꿈에도 생각해본 적이 없는 삼촌의 존재 때문이었다.

"일본에 삼촌이 있다지? 그것도 조총련 간부라고?"

오해이거나 음모라고 생각했다. 그들이 마음먹으면 없는 삼촌도 만들 때였다. 그런 시절이었다.

아버지가 삼촌의 사망신고서를 떼어서 제주도에서 날아왔다. 아버지는 삼촌이 있는 건 사실이지만 징용에 끌려가서 죽었으니 걱정할 게 없다며 나를 안심시켰다. 그것도 처음 듣는 이야기였다. 그러나 죽었다고 믿고 사망신고까지 낸 삼촌이 정말로 조총련 간부가 되어 버젓이 살아 있다는 것이 곧 증명되었다. 사진까지 첨부되었는데, 젊은 시절 아버지와 너무나 닮은 모습이었다.

아버지는 당황해서 어쩔 줄 몰라 했다. 아버지는 죽은 줄 알았던 동생이 살아 있다는 것에 기절초풍할 듯 놀라고 기뻤지만 아무런 내색도 할 수 없었다. 게다가 그건 내 동생이 아니라고, 동명이인 일 거라며 부정하는 말까지 해야 했다. 속이 뻔히 들여다보이는 아버지의 말을 귀담아 듣는 사람은 아무도 없었다. 그 이후 아버지는 허깨비에 씌인 것처럼 바닷가를 쏘다니거나 알아듣지도 못할 혼잣말을 중얼거렸다. 꺼이꺼이 울다가 갑자기 큰소리로 웃는가 하면, 웃으면서 눈물을 뚝뚝 흘리기도 했다.

내 기분도 야릇했다. 얼굴 한번 본 일 없는, 느닷없이 어둠 저편에서 뛰쳐나온 망령 같은 삼촌이었다. 당연히 나는 허깨비 장단에 농락이라도 당한 듯 억울하고 분해야 했다. 그런데 그때의 나는 삼촌으로 인해 내가 겪어야 하는 고통이 마치 그의 존재의 가치인 양, 나의 고통으로 인해 그의 존재가 더욱 빛나는 양, 나는 참으로 달게 고통을 받았던 것이다. 그때 내 심정은 그랬다.

그랬지, 그때는. 이제 와서 생각하면 너무나 생생해서 가쁘게 치받고 올라오던 숨결마저 느껴지는데, 잊었다고? 아니면 외면하고 싶었단 말인가? 나는 무엇을 감추고 싶었던 것일까? 아니, 감추려던 것은 아니었을 것이다. 잠시 접어두고 싶었을 뿐. 이제는 다들 그렇게 사니까. 그렇게 살아도 되는, 이제는 그런 가슴 뻐근한 감동이나 열정 같은 것에 기대어 살기에는 나이를 먹어버렸으니까. 그리고 고지서가 날아오듯 그때그때 감당해야 할 현실이 줄 서 있으니까. 그리고 무엇보다 적자투성이의 청년기가 죄책감으로 가슴을 짓누른다는 것은 부당한 일이 아닌가 말이다.

얼른 해명되지 않는 가슴을 부여안고 공원을 나오자 잊고 있었다는 듯 굵은 빗방울이 듣기 시작했다. 황급히 올라 탄 자동차의 라디오에서는 태풍이 북상 중이라는 아나운서의 목소리가 터져 나왔다. 이미 올림픽대로가 물에 잠겨 이정표만 떠 있고 북한강 유역의 범람으로 여주 일대가 물바다라고, 그래서 한강이 범람할지도 모른다고 했다. 중앙청 첨탑을 보려던 계획은 쫓기듯 인사동으로 바뀌었다. 대부분의 가게가 일찌감치 셔터를 내린 인사동은 적막감마저 감돌았다. 미오는 자기 부부를 위해서는 찻잔 두 개를, 그리고 친구들 선물용으로 합죽선 열 개를 사는 것으로 쇼핑을 끝냈다.

빗소리를 안주 삼아 거푸 맥주 두 병을 비울 때까지 우리는 아무 이야기도 하지 않았다. 빗소리는 점점 커졌다. 격랑의 한가운데 휩쓸린 듯 아찔 현기증이 느껴졌다. 빗소리는 피부의 숨구멍 하나까지 남기지 않고 파고들 것처럼 집요하게 스며들었다. 미오와 앉아 있는 것이 점점 힘들어지고 있었다. 마치 강력한 동극의 자장을 만나기라도 한 듯 자꾸만 나를 밀쳐내는 기운이 느껴졌다.

공방전을 거듭하던 구 총독부 건물이 마침내 철거로 낙착되어 첨탑을 제거한 광복절 50주년 언저리의 어느 날이었다. 텔레비전 채널을 이리저리 돌리던 나는 바랜 흑백의 화면 속에 유난히 눈빛이 심상치 않은, 어딘지 우수 깊은 그러면서도 광기 어린 한 사내를 보았다. 조센징이라는 돌팔매를 고스란히 뼛속 깊이 상처로 키워온 사내, 한때 조국을 짓밟았던 적국에서 또 다시 짓밟히며 분노로 주먹을 휘둘렀던 사내, 어렵게 만난 일본 인 아내로부터 외국인증을 발각 당해 내몰린 사내, 김희로가 그 였다. 그의 길지 않은 생애는 한과 분노, 광기의 세월이었다. 당 연히 나의 망막에는 그의 얼굴과 삼촌의 얼굴이 겹쳐졌다.

미오에게서는 그런 표정을 한 번도 보지 못했다. 그 아이를 알기에 함께 한 시간이 터무니없이 짧다는 것은 인정하지만, 일 본과 한국, 거기에다 북한까지 어디에서도 따뜻하게 환영받지 못했으면서 분노라거나 하다 못해 슬픈 내색 한번 비치지 않은 것이다. 그뿐만 아니었다. 오히려 미오는 그런 것에 구애받음 없이 속이 꽉 차 있는 것처럼 보이지 않는가.

맥주 한 컵을 쉬지 않고 들이마시고 나자 공연히 마음이 거칠 어졌다.

"네가 동거를 하고 있는 이유, 그건 아마 국적 때문이겠지? 언니가 일본 사람과 결혼하면서 국적을 일본으로 바꿨다는 이 야기를 들었다. 아마 너도 곧 일본 국적을 가지게 되겠지? 그 래, 차라리 그렇게 해버리면 될 것을……."

취기가 오른 탓이라고 생각하면서 나는 내내 입 속에서 맴돌 던 이야기를 하고 말았다.

"국적 문제요? 그렇지 않아요. 동거는 결혼의 한 형태일 뿐이에요. 국적과는 관계없는 일이에요. 아까도 설명했듯이 저는 제 결혼에 정부나 법률의 인정 같은 건 필요 없다고 생각했기 때문이에요."

나는 다시 한번 막막해졌다. 한국인과 일본인의 피가 섞인 미오는 다국적 인간, 아니면 무정부주의자인지 모른다는 생각이 들었다. 어디에도 속할 수 없는 자의 선택이라면 현명한 것이었다. 갑자기 모든 것이 부질없다고 느껴졌다.

우리의 침묵 사이로 비가 긋고 있었다. 굵고 거친 빗줄기가. 비는 언제 그칠 것인가. 내일 비행기는 무사히 뜰 수 있을 것인지. 지금쯤 아버지는 무슨 생각을 하고 있을까? 내일 아버지는 어떤 모습으로 미오를 만날 것인가? 나는 끝내 임무를 수행하지 못할 것 같다는 생각이 들기 시작했다. 이제는 포기하라고 말할 것인가. 더 이상은 부질없는 집착이라고. 자꾸만 꺼칠해지는 마음에 나는 맥주잔을 거푸 들이켰다.

고개를 까딱거리며 아까부터 나오고 있던 판소리에 맞춰 서투른 장단을 치던 미오가 갑자기 생각났다는 듯이 물었다.

"내일, 제주도 가기 전에 시간이 좀 있을까요?"

가늘게 치뜬 나의 눈 속에서 미오가 웃고 있었다. 맥없이 나도 따라 웃어 보였다.

"가리봉 시장에 한번 가보고 싶어요."

나는 자꾸만 내려 감기려는 눈에 힘을 주었다.

"일본에서 박노해의 시를 읽었어요. 그의 시 중에 '가리봉 시장'이라는 것이 있는데 왠지 꼭 한 번 가보고 싶었거든요. 노동자들이 아무리 비싼 옷을 만들어도 자기들에게 돌아오는 것은 싸구려 상품이라고, 그런데 그들이 돈이 생기면 가리봉 시장에 가서 떡볶기랑 김밥을 먹는다고 하던데……."

취했던가. 그때를 생각하면 아직도 얼굴이 화끈거렸다. 미오의 말을 들으며 나는 갑자기 구정물이라도 뒤집어 쓴 듯 걷잡을 수 없는 격정에 사로잡혔다. 내가 자리에서 벌끈 일어서는 바람에 기우뚱 탁자가 기울어지고 술병과 술잔이 엎어지면서 바닥으로 떨어져 깨지고, 졸고 있던 종업원이 달려오고 화들짝 놀란 미오가 바지에 쏟아진 술을 닦아내는 모습을 나는 망연자실하게 쳐다보고 있었다. 너는 도대체 누구지? 무얼 원하는 거지? 왜 서울에 온 거지? 나의 무엇을 보고 싶어서 나타난 거지? 아마 그때 나는 속으로 그렇게 외치고 있었을 것이다.

장대비가 사흘째 내리고 있었다. 그런 와중에 태풍 예보까지 가세했다. 김포공항에서 나는 초읽기에 들어간 한강을 텔레비전을 통해 뚫어지게 노려보고 있었다. 차라리 그냥 그렇게 한번 휩쓸어버려라. 텔레비전을 노려보면서 나는 줄곧 그렇게 속삭였다. 그러나 아무 일도 일어나지 않았고, 비행기는 무사히 미오와 나를 제주도에 내려주었다.

그리고 나는 제주도의 빗길을 달리고 있었다. 나는 아버지의 집요함과 미오의 당당함 사이에서 무기력했고 지쳐 있었다. 차선도 분간되지 않는 폭우 속을 달리면서도 잠시 방심하게 된 것은 그 때문이었을 것이다. 갑자기 핸들이 가볍다고 느낀 순간 바퀴가 따로 놀았다. 안간힘을 다해 다잡을수록 핸들은 더욱 가벼워지는 것 같았다. 순간 모골이 송연해지면서 정수리께부터 서늘한 기운이 등골을 타고 흘렀다. 차는 유턴이라도 하듯 중앙선을 넘어 반대 차선을 절반쯤 미끄러진 후에야 균형을 잡았다. 차도가 비어 있는 게 천만다행이었다.

한참을 핸들에 기대어 숨을 고르고 난 후 에어컨 송풍 방향을 앞 차창으로 돌리며 다시 차를 출발시켰다.

"작은아버지 산소를 먼저 가는 게 어떻겠어요?"

집을 나설 때부터 가까운 삼촌의 산소부터 먼저 가자고 했지만 아버지는 할아버지를 먼저 봐야 한다며 고집을 부렸던 것이다.

"할아버지부터 뵈어야 한다."

노후한 금속성의 버석거림 같은 아버지의 목소리에 나는 어금니를 꽉 깨물었다. 아버지는 오기를 부리고 있었다. 핏줄이 무엇인지 미오에게 보여주고 싶은 것이리라. 백미러로 뒷좌석을 바라보았다. 출발할 때부터 시작된 긴장감이 차안을 빼곡히 메워가고 있는데도 미오만은 그 기류에서 벗어나 그림처럼 평온해 보였다. 다만 아버지의 고향에 왔다는 감회만은 어쩔 수 없는 듯 줄곧 차창 밖을 내다보고 있었다. 이 싸움에 승산이 없으리라는 예감이 다시 고개를 들었다. 아버지는 당신의 오기만 큼 초라해 보였다.

결국 아버지의 요구대로 우리는 증조할아버지, 그리고 할아 버지 산소를 먼저 참배하고 나서야 삼촌의 묘지로 갈 수 있었 다. 삼촌 묘지에 도착했을 때 우리는 흙탕에서 한바탕 씨름이라 도 치른 몰골이었다. 산전수전 다 겪은 노인네 얼굴처럼 굵게 잡힌 고랑마다 흙탕물이 질펀하게 흐르는 통에 미끄러지기를 수 차례, 사정은 산소 앞도 다르지 않아서 절을 하는 것은 불가 능했다.

비는 계속 내리고 있었다. 내가 몇 번 말렸지만 아버지는 미 오에게 우산을 받쳐주라는 말로 절을 강요하고 있었다. 미오는 순순히 진흙 바닥에 무릎을 꿇고 이마를 대었다.

그러나 정작 아버지가 원하는 대답은 끝내 들을 수 없었다. 밝고 부드럽던 미오의 얼굴은 굳어버렸고, 그런 미오에게 아버 지는 야단이라도 치듯 언성을 높였다.

"너희 아버지가 몸은 고향에 와서 누웠다만 호적이 부활되지 못했기 때문에 와도 온 것이 아니다. 호적을 다시 살려야 사망 신고도 제대로 낼 수 있다. 그렇지 않으면 아버지의 넋이 구천 을 떠돌게 된다. 그러니 국적을 바꾸도록 해라."

그러나 미오의 생각은 조금도 흔들리지 않았다.

"아버지를 여기에 묻기 원한 건 큰아버지였어요. 그리고 아버지는 이미 돌아가셨어요. 아버지를 어디에 묻건 저로서는 크게 중요하지 않아요. 다만 제 마음속에 살아 있는 아버지가 제게는 소중할 뿐이에요."

"네 아버지는 조총련에서 숙청 당한 사람이야. 북조선 국적을 고집할 이유가 없어."

"그건 서로 다른 문제예요. 아버지가 숙청 당한 건 김일성의 유일 사상을 지지하지 않았기 때문이에요. 그리고 그건 저도 마찬가지구요."

"어쨌거나 국적을 바꾸지 않는 한 너도 자유롭지가 못해. 네 아버지처럼."

"자유요? 어떤 자유요? 해외 여행을 다니고 한국을 들락거릴 자유요? 그래요. 민족학교를 졸업했지만 학력을 인정해주기 않기 때문에 대학을 가기 위해서 다시 일본 고등학교를 다녀야 했고, 아마 다시 한국에 오는 것도 어렵겠지요. 하지만 그나마 우리를 돌보아준 것은 북조선이었어요. 한국이 우리를 위해서 해준 것이 뭐지요? 큰아버지는요? 큰아버지는 진정 아버지를 위해서 이러시는 건가요? 아버지 살아 생전 부끄러워서 한 번도 오지 않았던 한국이에요. 그런데 이제 와서 국적을 바꾸는 것이, 오히려 아버지를 욕되게 하는 것인지 모르세요?"

아버지가 갑자기 기침을 하기 시작했다. 논리 정연한 미오의 말에 할 말을 잃은 듯 가래와 함께 터져 나온 기침은 쉽게 멈추지 않았다. 아버지는 손을 휘휘 저어 우리를 내보냈다. 밤새도록 아버지 방에서는 끙끙 앓는 소리가 새나왔다.

다음 날 아침, 미오는 한잠도 못 잔 퀭한 눈으로 아버지 앞에 꿇어앉았다. 그렇게 가고 나면 언제 다시 오게 될지 모를 길이었다. 기약 없는 혈육의 이별에 미오는 마음이 약해졌을 것이다.

"어머니와 의논해보겠어요."

제주 공항으로 가는 내내 미오는 침울한 표정이었다. 뚫어지게 앞만 바라보며 입을 꾹 다물고 있던 미오가 멀리 공항 청사가 보이자 말문을 열었다. 무겁게 가라앉은 목소리였다.

"어젯밤 큰아버지에게 너무 대든 것이 아닌가 해서 밤새 마음이 아팠어요. 국적 문제는 누가 무얼 해주었으니까, 또 안 해줬으니까 하는 그런 문제가 아니에요. 사실 쉬운 일이 하나도 없었지요. 정치적으로도 그리고 경제 문제에 있어서도 늘 살얼음을 딛는 것같이 살아왔어요. 하지만 어린 마음에도 아버지를 원망하거나 가난을 부끄럽게 여긴 적은 한 번도 없었어요. 아버지는 조총련을 믿은 것도 김일성을 믿은 것도 아니에요. 다만 자신의 신념대로 살았을 뿐이에요. 아버지의 흔들리지 않는 신념. 그것은 무엇보다 빛나고 배부른 것이었어요. 아버지가 돌아가셨어도 제 마음속의 빛은 사라지지 않았어요. 제 앞에 무엇이 있는지 보이지 않아도 두려움 없이 꿋꿋하게 발을 내디딜 수 있는 것은 바로 그 빛, 제 마음속에 등대가 빛나고 있기 때문이에요. 그렇게 생각하면 사실 국적 같은 거야 아무러면 어떻겠어요. 하지만……."

갑자기 감정이 북받치는지 미오는 채 말을 맺지 못하고 고개를 돌려 버렸다. 그때, 나는 무슨 말이 됐건 위로의 말 한마디를 건네야 했다.

그러나 나는 아무 말도 하지 못했다. 한때, 나도 마음속에 등대가 환히 켜 있다고 믿었던 적이 있다. 그러나 지금은 황량한 이리떼의 울음소리만 그득한 내가 아닌가.

눈앞에 오두산이 보였다. 자유로의 속도감에 몸을 맡긴 나는 결국 이곳까지 달려온 것이다. 오두산 통일 전망대. 내친김에 나는 셔틀버스를 갈아타고 전망대까지 올라갔다. 제주 행 비행기를 타기 전에 미오와 나는 이곳에 왔었다. 조금도 기세를 누그러뜨리지 않는 폭우 때문에 공항 방면으로 가는 길에 침수 지역이 많다는 뉴스를 보면서 나는 가리봉 시장은 못 갈 것 같다고 미오에게 말했다. 미오는 아쉬운 마음을 감추지 못했다. 미오가 다시 오기 어려울 거라는 사정을 조금이라도 헤아렸더라면, 재고의 여지도 없이 그렇게 잘라 말하지는 않았을 것이다.

그런데 미오의 엽서는 잘 붙였을까. 미오는 이곳 전망대에서 일하고 있던 청소부 노인에게 엽서를 부탁했었다. 노인은 셔틀

미오의 나라 299

버스를 기다리는 관람객들을 위해 마련된 플라스틱 의자의 빗물을 닦아내고 있었다. 차양이 쳐 있었지만 함부로 들이치는 빗줄기를 막아내기에는 역부족이었다. 닦는 것 역시 부질없는 오기 싸움같이 보였다. 비행기 시간 때문에 쫓겨 전망대를 내려온 미오는 그런 할아버지를 물끄러미 바라보더니 안타까운 듯 말을 건넸다.

"금방 또 젖을 텐데요."

"괜찮수다. 이거이 내 일 아니우. 젖으면 또 닦지, 뭐."

"힘들잖아요."

"힘들긴, 이렇게라두 일할 수 있는 거이 그저 고마워서리……. 비가 오든 눈이 오든 이렇게 계속 일할 수만 있으면 좋겠수."

"할아버지 고향이 이북이세요?"

미오는 희미하게 느껴지는 노인의 이북 억양을 금방 감지해냈다.

"저 너머 연백이라우. 잠깐 다녀온다는 거이 이렇게 길어져버렸수. 살아서 고향에 돌아갈 수 있갔는지……. 이젠 예서 가끔 고향 사람들 만나는 게 제일 큰 낙이라우."

"할아버지, 건강하게 오래 사세요. 꼭 통일이 돼서 고향에 가실 수 있을 거예요."

그러면서 미오는 가방에서 몇 장의 엽서를 꺼냈다.

300

"할아버지 부탁이 있어요. 이 엽서를 여기서 가장 가까운 우체통에 좀 넣어주시겠어요?"

남편과 친구들에게 보내는 엽서라고 했다. 어쩌면 자기보다 더 늦게 도착할 엽서들이 아닌가. 그러나 미오는, 그런 건 중요하지 않아요, 라며 웃었다.

그렇다면, 미오 네게 중요한 건 뭐지? 나는 전망대 난간을 움켜잡고 북쪽 하늘을 노려보았다. 거기 어딘가에 미오의 대답이 숨어 있기라도 한 것처럼. 그 날, 흐려서 보이지 않았던 북쪽 땅이 손에 잡힐 듯 선명하게 다가왔다. 구름 한 점 없이 청명한 초가을 하늘이 미오의 맑은 얼굴과 겹쳐졌다. 결국 나는 아버지에게 전화를 걸어야 할 것이다. 이제 그만 단념하시라고. 나는 허탈한 기분으로 계단을 내려왔다.

그리고 막 셔틀버스 정류장 쪽으로 고개를 돌렸을 때였다. 올라올 때는 보이지 않던 노인이 거짓말같이 그 날과 똑같은 모습으로 벤치를 닦고 있는 것이 아닌가. 나는 환영을 보고 있는 기분이었다. 미오도 어디선가 활짝 웃는 모습으로 나타날 것 같았다. 우연히 한 번 보았을 뿐인 노인이 어찌나 반가운지 성큼 노인에게 다가갔다.

"안녕하십니까?"

노인은 천천히 허리를 펴서 나를 쳐다보았다.

"저 기억하시겠어요?"

"누구시더라?"

노인은 미간을 찡그리며 나를 유심히 쳐다보더니 내가 일전에, 하며 채 말을 꺼내기도 전에 먼저 알은체했다.

"오라, 일전에 젊은 처녀랑 같이 왔던 그 젊은이 아니우? 내 안 그래도 자네가 다시 올까 해서 기다렸수다."

노인이 기다렸다는 말에 나는 아연 긴장했다. 노인은 주섬주섬 윗옷 주머니를 뒤져 엽서 한 장을 꺼냈다.

"내 다른 건 붙였는데, 이거, 이거이 붙일 수 없는 거더라 이 말이야."

나는 노인이 내미는 엽서를 얼른 받았다. 놀랍게도 받는 사람의 주소가 평양으로 되어 있었다.

"그 처녀가 누구간데……."

노인은 잠깐 나를 탐색하듯 아래위로 훑어보더니 이내 깊은 한숨을 내쉬었다.

"편지라도 보낼 수 있으면 오죽 좋캈수."

그러면서 노인은 다시 빗자루를 들었다.

나는 엽서를 읽어보았다.

'아버지가 부끄러워 차마 오지 못했던 아버지의 고향에 다녀왔습니다. 북한과 다르게 몹시 발전된 모습에 얼마나 놀라고 기뻤는지요. 그러나 온전히 기뻐할 수만은 없었습니다. 마치 가난에 시달리는 친정 누이를 잊지 못하는 부잣집 며느리 같은 심

302

정이었습니다.

이제 큰아버지를 만나러 갑니다. 35년 만에 처음 만나는 것이지요. 그러나 그것이 마지막이 되어서는 안 된다고, 반드시 통일 조국에서 다시 만날 것이라고 믿습니다. 이 믿음은, 아프게 반쪽이 되어 있는 조국을 사랑하는 마음이고 큰아버지를 사랑하는 마음이라는 것을, 큰아버지가 이해해주시면 좋겠는데.

아저씨도 건강하셔야 해요. 그래서 반드시 통일 조국을 보셔야 해요.'

내용으로 봐서 작은아버지의 친구 분에게 붙이는 엽서인 것 같았다. 서신 왕래를 할 수 없다는 것을 미오가 몰랐단 말인가? 그럴 리가 없었다. 한국의 현실에 누구보다 밝은 미오가 아니던가. 그렇다면 이 엽서는 무엇인가? 미오의 소원? 미오의 믿음? 결국 이것이었던가. 갑자기 뜨겁고 묵지근한 것이 명치께에 걸린 듯 가슴이 답답해졌다. 나는 엽서를 읽고 또 읽었다. 작은 새 같던 미오의 어디에 이토록 큰사랑이 들어 있었단 말인가. 그 앞에서 아버지의 집착은 얼마나 왜소하고 이기적인가. 행여 그 알량한 삶이 헝클어질까 봐 지레 가슴을 닫아버린 나의 소심함은 또 어떤가. 뻐근한 회한이 온몸으로 퍼졌다.

나는 담배 한 대에 불을 붙여 물고 절벽 끝으로 다가섰다. 그때는 하늘과 물의 경계마저 지워버리던 장대비 때문에 온통 희뿌옇기만 했는데 지금 보니 제법 깊고 푸른 강물이 흐르고 있었다. 좀 전에 지나오면서 고여 있는 것처럼 잔잔하게 보였던 강물도 지금쯤 이곳에 도착했을 것이다. 그렇게 달려온 한강물이 북쪽에서부터 쉬지 않고 흘러온 임진강과 만나 한바탕 어우러지며 서해 바다로 흘러 들어가고 있었다. 이 땅이 생겨난 이후 한 번도 쉬지 않았을 강은, 앞으로도 그렇게 흐르는 것을 멈추지 않을 것이다.

돌아보니 막 셔틀버스에서 내린 사람들이 전망대를 향해 오르고 있었다. 실향민쯤으로 보이는 노인들도 있었지만 그들을 모시고 왔을 아들, 딸, 그리고 그들의 아들, 딸까지 얼핏 보아도 어느 한쪽으로 치우침 없이 골고루였다. 이처럼 쾌청한 날씨에 오다니, 그것이 얼마나 축복 받은 일인지 저들은 알까? 나는 미오의 엽서를 윗옷 안주머니 깊숙이 밀어 넣고 버스를 향해 발걸음을 옮겼다.

자유로운
여자들

빨간색 액쎈트가 서해안 고속도로를 달리고 있었다. 서해 너른 갯벌에 반사되어 한층 부드러워진 겨울 햇살이 고속도로를 비추었고, 무채색의 풍경 속에서 빨간색은 금방이라도 퉁겨 나갈 듯 가볍고 경쾌해 보였다. 새 천년의 새 아침이었다.

카스테레오에서는 실크로드로 유명한 기타로의 '어그리먼트'가 울려 퍼지고 있었다. 타악기의 강렬한 비트와 기타 선율,

파워가 넘치면서 묘한 슬픔이 깃든 음색의 보컬이 어우러진 곡이었다. 미지의 세계에 대한 호기심과 꼭 그만큼의 두려움을 안고 너른 바다를 향해 거대한 파도를 헤치고 나아가고 있는 듯한 음악을 듣고 있는 두 여자의 표정은 각자 깊은 생각에 잠긴 듯했다. 늙지도 젊지도 않은, 지나온 길에서 길어 올린 것만으로도 나름의 관을 펼칠 만한 나이에 이르렀으나 그것이 남은 날을 보장해주지 않을 뿐 아니라 오히려 젊은 날의 패기나 희망마저 꺾어버린다는 걸 느끼기 시작한 두 여자는, 그래도 어쩔 수 없이 각자 지나온 길과 앞으로 펼쳐질 길에 대해 생각하고 있었을 것이다. 음악은 낭떠러지에서 몸을 날리듯 장엄하게 고조되다가 순간 사라져버렸다. 그러자 몸 속 어디에선가 타악기의 고동 소리가 여운처럼 울려 퍼졌다.

조수석에 앉은 여자가 길게 한숨을 내쉬며 음악을 끄고 차창을 내렸다. 담배에 불을 붙여 운전석의 여자에게 권하고 자신도 한 개비 물었다. 담배 한 개비를 다 피우고 나서야 두 여자는 격렬한 음악의 파장에서 벗어날 수 있었다. 조수석의 여자가 차창을 올리며 말했다.

"길이 안 막히는구나. 이제 구정이 완전히 설날로 정착된 건가? 그런데 어째 좀 말이 이상하지 않아? 구정이 설날이 되다니…… 설날은 원래 구정을 말하는 거잖아. 그럼 오늘은 뭐라고 부르지?"

심각할 것도 없는 이야기를 어리둥절한 표정으로 물어보는 순영이 우스워 정미는 "그냥 1월 1일", 짐짓 무뚝뚝하게 대답했다. 정미는 액셀러레이터를 지그시 밟았다. 십 년이 넘은 중고차는 아직은 밟는 대로 속도를 내주었다. 그게 고맙다. 바다를 끼고 시원하게 뚫려 있는 고속도로를 달리는 것은 운전보다는 드라이브라는 말이 더 어울린다. 무겁게 가라앉아 있던 기분이 가벼워졌다.

작년 신년 연휴에는 현관 밖에도 나가지 않고 사흘을 지냈다. 찾아올 사람도 없고 갈 데도 없었다. 아이마저 아빠에게 갔기 때문에 장을 보지 않아 냉장고가 텅 비었지만, 집앞 슈퍼에도 나가지 않았다. 들뜬 표정으로 오가는 사람들 속에서 라면이나 빵 따위를 사는 자신의 모습이 어떻게 보일지 지레 겁을 먹은 탓이었다. 냉동실을 뒤져 허기진 배를 채우면서 오랜만에 갖게 된 혼자만의 시간을 느긋하게 즐길 수 있으리라고 여겼다. 그러나 그것은 진정 자신이 원하던 것과는 거리가 있음을 느끼지 않을 수 없었다.

"관습이란 건 정말 완고하고 무서운 거야. 아무리 설 연휴를 없애고 신년 휴가를 늘려도 사람들은 박해받는 순교자들처럼 악착같이 설을 고집하니 말이야. 우리나라 사람들은 정말……."

순영은 고개를 절레절레 흔들었다.

"하지만 세대가 바뀌면 또 모를 일이야. 우리만 해도 음력 같은 거 잘 모르고 살잖아. 특히 요즘 신세대니 엔세대니 하는 아이들을 보고 있으면 어디로 어떻게 튈지 정말 모르겠더라."

"그럴까? 하긴 내 친구가 그러는데, 거긴 아들만 둘이거든. 걔들이 하루는 그러더래. 자기들이 공부도 잘 못 하고 여자애들보다 상도 많이 받지 못하고, 반장 같은 것도 못 하는 것은 순전히 자기가 남자이기 때문이라면서, 왜 자기를 남자로 낳았느냐고 항의하더라는 거야."

"그래? 재미있구나. 하긴 우리 딸만 봐도 너무나 당당하고 자신만만해. 자연시험을 볼 때였는데, 옆 친구가 어? 이 문제 게시판에 있는 거다, 라고 하기에 그래? 하면서 그냥 잠깐 뒤돌아봤다는 거야. 그런데 마침 선생님이 그걸 보고 커닝하냐고 그러더래. 그래서 화가 나서 시험지를 백지로 냈다는 거야. 그거야 뭐, 억울하면 그럴 수도 있겠다 싶은데, 내가 놀란 건 그러고나서도 전혀 걱정하는 빛이 없더라는 거지. 그럴 때면 나는, 과연 저 아이가 내가 낳은 아이일까, 싶어져. 내가 그 나이만 할 때는 전혀 그렇지 못했거든. 매사에 어리숙하고 겁도 많고……."

그렇게 말하면서 정미는 이혼할 때, 막상 걱정했던 딸보다 자신이 더 힘들어 하고 그 어려움을 오히려 딸의 활발함과 생기로 극복했다는 것을 생각해냈다.

"그래, 요즘 여자아이들, 참 당당해졌어. 요새는 주로 여자아이들이 남자아이들한테 연애 편지 보낸다며? 그런데 문제는, 그 아이들이 자라면서 다시 역전이 된다는 거야. 어렸을 때는 미처 인식하지 못했던 성의 역학관계를 깨달아 가는 거지. 물론 여자들이 당당해지고 자기 목소리를 내는 건 예전과 많이 달라졌지. 그런데 막상 자기 문제에 직면하게 되면 아직도 자유롭지 못한 것 같아."

정미는 불현듯 순영이 지금껏 무심히 했던 말들이 자신을 향한 은밀한 비난인 듯 들려 마음이 거북해졌다. 사실 순영을 알고 지낸 지난 일년여의 기간 동안, 순영은 쉽게 받아들일 수도 거부할 수도 없는 불편한 존재였다. 선배로부터 순영을 처음 소개받을 때만 해도 둘이서 여행까지 가게 되리라고는 예상하지 못한 일이었다.

'운동권 서클 회장까지 지낸 사람이야. 작년에 이혼했는데, 얼마 전에 우리 동네로 이사왔어. 서로 비슷한 처지니까, 가깝게 지내라.'

선배가 그렇게 말했을 때, 정미는 얼굴이 화끈 달아올랐다. 원시림 속에서 혼자 살던 소년이 갑자기 사방이 거울로 된 방안으로 밀쳐진 듯한 기분이었다. 그때까지만 해도 정미는 '나는 이혼 따위로 상처받지 않아'라는 표정으로 지내왔던 것이다.

그럴 수 있었던 것은, 순영이 남편의 의처증과 학대를 견디지 못해 아이까지 버리고 몸만 겨우 빠져나온 것과 달리, 정미는 새 여자가 생긴 남편이 집과 아이를 모두 남겨주었기 때문인지 몰랐다. 그것이 형식적인 조건을 뛰어넘어 생활의 내용을 결정하는 요인이었다는 것은 순영을 보고서야 알 수 있었다. 엄마의 보살핌을 요구하는 초등학생은 적어도 외적인 평온을 유지하도록 견제했고, 실제로 정신적인 안정을 주기도 했던 것이다.

그러던 것이 순영을 만나면서 흔들리기 시작했다. 순영이 우리는 마이너리티야, 라고 규정했을 때 정미는 그래, 그렇지라고 무심한 척 대답을 하면서도 안간힘을 다해 버티고 있던 보호벽에 뭔가 와서 부딪히는 듯한 둔탁한 충격을 느끼지 않을 수 없었다. 실금 같은 균열이 퍼지기 시작한 건 그 날부터였을 것이다.

둘은 만나면 티격태격 논쟁을 하는 일이 잦았다. 결론까지 가본 적은 한 번도 없었다. 사회과학 서클 회장까지 지낸 순영에게 정미는 늘 비합리적이고 자기중심적이라는 공격을 받고 일방적으로 상처를 입어야 했다. 그것조차 내놓고 말하지 못하는 정미는 한동안 토라져서 순영이 술자리로 불러내도 거절하는 것으로 자신의 의사를 표시했지만, 시간이 흐르면 어느새 또 함께 술을 마시거나 토론을 하고 있는 자신을 발견하곤 했다.

"너랑 둘이서 여행을 떠난다니까, 선배가 그러더라. 델마와 루이스냐구."

순영은 정미의 속마음을 읽기나 한 듯 담배를 피워 물며 화제를 돌렸다.

312

"델마와 루이스?"

"우리가 그렇게 보였을까? 남자들을 향해 분노와 적대감으로 뭉친……?"

"선배가? 왜?"

정미는 선배에게 그렇게 보일 만한 행동을 한 적이 없고 선배도 자신을 그렇게 여긴다고 한 번도 생각하지 않았기 때문에 정미는 좀 놀라웠다.

순영은 돌연 차창을 완전히 내렸다. 밀폐되어 있던 공간에 떠돌던 담배 연기가 순식간에 빠져나가고 뺨이 얼얼하도록 싸늘한 겨울 바람이 몰아쳤다. 순영이 몸을 오싹오싹 떨며 얼른 차창을 닫았다.

"선배가 그렇다기보다는 남자들이 이혼녀를 보는 시각이 그렇지 않을까, 라는 거야."

"으응. 난 또."

정미는 맥이 좀 풀렸다. 순영은 자기 식대로 제단하고 과도하게 넘겨짚기 좋아하며, 자신의 감정을 보편적인 생각으로 몰아붙이는 타입이었다. 그러나 다시 생각해보면, 순영이 전적으로 틀렸다고 말하기도 어려웠다. 그러니까 현상은 불변인데, 다만 그걸 보는 시각에 편차가 있는 것일지 모른다는 생각이 들었다. 결국 세상을 좀 더 냉정하고 날카롭게 파악하고 있는 건 순영인지 몰랐다.

"그런데 사람들은 왜 그렇게 집단으로 구분짓기를 좋아하는지 몰라. 그게 단순한 취향의 문제라면 또 몰라. 흡연자, 비흡연자 이렇게 말이야. 하지만 이혼은 적어도 취향의 문제는 아니잖아. 그건 개개인의 역사에서 어쩔 수 없는 선택이니까."

새삼스럽게 정미는 세상 사람들이 제 맘 같지 않은 것에 울컥 속이 상했다.

"저 트럭 말이야."

순영이 정미의 말을 무시한 채 옆 차선의 트럭을 턱으로 가리켰다. 목재를 잔뜩 실은 트럭 한 대가 보였다.

"저 자식, 뭘 어쩌자는 거야?"

순영의 목소리가 격앙되었다.

"왜? 뭐가 잘못됐어?"

"히야까시 하는 거야, 뭐야. 봐. 속도를 올렸다 늦췄다 하면서 낄낄거리잖아. 오늘 같은 날, 다들 가족들이 타고 있는데 여자 둘이 탄 차가 튄다는 거지."

"그래? 델마와 루이스에서는 저런 자식들 총으로 쏴 죽이던데."

"그 장면, 아주 통쾌했어. 속이 다 시원하더라."

"그런데 마지막 장면은 왜 그래? 여자들더러 낭떠러지로 떨어져 죽으라는 거야?"

"나도 그건 맘에 안 들었어. 그런데 냉정하게 말하면 그게 맞는지도 몰라. 되지도 않게 희망이니 전망이니 하면서 현실을 희석시키려는 것보다는 차라리 그게 솔직한 거 아닐까?"

"그런데 너도 그런 걸 의식하고 있다는 거니?"

"뭘?"

"이혼녀라는 자의식. 내가 볼 때, 넌 그렇지 않은 줄 알았는데. 늘 씩씩하고 자신 있고 당당해 보였거든."

"그렇게 보여?"

피식 웃는 순영의 얼굴에 피로한 기색이 스쳤다.

"어쩌면 그런 생각들이 너무 지겨우니까, 그래서 의식적으로 아닌 척, 아니 거의 무의식적으로 연기를 하는 건지도 모르지."

"너처럼 솔직한 사람이? 너 몰라? 니가 엉망으로 취해서 무너질 때조차도 얼마나 당당해 보이는지?"

장난기 섞인 정미의 말투에는 그간의 투정도 함축되어 있었다. 그것을 모르지 않는 순영이 깔깔거리며 웃었다.

순영은 자주 술의 힘에 의지하려고 했다. 아이를 보고 싶을 때나 외로움을 견디기 힘들 때면, 엉망으로 취하도록 술을 마시며 자신을 방기했고 술집에서 처음 만난 남자와 자기도 하고, 다음 날 아침이면 자괴감에 고통스러워하곤 했다. 정신을 잃을 정도로 마신 뒤 새벽에 전화를 걸어 자기가 어디 있는 거냐며 운 적도 한두 번이 아니었다. 그때마다 정미는 그것이 마치 자신의 그림자이거나 허물인 것처럼 얼굴이 화끈거리고 가슴이 아픈가 하면 그런 순영이 끔찍이 싫고 화가 치밀었다. 그런 한편으로 자기 감정에 솔직한 순영이 부럽기도 했다.

서해안 고속도로는 아산만을 지나 평택 부근에서 끊겼다. 좀 전의 그 트럭은 어느 길로 빠졌는지 더 이상 보이지 않았다. 두 여자는 국도변의 조그만 휴게소에서 늦은 점심을 먹었다.

"그런데 우리 지금, 어디로 가는 거지?"

미지근한 국밥을 숟가락으로 휘젓던 정미가 그제야 생각났다는 듯 물었다.

"몰라. 목적지 같은 게 꼭 있어야 해? 그냥 되는 대로 가보지 뭐."

생글생글 웃는 순영의 눈매에 장난기가 가득했다. 술 담배에 찌들린 어두컴컴한 카페에서 보던 모습과는 딴판으로 싱그러움이 넘쳤다.

"곧장 남해까지 달려가서 델마와 루이스처럼 바다로 떨어지는 건 어때?"

순영이 한술 더 떠서 말했다.

"그래, 그거 좋은 생각이다."

정미도 질세라 장단을 맞췄다.

식사를 마치고 식당 앞 의자에 나란히 앉았다. 한겨울 오후 햇살이 담요처럼 두 여자를 감싸주는 듯했다. 순영은 눈을 가느름히 뜨고 담배 한 대를 피워 물었다. 길게 연기를 내뿜는 표정이 막 출소한 장기수 같은 표정이었다. 지나던 사람들이 순영을 흘깃거렸다.

"담배 피우는 사람, 처음 봤나?"

순영이 투덜거렸다. 정미는 순영을 거들어주듯 담배를 피워 물었다.

"너 표정이 꼭 사형수 같아."

"바다에 빠져 죽을 생각을 하니까⋯⋯."

그러더니 이번에는 비감한 표정으로 담배 연기를 뿜어냈다.

"왜, 아직 죽기는 싫어?"

"그래, 이 추운 날 바다에 빠질 생각을 하니까 벌써부터 온몸이 으스스해진단 말야."

순영이 과장되이 온몸을 부르르 떠는 모습에 정미가 소리 높여 웃었다. 담배를 피워 문 것도 모자라 목청 높여 웃기까지 하는 여자들을 보고 사람들은 눈살을 찌푸리며 혀를 끌끌 찼다.

두 여자가 탄 차는 전라도 땅으로 들어서고 있었다. 추수가 끝나 휴식기에 들어간 너른 평야를 한풀 꺾인 태양이 마지막 광선을 풀어내어 황금빛으로 물들이고 있었다. 국도변에 늘어선 버즘나무와 낙우송들도 잎을 모두 떨군 모습이었다. 고즈넉이 쉬고 있는 자연의 품안에서 두 여자는, 세상의 시선으로부터 자신을 지켜내기 위해 울화를 삭이고 고통을 참으며 버팅기던 안간힘을 풀고 푸근해졌다.

그러나 어쩔 수 없이 어미인지라, 드문드문 나타나는 마을 지붕에서 피어오르는 가느다란 연기를 보면 따뜻한 밥상을 차려 내지 못하고 길 위에 있는 자신을 의식하지 않을 수 없었다. 땅거미 지고 저녁 이내 피어오르는 시간은 지켜야 할 밥상이 없는 어미들에게는 젖몸살이 나기도 하는 때인 것이다.

정미는 풍경을 더욱 가슴속으로 끌어들여 한 장의 사진처럼 간직하고 싶어 자동차 속도를 줄였다.

"언젠가는 이런 데서 꼭 살고 싶어. 간절히 원해서 그럴까? 정말 그렇게 될 것 같은 생각이 들어. 그렇게 살고 있는 내 모습이 눈앞에 그려지거든. 간절히 원한다는 건, 마음 밭에 씨앗을 뿌리는 거랑 똑같은 거니까. 그런데 그게 언제쯤일지는 모르겠지만, 그때도 만일 내가 혼자라면? 이렇게 생각하면 자신이 없어지는 거야. 그러면 좀 쓸쓸해져. 시골이란 게 여자 혼자 살기 어려운 곳이잖아. 나처럼 도시에서만 살아온 사람한테는 더 그렇겠지. 이렇게 말하면 어딘지 아귀가 맞지 않는 것 같은 생각이 들지 않니? 그럼 우리는 도시의 삭막함에 더욱 의지하고 보호받아 왔다는 것일까?"

"아직도 두려운 게 있어? 나는 이혼하면서 그런 건 사라진 것 같아. 더 이상 실패할 게 없다는 생각 때문일까? 차라리 숨막히는 결혼생활이 나를 두렵게 했던 것 같아. 이렇게 끝까지 살아야 한다면 차라리 죽자 싶기도 했으니까. 지금은 제일 무서운 게 돈 문제야. 아, 내가 혼자구나라는 걸 절감하는 때가 통장에 잔고가 달랑달랑할 때야. 그럴 때는 정말 몸서리가 쳐져."

"경제적인 문제는 여자만의 문제가 아니잖아. 남자랑 산다고 해서 해결되는 것도 아니고……."

"물론 그렇지. 하지만…… 번역으로 먹고사는 건 너무 힘들어. 노동력에 비해 대가가 너무 형편없고, 게다가 그 일이라는 게 지속적으로 이어진다는 보장도 없잖아. 그나마 내가 대학이라도 나오고 영어 전공이라도 했으니 최소한의 생계를 유지하고 있는 거겠지. 지금 우리 나이에 어디에 취직을 할 수 있는 것도 아니고, 그렇다고 돈이 있어서 장사를 할 수 있는 것도 아니고, 장사는 또 아무나 하나? 문제는 이혼을 하고 다시 자본의 시장에서 나를 팔려고 했을 때, 무엇보다 여자들, 특히 우리 나이의 여자들은 네트워크가 전혀 안 되어 있더라는 거지."

"그건 그래. 우리 사회는 인맥이 얼마나 중요하니. 남자들은 어떤 식으로든 지속적으로 경제활동을 해왔으니까 어려움을 하소연할 데라도 있지. 그렇지만 여자들은, 열심히 직장 생활을 하던 친구들조차 우리 나이쯤 되면 대개는 집으로 돌아가 버렸으니, 우리는 완전히 새로 개척해야 하는 셈이야."

"너, 아니? 나는 가끔, 창녀 같은 기분이 들 때가 있다?"

"뭐?"

노골적인 표현에 정미는 자기도 모르게 이맛살을 찌푸렸다.

"후후, 놀라긴. 남자들 말이야. 내가 이혼녀라는 걸 알면 태도가 묘하게 달라지는 게 느껴지거든. 동정이나 연민, 아니면 호기심이야. 그런 걸 의식하지 않고 당당하게 일하고 싶지만, 내가 직업적으로 완벽한 프로가 되기 전에는 이런 기분을 떨쳐버리기 어려울 것 같아."

"그 느낌, 뭔지 알지. 기분 참, 더럽지. 게다가 남편이라는 존재가 나의 울타리였던가 싶어지기도 하고 말이야."

그렇게 말을 하면서도 정미는 자신의 말이 가증스러웠다. 정미는 아이를 돌본다는 명목으로 양육비를 받고 있었다. 당연히 받아야 할 돈이었지만, 그게 늘 목엣가시처럼 걸렸다. 그것만으로는 생활이 안 된다는 점도 있었지만, 거기에 의지한다면 늙어서 아이가 곁을 떠난 후에는 어떻게 할 것인가, 혹시라도 남편의 마음이 변해서 돈이 끊어진다면? 이런저런 생각을 하면 어떻게든 자립을 해야 했다. 그래서 결혼 전에 일하던 출판사를 어렵게 찾아갔는데, 이혼한 것도 모르는 사장 앞에서 차마 입이 떨어지지 않았다. 그래서 차라리 모르는 곳에 취직을 해보자고 여기저기 출판사에 원서를 넣어봤지만 오랫동안 현직을 떠나 있었던 탓에 그녀 나이에 걸맞은 자리나 일감을 찾기 어려웠다. 결국 정미에게는 전남편이 아직도 엄연한 울타리인 셈이었다.

"이혼한 거, 후회한 적 있어?"

정미가 조심스럽게 물었고 순영은 정미의 질문이 채 끝나기도 전에 단호하게 말했다.

320

"아니, 결코. 사랑 없이는 살아도 사랑하지 않는 사람과 타협하면서 인생을 허비하고 싶지는 않으니까. '빠삐용'이라는 영화 있잖아. 거기에 이런 장면이 나와. 스티브 맥퀸이 하루는 감옥에서 꿈을 꾸는 거야. 그 꿈속에 저승사자쯤 되는 사람이 나타나서 그의 죄를 심판하려고 하니까 스티브 맥퀸이 '나는 무죄다, 나는 결코 아내를 살해하지 않았다', 라고 외쳐. 그러니까 저승사자가 '너는 유죄다', 그러는 거야. 스티브 맥퀸이 너무 억울해서 대들려고 하니까 저승사자가 뭐랬는지 알아?"

순영이 자기 이야기에 도취되어 신이 난 표정으로 정미를 쳐다보았다. 그리고 둘은 똑같이 '인생을 낭비했으므로', 라고 큰소리로 입을 모았다. 좁은 자동차 안이 두 여자의 웃음소리로 가득 찼다.

날이 완전히 저물어서야 두 여자는 남해에 도착했다. 아침 일찍부터 내내 차를 타고 있었던 두 여자는 지칠 대로 지쳐 있었다. 순천 부근에서 저녁을 먹으며 순영이 자고 가자고 했지만, 정미는 밤바다가 보고 싶었기 때문에 무리를 해서 남해까지 온 것이었다.

"길이 너무 어둡잖아? 잘 만한 곳을 찾을 수 있을지 모르겠어."

저녁을 먹은 후 줄곧 잠에 빠져 있던 순영이 부스스 몸을 일으키며 졸음이 완전히 가시지 않은 목소리로 말했다. 정미는 미간을 잔뜩 찌푸린 채 핸들을 잡고 있었다.

"여기가 섬이 맞아? 왜 바다가 안 보이지?"

순영은 자꾸만 부옇게 흐려오는 앞 차창을 티슈로 닦아내며 주위를 두리번거렸다. 남해의 도로는 나사못처럼 나선형으로 완만한 경사를 이루며 휘어져 있었다. 보리암으로 오르는 입간판이 있는 갈림길에서 정미는 바다 쪽 길을 택해 아래로 내려갔다.

십 여 분쯤 내려가자 여관 간판이 보였다. 갈비집과 붙어 있는 여관으로 가려면 공사장처럼 엉망으로 파헤쳐진 공터를 가로질러야 했다. 순영은 불이 켜진 식당 문을 붙잡고 안쪽을 향해 고개만 삐죽 들이민 채 잠시 서 있다가 다시 차 쪽으로 걸어왔다.

"무인도처럼 조용하기만 한 섬에 방이 없다는 게 이상하지 않아?"

순영은 차에 올라타며 투덜거렸다. 벌써 세 번째였다. 정미는 어디라도 좋으니 따뜻한 온돌방에 몸을 쉬고 싶은 마음밖에 없었다. 다시 조금 더 내려가자 바다 쪽에 횟집 간판과 여관 간판이 나란히 붙어 있는 집이 보였다. 방파제로 둘러싸인 바다는 횟집 불빛을 받아 흑단처럼 번들거렸다. 나란히 주차해 있는 자동차들은 대부분 서울 번호판을 붙이고 있었다.

"우리가 너무 늦게 도착했나 봐."

정미는 골인 라인이 모두 철수돼버린 후에 꼴찌로 도착한 마라톤 주자 같은 기분으로 횟집을 기웃거렸다. 주차장 쪽으로 난 문으로 들어서자 곧바로 주방이었다. 손님들이 제법 많은지 질 펀하게 물이 흐르는 주방에서는 회를 뜨고 찌개를 끓이느라 분 주했다. 바닥에 쪼그려 앉아 팔딱거리는 물고기를 향해 막 칼을 내리치려던 여자가 정미를 올려다보았다.

"빈방이 있나 해서요."

못 볼 걸 엿보다 들킨 아이처럼 정미 목소리가 조그맣게 잦아 들었다.

"없는데. 여기는 다들 예약을 하고 와요. 방도 몇 개 없 고……."

"예약을요?"

"단골손님들이 많아서. 다들 바다낚시 하는 사람들이죠."

여자는 잠시 멈췄던 칼을 다시 높이 쳐들어 탁, 하고 내리쳤 다. 여자의 손아귀 아래 퍼득거리던 물고기의 머리가 텅, 하며 떨어져 나가 하수구 쪽으로 처박혔다. 물고기의 꼬리가 가늘게 경련을 일으키고 있었다. 어디에선가 남자들의 웃음소리가 들 려왔다.

"저기, 방이 하나 있긴 한데……."

정미가 주춤주춤 뒤로 물러서 나가려는데, 여자가 따라나오 며 소리쳤다.

방은 옷가지들과 박스, 푸대자루 같은 잡동사니들로 지저분

했다. 정미가 얼굴을 찌푸리자 여자는 팔을 걷어붙이며 "일하는 아줌마들이 쉬는 방인데, 금방 치울 수 있어요" 하며 정미네를 바라보며 웃었다.

"방 값은 싸게 해줄게요. 그 동안 식당에 내려가서 식사라도 해요. 매운탕 잘 하는데."

이미 식사를 했다는 정미네를 여자는 한사코 떠밀었다.

"방 값 빼주는 걸 식사비로 벌충하려는 거야?"

다른 곳을 찾아 나설 엄두가 나지 않았으므로 그 방을 쓰기로 했지만, 정미는 여자의 태도가 불쾌했다.

"어차피 한잔 해야잖아. 남해 바다까지 와서 잠만 잘 거야?"

순영은 피로가 말끔히 가신 얼굴이었다.

왁자지껄하게 술을 마시고 있던 낚시 조끼 차림의 남자들이, 식당으로 들어서는 두 여자를 흘깃거렸다. 남자들의 눈길은 술기운으로 번질거렸다. 그들을 무시하고 창가 자리를 차지하고 앉아 회무침과 소주 한 병을 주문했다.

"여기, 남해 맞아?"

창문을 조금 열고 밖을 내다보던 정미가 말했다. 횟집 바로 앞이 바다였지만 양팔을 넓게 펼쳤다가 오므린 듯한 방파제 때문인지 파도소리가 들리지 않았다. 남자들이 웃고 떠드는 중간중간 은근히 두 여자를 향한 추파가 섞여드는 것이 느껴졌다.

"너, 그 사람하고 어떻게 됐어?"

324

순영이 정미 잔에 술을 따르며 물었다. 이번 여행에서 그 질문을 피해갈 수 없으리란 걸 예감하고 있던 정미는 순순히 자백하듯 대답했다.

"헤어졌어."

정미는 순영과 만나면 으레 하게 되는 남자 이야기가 끝없이 이어지는 신파 같기만 해서 지겨웠다. 더 이상의 호기심을 차단하려는 의도를 노골적으로 드러내며 건조하고 냉담한 목소리로 짧게 끊어 대답했지만, 순영은 기회를 놓칠세라 곧바로 질문 세례를 퍼부었다.

"왜? 싸웠니?"

"아니. 싸울 일이 뭐가 있겠어? 남자와 여자는 일상을 공유하지 않는 한 싸울 일이 없는 것 같더라. 서로의 처지와 입장만 존중해준다면, 아마 그런 식으로 평생을 해로할 수도 있을걸. 이것도 저것도 아닌 그런 채로 말이지."

정미는 짐짓 권태로운 표정까지 지어 보였다. 그때 막 식당 여자가 방을 다 치웠다고 소리쳤다. 올라가서 마시는 게 어떻겠냐고 정미가 물었지만, 순영은 그 말에는 대꾸도 하지 않고 말했다.

"그럼 넌, 그 사람하고 결혼하고 싶었던 거니?"

"결혼?"

정미는 갑자기 얼굴이 붉어지는 것을 느꼈다. 그건 처녀들이 결혼을 생각할 때 느끼는 수줍음, 부끄러움과는 좀 다른, 자기 혐오 혹은 수치심, 그러면서도 한 가닥 버리지 못하는 은밀한 미련, 기대감 같은 것들까지 얼룩처럼 착색된 기묘한 느낌 때문이었다. 그런 면에서 순영은 거침이 없었다. 애인과의 잠자리 이야기까지 자세히 묘사하곤 할 때면 오히려 듣고 있는 정미가 얼굴이 화끈거려 내심 곤혹스러움을 감당하기 힘들었다. 네 잠자리 이야기는 더 이상 듣고 싶지 않아, 라고 쏘아붙이고 싶어질 때도 있었지만, 순영의 솔직함이 자신보다 훨씬 건강해 보였고 그것이 부러울 때도 없지 않았다.

"난 결혼 같은 건 바라지도 않는데……. 그런데도 그 남자는 나를 부담스러워 해. 언제든지 날 피해서 도망갈 기회만 엿보고 있는 사람 같아."

정미가 아무 말이 없자 순영이 미끼라도 던지듯 자기 이야기를 꺼내는데, 그때 주인 집 여자가 불쑥 다가왔다.

"저기…… 날도 날인데, 이렇게 있지 말고 저기랑 같이 합석해서 재밌게 놀면 어때요?"

돌아보니, 어떤 남자는 자리에서 벌떡 일어나 인사를 하고 어떤 남자는 팔을 번쩍 치켜들며 어서 오라고 손짓을 해 보이고 있었다.

"그럴까?"

좀 전까지 심각하던 표정이 순식간에 걷혀버린 순영이 그들을 쳐다보며 속삭이듯 물었다.

"난, 싫어. 어떤 사람들인지도 모르면서……."

망설임은 곧 승낙이라고 판단한 주인 여자는 순영의 팔을 잡아끌었다. 정미가 얼른 순영의 손을 잡았으나, 순영은 오히려 정미의 팔을 잡아 당겼다. 정미가 팔을 빼내려고 하자 좀 전에 고개 숙여 인사하던 남자가 짐짓 정중한 포즈를 취하며 정미에게 다가왔다.

"그러지 말고 이리 오시죠? 보아하니 서울서 온 모양인데, 우리도 서울에서 왔습니다."

순영은 이미 남자들 자리로 가서 앉아 있었다. 정미는 하는 수 없이 순영의 옆자리로 가서 앉았다. 머리가 반쯤 벗겨진 남자가 정미에게 잔을 건네며, 자기들은 불알친구라고 소개했다. 그 말에 남자들이 박장대소를 하며 저마다 한마디씩 하기 시작했다.

"여자 둘이서 술을 마시는데, 남자들이 그걸 모른 체하면 안 돼지. 암."

"그런데 이런 날 어떻게 여기까지 오신 거요?"

"자자, 그런 시시껄렁한 소린 집어치우고 술이나 마시지. 그리고 어디 노래방이라도 가자구."

남자들은 이미 꽤 취해 있었다.

"노래방 기계는 여기도 있는데?"

주인 여자가 냉큼 일어나 계산대 쪽으로 가더니 노래방 기계
를 켰다. 갑자기 어울리지도 않게 팡파르가 울려 퍼지고 요란
한 뽕짝 음악이 흘러나오기 시작했다. 남자들이 자리에서 일어
서 몸을 비틀어대며 춤을 추었다. 순영도 옆의 남자가 건네는
술잔을 얼른 비우고는 춤을 추기 시작했다. 가만히 앉아 있는
정미의 손을 대머리가 잡아끌었다. 대뜸 몸을 밀착시켜오는 남
자에게, 정미는 화장실에 다녀오겠다고 말하며 슬쩍 밖으로 빠
져나왔다.

정미는 그대로 방으로 올라갔다. 순영을 혼자 두고 온 게 걸
리긴 했지만 어쩌면 순영은 차라리 정미가 사라진 걸 마음 편해
할지 모른다는 생각도 들었다. 정미는 순영이 언젠가 돌이킬 수
없는 봉변을 당할 것만 같아 위태롭고 불안했다. 사회과학 아니
라 자연과학까지 두루 꿰고 섭렵하고 있다고 해도 아직 이 사회
는 여자에게 호락호락한 곳이 아니었다. 그러나 순영은 그런 선
입견을 인정하지 않을 뿐 아니라 그런 말을 꺼내는 사람마저 무
시해버렸다.

창턱에 올라앉아 밤바다를 바라보며 두 개비째 담배에 불을
붙였을 때 순영이 들어왔다. 순영은 가쁜 숨을 몰아쉬며 물부터
찾아 마셨다.

"왜 그래?"

정미는 무슨 일이 생겼나 싶어 담배를 비벼 껐다. 곧 평온한

328

표정을 되찾은 순영은 겉옷 주머니에서 소주병과 오징어 따위의 안주를 꺼냈다.

맥이 풀린 정미가 쏘아붙였다.

"왜 벌써 왔어? 밤새도록 놀지, 왜?"

"삐친 거야?"

"즐거워 보이더라."

"응, 재미있었어. 어떤 놈이 치근덕거리기 전까지는……. 나를 자기 방으로 끌고 가려고 하잖아? 그냥 쌈박하게 못 노나? 하여간 사내놈들이란……."

정미가 창턱에서 내려앉아 순영이 가져온 술을 한 잔 마시자, 그걸 보고 있던 순영이 의미심장하게 웃으며 말했다.

"마음이 끌렸으면, 나 그 사람하고 잤을지도 몰라."

"뭐야?"

정미는 하도 어이가 없어 그만 피식 웃고 말았다.

"마음이란 거, 그거 신기하지 않아? 눈에 보이지도 않는 게 우리 육신을 좌지우지하니 말이야. 그 사람도, 딱 잊어주고 다른 사람을 만나보려고 해보지만 마음이 안 움직이는 거야. 게다가 어차피 그래봐야 그들도 모두 유부남이잖아. 왜 우리 주위에는 이혼녀들밖에 없을까. 이혼녀들이 있으면 이혼남들도 있어야 할 거 아냐."

"남자들은 적어도 새로운 여자가 생기기 전까지는 이혼을 하지 않을걸."

정미는 자신의 경우를 떠올리며 확신에 찬 표정으로 말했다.

"혼자 버티기가 힘들어서?"

"글쎄. 그건 기득권의 문제일지도 몰라."

"기득권?"

"남자들은 사회적으로 여자들보다 훨씬 체면이 중요한 존재들이잖아. 그런데 이혼이란 건 어쨌든 실패에 속하는 거잖니. 그러니까 보다 나은 선택을 위한 것이 아니라면 현재의 것을 포기하려고 하지 않을 거란 말이지."

순영은 나름대로 일리가 있다는 듯 고개를 끄덕이더니, 자리를 고쳐 앉으며 물었다.

"참, 그 사람, 아내하고 이혼하기로 했다더니……."

"여자 마음이 변했나 봐."

정미 목소리가 자기도 모르게 착 가라앉았다.

"너는 안 잡았어?"

순영이 다그치듯 물었다.

"안 잡은 게 아니고, 보냈어. 가라고 떠밀었어."

"뭐? 정말?"

"그렇다니까."

정미는 대화를 다른 곳으로 돌리고 싶어 술잔을 들어 순영의 잔에 가볍게 부딪쳤다. 그러나 순영은 술잔은 거들떠보지도 않고 따지듯 물었다.

"너, 혹시 아직도 순결 이데올로기에 갇혀 있는 거 아니니? 이혼녀가 되어서도 말이야."

순영은 얼굴까지 찌푸리며 정미를 힐난했다.

"순결 이데올로기?"

"너, 그 사람 사랑하잖아. 중요한 건 그거 아냐? 반드시 이혼을 하고 결혼을 하고, 그래야 하는 거야? 넌 간신히 빠져나온 감옥 속으로 다시 들어가려고 기를 쓰고 있는 것처럼 보여."

"그건 결혼의 문제가 아니야. 나는 적어도 자존을 지킬 수 있는 사랑이기를 바랄 뿐이야."

그렇게 말하면서 정미는 자신의 말이 순영에게 상처를 주지 않을까 염려스러웠지만, 순영은 정미가 고정관념에 갇혀 있는 듯한 말을 할 때면 언제나 그렇듯 잠시의 틈도 주지 않고 공격적으로 되물었다.

"그 엄숙주의가 바로 순결 이데올로기라는 거야. 넌 처음부터 그 사람이 유부남이라는 걸 알고 있었잖아. 그러면서도 사랑했지. 그럼 그 사랑은 뭐지?"

"모르겠어. 어쨌든 난 그렇게밖에 할 수 없었어. 그래, 좋아. 처음엔 그런 것조차 눈에 들어오지 않았어. 그렇다고 해. 하지만 시간이 지나면서, 서로에게 아무것도 책임질 것이 없는 그런 형태의 사랑이란 결국 적당히 즐기는 것 외에 무엇인가라는 회의가 들더

라. 그런 자각이 들면 내 자신이 혐오스러워지는 거야."

정미 얼굴을 빤히 바라보며 이야기를 듣고 있던 순영이 갑자기 풀 죽은 표정으로 술잔을 비웠다.

"그 말은 마치 나를 비난하는 것처럼 들리는구나."

"그게 왜 너를 비난하는 거야. 난 내 이야기를 한 거야. 그게 나의 한계라고 해도 어쩔 수 없고, 그냥 그게 나일 뿐이라는 말이야. 사실 나도 혼란스럽지만 그렇게밖에 할 수가 없는 걸 어떡하니?"

아무 대꾸 없이 술잔을 기울이는 순영의 표정은, 넌 너의 함정을 스스로 파고 있구나, 라고 말하는 것처럼 보였다. 그런 순영을 물끄러미 바라보고 있던 정미는 스르르 무너지듯 힘없이 벽에 기대며 말했다.

"그래, 어쩜 니 말이 맞을지도 몰라. 이제 그런 사랑은 다시 찾아오지 않을지도 모르는데, 마지막 기회였는지도 모르는데 말이야. 마흔이나 된 주제에, 게다가 이혼녀 주제에, 자존심이 다 뭐란 말이니."

순영은 씁쓸한 미소를 머금고 있었다. 그 때 갑자기 누군가 방문을 잡아 당겼다. 방문이 열리지 않자 마구 소리를 지르며 걷어차기 시작했다.

"야, 이년들아. 약만 잔뜩 올려놓고 가버리면 어떡해?"

정미는 깜짝 놀라서 순영의 얼굴을 쳐다보았다.

332

"여자 둘이서 그러고 왔을 땐, 다 알조 아냐? 빨리 나오라구."

식당에 있던 남자들 중 하나였다. 순영은 무서울 것 없다는 표정으로 맞받아 쳤다.

"야, 술 처먹었으면 곱게 자빠져 잘 일이지, 웬 지랄이야? 꺼지지 못해?"

남자는 완전히 혀가 풀린 목소리로 고래고래 소리를 질러댔다.

"야, 여자들이 이런 데 기어들어 왔을 땐 뻔한 거 아냐. 네 년들도 그걸 바라고 온 거잖아. 되잖은 콧대 세우겠다고 시간낭비 하지 말자, 이 말이야. 내 말인즉슨."

"야, 이 미친놈아! 너나 시간낭비 하지 말고 딴 데 가서 알아봐."

순영은 피식피식 웃으며 소리를 질렀다.

잠시 뒤에 주인 여자와 친구들이 우르르 따라 올라와 만류하는 소리가 들렸다.

"아이고. 그만 해요. 싫다잖아요."

"야, 가자. 고상한 척하는 년들, 재수 없어. 널린 게 여자들이야. 딴 여자들 부르자구."

"그려요. 내 딴 여자들 불러줄게."

"에이-. 쌍년들! 새 천년 첫날부터 재수 옴 붙었네."

남자는 마지막으로 다시 한 번 방문을 걸어차더니 씩씩거리며 사라졌다. 남자들의 어지러운 발소리가 완전히 사라지고 나서, 정미는 순영을 쏘아보며 말했다.

"그러게 아무 하고나 어울리면 어떡해? 결국 이런 꼴 나잖아."

"미친놈들!"

순영은 상기된 표정으로 한 마디 하더니, 정미를 달래려는 양으로 선웃음을 웃었다.

"재미있잖아. 세상 남자 여자들 이렇게 얼크러져서 돌아가는거, 웃기지 않아?"

"너도 참."

정미는 기가 막혀서 말문이 막혔다.

"내가 더 재미있는 이야기 해줄까?"

"이것보다 더 재미있는 이야기는 또 뭔데?"

정미는 여전히 샐쭉한 표정으로 물었다.

"며칠 전에, 내가 단골로 가는 술집에 그 사람이 와 있더라구. 그런데 옆자리에 어떤 여자가 같이 있더라. 누군지 아니? 자기 와이프야."

"뭐? 넌, 그 여자 벌써부터 알고 있잖아."

"그래. 알지."

순영은 얼른 이야기를 하지 않고 야릇한 미소를 띠며 변죽을 울렸다. 그러나 정미는 이야기를 듣기도 전에 벌써부터 가슴이 답답하고 짜증이 일려고 했다. 언젠가 그 남자와 순영이 술집에서 옥신각신하고 있는 현장을 그의 아내가 목격했다고 했다. 그

334

러나 여자는 조금도 화를 내지 않고, 오히려 순영을 잘 다독거려서 집으로 돌려보내더라는 것이었다. 정미는 순영을 마치 비행청소년쯤으로 치부하려한 여자의 마음을 알 것 같았다. 그리고 이제 여자는 자기 남자를 적극적으로 보호하기로 작정한 것인가 보다. 남자는 남자대로 달리 어쩔 수 없었을 것이고 아내와 함께 있는 모습을 순영에게 보여줌으로써 아내의 치마폭에서 둘의 관계를 해결하려는 의도를 나타낸 것이리라.

"바에서 혼자 술을 마시고 있는데 두 사람이 먼저 일어나서 나가더라. 여자는 나한테 가볍게 목례를 하고, 남자는 내 곁을 지나가면서 좋아 보이네요, 라며 인사를 건넸어."

"하지만 너는 그 사이에도 그 남자를 만나지 않았니?"

"그래. 그랬지."

담담하게 말하던 순영은, 도무지 이해할 수 없다는 표정으로 입만 딱 벌리고 있는 정미를 보고 깔깔거리며 웃었다.

"넌, 나를 도무지 이해할 수 없다는 표정이구나."

순영이 갑자기 낯설어 보였다. 대학에서 운동권 서클 회장까지 지냈다던, 논쟁 좋아하고 사사건건 페미니즘의 잣대를 들이대던 진보적인 여자가 아닌, 그저 그런 선술집에 앉아 몸을 파는 여자였으면 차라리 좋았겠다 싶었다. 그래, 그건 너의 삶이다, 라고 생각하면 그뿐일 것을, 지금껏 그렇게 해왔으면서도 더 이상은 참을 수 없는 기분이었다.

"넌 우습니? 솔직히 말해볼까? 난 지금, 니가 부끄러워. 너란 애를 지금껏 사귄 게 후회가 돼."

정미는 자기가 감정에 치우쳐 있다는 것을, 해서는 안 될 말을 하고 있다는 것을 느끼고 있었다. 그러나 늘 그래서 못 하고 참았던 말도 결국은 같은 말이었다. 순영의 표정이 굳어버렸다. 둘 사이에 어색한 침묵이 차고 들었다. 그때 바깥이 소란스러워졌다. 교태가 흐르는 여자들의 웃음소리와 남자들의 들뜬 목소리가 어지럽게 뒤섞여 들려왔다. 결국 여자들을 불러온 모양이었다. 쌍쌍이 짝을 지어 어디론가 몰려가는지 자동차 시동 거는 소리가 나더니 잠잠해졌다. 그리고 곧 다시 조용해졌다.

"넌, 그러니까……"

순영의 목소리에서는 결기가 느껴졌다.

"너처럼 심플하게 정리하고 헤어지면 도덕적이고, 나처럼 헤매면 비도덕적이란 거로구나? 그래, 난 하루에도 몇 번씩이나 내 삶이 역겹고 내 사랑이 치욕스러워지곤 해. 그래도 나는 이렇게라도 좋으니 만날 수만 있다면 좋겠다는 생각이 드는 걸 어쩌지? 정말 징그럽고 짜증스럽고 모욕스럽지만 그것조차 내 사랑의 일부라는 생각이 든다구."

그러면서 순영은 정미를 정면으로 응시하며 말을 이었다.

"너, 말이야. 넌, 그 사람을 진정으로 사랑하기는 한 거니? 넌 어쩌면 지금까지 진정한 사랑이라고는 해본 적도 없을 것 같아.

그렇지?"

정미는 이제 순영이 자신을 모욕하고 있다고 생각했다.

"그래, 그런지도 모르지. 그런데 진정한 사랑이 뭐니, 도대체. 넌 그냥 정부일 뿐이야. 불륜. 알아? 니가 아무리 진보적인 척 해봐야 그 남자는 널 그 이상으로도 그 이하로도 생각하지 않는다구. 알겠어?"

순간, 정미는 생각지도 않게 튀어나온 자신의 말에 스스로도 놀라서 입을 다물었다. 무의식중에 터져 나온 그 말이 정말 하고 싶었던 말이었을까. 정미는 자신이 휘두른 칼에 자해를 입은 사람처럼 눈앞이 아득해졌다.

순영의 얼굴도 얼음물을 뒤집어쓴 듯 창백했다.

얼마나 지났을까. 잔뜩 웅크리고 앉아 있던 순영이 벌떡 일어서더니, 정미를 내려다보며 착 가라앉은 목소리로 입을 뗐다.

"결국 넌, ……. 지금까지 나와 이야기했던 것들, 내 사랑이 어쩌구저쩌구 한 거, 그건 다 위선이었구나. 그러니까 넌 진작부터 그 말이 하고 싶었던 거였구나. 그러니까……."

무슨 말인가 더 할 것처럼 머뭇거리던 순영은 말을 잇지 못하고 밖으로 나가버렸다. 순영은 울고 있었다. 계단을 내려가는 순영의 발자국 소리를 들으며 정미는 입술만 잘근잘근 씹고 앉아 있었다.

가슴이 터져버릴 것처럼 답답했다. 정미는 천천히 일어나 창문을 열었다. 칠흑같이 어둡고 고요한 밤바다에 정미네 방의 불빛만 사각형의 액자처럼 떠 있었다. 거기에 검게 뭉뚱그려 놓은 듯한 여자의 실루엣이 박혀 있었다.

신목(神木) 아래에서 숨바꼭질은 끝이 났고

홍기돈

1. 대부분의 사람에게는 당연하게 생각되는 것들이 있다. 가령 기독교를 믿는 이들은 하나님의 존재를 의심하기가 어렵다. 이념에 푹 빠진 사람들이 고수하는 교의(敎義, dogma) 또한 마찬가지다. 하지만, 이런 사람들의 바깥에 서면 그들의 믿음은 그저 상대적인 것으로 파악될 따름이다. 이와는 달리 상대적인 가치를 넘어서는 것처럼 보이는 믿음 또한 있을 수 있다. 적당한 나이가 되면 짝을 만나 가정을 이루고 자식을 가져야 한다는 사회적인 통념이 바로 그러한 경우에 해당한다. 이런 믿음의 바깥에 섰다가는 어쩌면 존재를 뒤흔드는 상황과 마주치게 될 수도 있다. 보편적인 믿음에 대한 거부로 야기되는 상황은 '상대성의 확인'이 아니라 사회로부터의 '격리' 또는 '고립'에 가까워지기 때문이다.

이성아가 소설집 「절정」을 통해 제기하는 것은 결혼제도의 당위성에 대한 의문이다. 최근 발표된 바에 따르면 이혼율이 55%에 이른다고 하니, 결혼제도를 둘러싼 의문을 소설작품으로 풀어내는 일이 당연하게도 느껴진다. 여러 (여성) 작가들이 껍데기만 남은 결혼의 실상을 진작부터 그려내었던 것도 이와 연관이 있을 터이다. 그렇지만, 「절정」은 이제껏 보아오던 비슷한 소재의 소설들과는 사뭇 다른데, 기왕의 소설들이 결혼(가정) 안에서 충족되지 못하는 '욕망'을 그려냈는데 비하여, 이성아는 결혼제도를 사회적인 문제와 나란히 배치시키고 있기 때문이다. 따라서 「절정」을 통해 확인할 수 있는 사실은 결혼제도를 바라보고 있는 작가의 사회학적 관점이라고 하겠다.

그런데, 결혼제도에 대한 작가의 견해 바로 앞에 '80년대의 사랑'이 유령처럼 드리워 있다는 점이 흥미롭다. 「삿뽀로 공산당」의 화자는 대학시절 운동권에서 만나 사랑했던 '우현'을 잊지 못하고 있는 상태로 제시된다. "힘겹게 이어오던 결혼이 채 십 년을 넘기지 못하고 깨진 직접적인 이유야 남편의 외도 탓이었으나 그 이전에 닻을 끊어버린 배처럼 좀체 마음 붙일 곳을 찾지 못하던 내가 그 원인 제공자였으므로 남편이 이혼을 요구했을 때 두말 않고 도장을 찍어주었다." 갑자기 머리를 깎고 중이 되어버린 「눈꽃」의 '도연스님'에게도 이루지 못한 사랑의 상처가 있다. "그녀가 비밀리에 운동권 내부에서 사랑을 키워왔고 그 남자가 다른 여자와 결혼해 버렸다는 사실은 아주 오랜 세월이 흘러서야 알게 된 일이라고 했다." 「안개 속에서 눈을 뜨다」의 화자인 '그녀'에게도 같은 상처가 확인된다.

운동권의 반대편에 기성세대들이 구축해 놓은 억압적 질서가 자리하고 있을 터, '아버지'로 상징되는 세대에 대한 거부감 또한 그 연장선 위에서 파악할 수 있다. "아버지가 내게 얼마나 강압적이며 폭군으로 군림했었는지, 그래서 정반대의 남자를 찾아 결혼했는데 아버지에 대한 반발심 때문에 그를 정확히 볼 수 없었노라고, 결국 내가 결혼한 것도 이혼한 것도 모두 아버지 때문이었노라고 말하고 싶었다."(「신성한 집」) 「삿뽀로 공산당」에는 "아버지로부터 도망"하기 위해 오사까를 떠나서 "유배라도 가듯 이렇게 춥고 먼" 삿뽀로에 가서 대학에 다닌 'N교수'가 등장한다. N교수는 전공투 세대의 급진적인 학생이었다.

이렇게 따지자면, 결혼(제도)에 대한 작가의 탐색은 80년대 품었던 사랑(꿈)이 어긋나는 지점 위에서 이루어진다는 사실이 명확해진다. 부유하는 욕망을 내세우는 다른 작가들과는 달리 이성아가 사회학적 관점을 견지하게 되는 이유는 바로 여기에 존재한다. 「절정」의 세계는 동강난 사랑(꿈)이 끝난 뒤에 펼쳐지는 누추하고 앙상한 결혼(제도)의 폭로와 탐색으로 채워져 있다. 예컨대 「가릉빈가 우는 저녁」에서 '소희 선배'는 '시연'에게 이렇게 이야기한다. "이제 우리 나이쯤 되면 재미있는 일 같은 거 바라면 안 돼. 이제는 일 생겼다 하면 남편 바람피우는 거하고 식구 아파서 병원 가는 거밖에 안 남았거든." 그래서 시연은 혼자 반문하게 되지 않는가. "결혼이란 게 도대체 뭐란 말인가. 누군 아이 때문에 못 헤어진다고 하고, 누군 아이만 있으면 모든 문제가 해결될 거라고 믿고 있으니, 인간이 발명한 것 중 가장 끔찍한 괴물이 결혼제도일 거였다."

누구도 가릉빈가가 노래하는 세계로 돌아갈 수 없다. 그래서 우리는 불가역(不可逆)의 흐름 속에서 무언가를 잊어가거나 왜곡하게 된다. 결혼제도를 파악하는 이성아의 시선에는 이러한 단절감이 전제되었다는 사실을 우선 염두에 둘 필요가 있다.

사실 인간의 기억이란 믿을 것이 못 된다. 그런 만큼 불가사의한 것이기도 하리라. 도리천에서 걱정 근심이란 것을 모르고 행복하게 살던 보살이 있었다. 그곳은 사람 얼굴에 새의 몸을 가진 가릉빈가가 극락정토를 노래하고 만다라화와 우담바라화가 흐드러지게 피어 있는 곳이었다. 어느 날 사바세계를 내려다 본 보살이 번뇌에서 헤매는 중생들을 제도하고자 도리천을 떠났는데, 그가 지옥 같은 사바세계를 견디기 위해 가장 먼저 한 일은 천상에서의 아름다웠던 기억을 지워 버린 것이라고 한다. 우리가 기시감을 느끼는 대부분의 장면들이 아름다운 것은 그것이 천상의 기억이기 때문은 아닐까. 마치 우리가 지상에서 가장 아름다웠을 유아기를 기억하지 못하는 것과 마찬가지로. 그 역시 지독한 함정 같은 생을 견디게 하기 위한 신의 마지막 배려일지 모른다.(「가릉빈가 우는 저녁」)

2. '80년대의 사랑'이 결혼제도에 대한 응시로 나아가는 과
정이 비교적 잘 드러나는 작품이 「삿뽀로 공산당」이다. 작가는
전공투 세대의 급진적인 학생이었던 일본인 N교수의 삶을 보
며 자신이 걸어가게 될 길을 읽어나간 듯하다. 먼저 N교수는
가족 문제에 대하여 속수무책이다. "한 지붕 아래서 십 년 가까
이 남처럼 살고 있는 아내. 무작정 말이 좋아서 학교를 빼먹고
경마장으로 달려가지를 않나, 안 그러면 목장으로 가출해 버리
는 아들, 혼전 동거중인 첫째 딸, 몸이 약한 둘째 딸……. 학문
에 관한 한 논리정연하고 분석적인 N교수도 가족 문제만 나오
면 난감한 표정을 감추지 못했다." 껍데기뿐인 이러한 가족의
실상 위에 겹쳐지는 것이 바로 일상의 영역이다. 혁명의 분위기
가 썰물처럼 빠져나간 자리에는 당연히 남루한 일상의 모습이
펼쳐질 터인데, 「삿뽀로 공산당」의 '나'는 N교수의 대학동창
모임을 보고 난 후 일상에 대하여 이렇게 정리하고 있다. "일상
이란 이런 것인가. 거리로 나가 친구를 만나고, 일을 하고, 술을
마시고, 차를 마시는 일상의 자잘한 일들. 몸을 움직이지 않으
면 곰팡이처럼 피어나는 우울. 무엇이 진짜 삶인가."

그러니까 결혼제도에 대한 탐색과 의문은 '진짜 삶'을 찾아
나선 이성아 나름의 방식이라고 할 수 있다. 일상의 단단한 뿌
리를 형성하는 가정(결혼)에 대한 의문을 소설의 전면에 배치
한 것이다. 여기에는 앞서 말한 단절감이 동반하는 바, 자신의

존재 근거에 대한 성찰이 솟아나기도 한다. 그런 점에서 소설가 'H선생'의 다음과 같은 발언은 작가 자신의 목소리라고 보아도 무방하다. "거참, 적이 사라지고 나니까 내가 누군지 모르겠더란 말이지.(…중략…) 그런데 정말 아이러니한 게 뭔지 알아? 아이들에게는 내가 박정희 같은 사람이란 거야.(…중략…) 적과 싸우다보면 비슷해지거든. 적과 비슷한 힘과 오기를 가지지 못하면 싸울 수가 없으니까."

「절정」에 실린 작품들 가운데 세 편은 한국의 국경을 넘나들며 쓰어졌다. 「삿뽀로 공산당」이 일본이란 창을 통해 전개되고 있다면, 「미오의 나라」와 「가릉빈가 우는 저녁」은 일본(인)과 한국(인)의 관계 위에서 펼쳐지고 있는 것이다. 「삿뽀로의 공산당」이 「미오의 나라」, 「가릉빈가 우는 저녁」에 이르면 결혼(제도)에 대한 의식은 한결 넓고 깊어진 양상을 보여준다.

먼저 「미오의 나라」를 보면, 작가는 결혼(제도)에 대한 국가의 개입을 부정하는 입장을 나타낸다. 이 작품에 등장하는 일본인 '미오'는 '나'의 사촌인데, 그녀가 동거하는 이유를 밝히는 대목을 그 대표적인 사례로 꼽을 수 있다. "동거는 결혼의 한 형태일 뿐이에요. 국적과는 관계가 없는 일이에요. 아까도 설명했듯이 저는 제 결혼에 정부나 법률의 인정 같은 건 필요 없다고 생각했기 때문이에요." 결혼을 하는 데 '정부나 법률의 인정'이 당연하게 개입하는 현실에 그만큼 비판의식이 컸던 것일까. 작가는 같은 소설 안에 정부의 재일동포 간첩단 사건 조작을 자연스럽게 병렬시킨다. 이로써 결혼에 대한 정부의 개입은 '간첩단 사건 조작'과 같은 수준에 올라서는 느낌을 받게 된다. 서대문형무소를 둘러보고 나서 미오는 억울하게 고문을 받고 징역을 살았던 지인(知人)을 언급하면서 다음과 같이 이야기하고 있다. "물론 일본 사람들이 우리 민족을 어떻게 짓밟았는지 잊지 말자고 고발하는 것도 중요하다고 생각해요. 하지만 그렇게 잔인한 일이 아직까지 행해지고 있다면요? 그것도 다른 민족 사이의 일도 아니고 한 민족끼리 말이에요."

「가릉빈가 우는 저녁」에는 페미니즘 분위기가 암시적으로 배어난다. '시연' 남편의 바람기도 그러하거니와 '시연'에게 접근하는 일본인 '우에노 기자'의 모습 또한 그러한 느낌으로 다가온다. 시연과 우에노 기자가 잘못 들어간 인사동의 한식집에서 펼쳐지는 광경을 보자. 작가는 일본인 관광객들 앞에서 춤추는 무희의 모습 위에 정신대 할머니들의 얼굴을 겹쳐 놓는다.

공연은 그저 그런 고전 무용이었다. 그것이 자꾸만 시연을 야릇한 기분으로 몰아간 것은 정통이 아닌 약식으로 꾸민 춤사위에 흐른 교태와 퇴폐적인 분위기 때문이었다. 우에노 기자를 슬쩍 돌아보니 그는 뜻밖에 펼쳐진 공연을 즐기는 표정이었다. 그런데 시연의 머리 속에는 희미하게 어떤 얼굴이 떠올랐다. 처음에는 앳되어 보이던 얼굴이 저속 카메라를 돌리듯 순식간에 늙은이의 얼굴로 변했다. 장구 소리가 흥을 돋워갈수록 얼굴은 점점 그 수가 불어나 머리 속에서 다글다글 끓어대기 시작했다.

　작가가 말하고자 하는 바는 한국/일본의 민족감정의 대립을 벗어난다. 오히려 그 틀을 뛰어넘는 여성/남성의 존립방식에 가 닿는다. 선배의 설득은 그러한 인식을 드러내는 지표이다. "너무 예민한 거 아냐? 우에노 기자가 일본 대표는 아니잖아. 그 사람 국적이 일본인 건 우연일 뿐이야. 미국, 프랑스, 독일, 그런 거랑 똑같아." 그런 점에서 「가릉빈가 우는 저녁」에 몇 번에 걸쳐 나타나는 상동성은 주목을 요한다. 우에노 기자가 "일본에서는 비가 오고 나면 땅이 단단해진다는 말이 있습니다." 라고 말을 하자 시연이 "우리나라에도 그런 속담이 있는데……. 결국 사람 사는 일은 어디나 비슷한가 봐요."라고 맞장구치는 장면이라든가, 성생활을 안 한 지 몇 년이나 되었다는 두 사람의 공통점 등. 이런 상동성은 결국 결혼을 둘러싸고 나타나는 문제가 국경의 울타리를 벗어난다고 하여 달라질 리 없다는 상황을 암시하는 것이다. 결혼제도 안에서 여성은 피해자이고, 남성은 가해자가 된다.

　사건의 전개 과정을 보아도 상황은 마찬가지다. 자동차를 몰고 강변도로를 달리던 남편은 덤프트럭과 충돌하여 하반신 마비에 이른다. 남편의 옆자리에는 그의 애인이 타고 있었다. 그럼에도 불구하고 결혼제도에 의해 아내로 묶여있는 시연은 남

편의 "쪼그라 붙은 성기를 닦아주고 대소변을 받아낼 사람"이
되어 버린다. 그 불합리함이라니! "시연은 두려웠다. 자신에게
닥친 악운이 이 순간을 모면한다고 해서 비켜 가지 않을 거란
예감이, 아무리 꼭꼭 숨어도 결국 발각된 거란 불안이 시연을
옥죄고 있었다. 길은 보이지 않았다. 이를 악물고 뚫고 나아가
는 것밖에는. 시연에게는 남편이 아니라 삶이 거대한 수수께끼
만 같았다." 이러한 시연의 암담함 위에 포개지는 것이 소설의
마지막 장면이다. 이 또한 상동적인 양상인 셈이다. 화장실에
간 우에노 기자를 남겨둔 채 시연은 식당 밖으로 나선다. "어둠
이 내려 적막한 마당에 빗소리만 여전했다. 작은 외등 하나가
빗줄기를 비추고 있었다. 시연은 불빛을 향해, 어둠 속으로 걸
어 들어갔다." 어두운 길에서 방황하는 것, 그것이 「가릉빈가
우는 저녁」에 나타나는 여자의 운명이다.

　1990년대 중반에 들어설 즈음부터 우리 소설에는 외국 체류
의 경험이 나타나기 시작했다. 하지만 대부분의 작품은 작가의
세계관으로 이어지기보다는 그저 새로운 소재 발견에 머무는
양상이었다. 그것이 아닌 경우에는 광범위하게 유포되던 이념
의 환멸을 강조하는 데 활용되었을 뿐이다. 그러던 것이 방현석
의 「랍스터를 먹는 시간」(창비, 2003)에 이르러 현실을 반성하
는 수준으로 올라서게 되었다. 다국적 자본의 질서에 대응하는
방식을 얻은 것이다. 「절정」에 실린 「삿뽀로 공산당」, 「미오의

나라」, 「가릉빈가 우는 저녁」에는 결혼제도의 실상을 폭로하는 방향으로 나타나고 있다. 이러한 노력이 다른 작가들을 통해 이어진다면 우리 문학에 유의미한 흐름이 만들어질 듯도 하다.

또한 담론의 관점에서 보더라도 흥미로운 내용을 생산할 수 있을 것으로 판단된다. 예컨대 「미오의 나라」의 경우 최근 벌어지고 있는 '민족국가 논의'와 연결시켜 읽어볼 수 있다. 민족국가의 개념의 해체 주장이 학계의 유행을 이룬 데 대하여 김명인은 다음과 같이 비판한다. 이러한 비판을 염두에 두고 「미오의 나라」를 통독하는 것도 해볼만한 시도이리라.

민족의 실체성을 담론 수준에서 고정시켜 신화화하거나 배타적으로 특권화하는 것은 문제이지만 이 '민족'의 실체성과 역사적 작동의 현실성을 간과하는 어떤 탈민족 담론도 현실성을 가질 수 없다는 생각이다. 그러므로 민족담론이 여전히 힘을 발휘한다면 그것은 그 담론이 자가발전을 한 때문이 아니라 물질적 실체로서의 민족의 어떤 문제가 그 해결을 요구하고 있기 때문일 것이다.(⋯중략⋯) 여기서 '민족'에 기초한 사유라 하지 않고 '민족단위'에 기초한 사유를 말한 것에 유의하기 바란다.(⋯중략⋯) '민족' 개념은 이렇듯 개인과 계급, 지역과 국가 그리고 세계라는 다중적 차원에서 전개되는 현금의 여러 문제들을 올바르게 인식하고 사유하는 유효한 도구로서, 하나의 단위 개념으로 재정립되어야 한다.(김명인, 「민족문학과 민족문학사 인식의 전환을 위하여」, 『자명한 것들과의 결별』, 창비, 2004)

3. 의식이 아무리 견고하더라도 감정은 의식의 울타리를 성큼 뛰어넘고는 한다. 페미니즘이라고 해서 예외가 될 수는 없다. 오히려 생활의 지반에 찰싹 밀착되어 있기 때문에 그러한 경향은 더욱 흔하게 나타나지 않을까. 더군다나 허울만 남은 결혼제도라고 하더라도, 결혼(제도)의 안과 밖의 경계라든가 제도적으로 보장된 독립된 단위의 결혼(생활)을 둘러싼 사회적 관행은 여전히 완강하다. 이념을 앞세워서 이러한 현실을 정면에서 돌파하려는 작가는 잘 해야 이류에 속할 수밖에 없다. 주제의식은 빛날지 모르겠지만, 작품 속의 현실은 그에 비례하여 단순해지기 때문이다. 그래서 지금껏 (여성)작가들은 껍데기만 남은 결혼생활을 그리면서 욕망을 중심에 두었을 것이다. 그렇지만, 이성아는 구체적인 현실을 탐사하는 데서 시작한다.

예를 들어 「자유로운 여자들」에는 "왜 우리 주위에는 이혼녀들밖에 없을까. 이혼녀들이 있으면 이혼남들도 있어야 할 거 아냐."라는 재미있는 물음이 나타나 있다. 물론 이혼녀의 관점에서 접근한 시각이겠지만, "남자들은 적어도 새로운 여자가 생기기 전까지는 이혼하지 않을 걸."이라는 대답이 이어서 나온다. 남자 "혼자 버티기 힘들어서"가 아니라 "기득권의 문제"이기 때문이다. "남자들은 사회적으로 여자들보다 훨씬 체면이 중요한 존재이잖아. 그런데 이혼이란 건 어쨌든 실패에 속하는 거잖아. 그러니까 보다 나은 선택을 위한 것이 아니라면 현재의 것을 포기하려고 하지 않을 거란 말이지." 「눈꽃」에는 남자와 여자의 이러한 심리가 소설적으로 형상화되어 있기도 하다. 여자는 순간 모든 것을 버리려 하지만, 남자는 '보다 나은 선택'이란 명확한 답이 없기에 그저 즐길 따름이다.

재훈을 만나던 지난 일년간은 온통 기다림과 안타까운 기억만 남아 있었다. 그와 만날 날을, 그의 전화 한 통을 기다리며 영혜는 자신이 한 남자의 아내이며 한 아이의 엄마라는 사실마저도 까맣게 잊었다. 아니, 그런 것마저 하찮게 여겨졌다. 영혜는 언제라도 모든 걸 포기할 준비가 되어 있었다. 재훈 역시 그러리라 믿었지만, 그는 달랐다. 재훈은 내심을 드러내지 않으면서도 영혜의 갈망을 능숙하게 다루었다. 극단을 오가며 좁혀질 듯 좁혀지지 않는 간극은 영혜를 서서히 지치게 만들었다. 그런데도 도대체 무엇이 이토록 재훈에게 몰입하게 만드는 것인지 영혜는 알 수 없었다. 어쩌면 그 알 수 없는 부분, 완벽히 장악되지 않는 느낌이 영혜를 초조하게 만드는 것인지도 몰랐다.

함께 만난다고 하더라도 이처럼 남자와 여자의 심리는 다르다. 이러한 심리를 바탕으로 그려낸 소설로는 「자유로운 여자들」, 「안개 속에서 눈을 뜨다」, 「눈꽃」을 꼽을 수 있다. 「절정」에서는 이런 심리를 발견할 수 없지만, 「안개 속에서 눈을 뜨다」와 하나의 쌍으로 묶어 파악할 수 있으니 이 작품들과 한데 묶어 살펴보기로 한다.

먼저 「자유로운 여자들」을 보자. 만약 마지막 부분에서 등장인물 내면의 갈등, 등장인물들 사이의 갈등이 나타나지 않았다면 「자유로운 여자들」은 태작(駄作)에 머무르고 말았을 것이다. 왜냐하면 두 사람의 이혼녀가 등장하여 페미니즘의 관점에서 서로 호응을 하며 주고받는 대화는 기실 작가의 주제의식이 날 것 상태로 드러나는 데 불과하기 때문이다. 가령 "문제는 이혼을 하고 다시 자본의 시장에서 나를 팔려고 했을 때, 무엇보다도 여자들, 특히 우리 나이의 여자들은 네트워크가 전혀 안 되어 있더라는 거지."라는 '정미'의 지적에 맞장구치는 '순영'의 발언은 그러한 느낌을 들게 한다. "그건 그래. 우리 사회는 인맥이 얼마나 중요하니. 남자들은 어떤 식으로든 지속적으로 경제생활을 해 왔으니까 어려움을 하소연할 데라도 있지. 그렇지만 여자들은, 열심히 직장생활을 하던 친구들조차도 우리 나이쯤 되면 대개는 집으로 돌아가 버렸으니, 우리는 완전히 새로 개척해야 하는 셈이야."

사회에 대한 비판이 아무리 정확하더라도 자신의 문제가 되

352

면 기준은 흔들리는 법이다. 소설이 그려야 할 것은 바로 그 지점이다. 이성아는 이를 놓치지 않는다. 앞에서 전제하였던 바, 페미니즘으로 무장한 의식이 아무리 견고하더라도 감정은 의식의 울타리를 성큼 뛰어넘는 경우가 있는데, 바로 그러한 상황을 제시하며 어설픈 교훈이나 타협을 극복하는 것이다. 이혼녀인 순영은 유부남을 사랑하며, 이를 알게 된 그의 부인은 순영에게 헤어지라는 시위를 하고 있다. 왜 순영은 깨끗하게 정리하지 못하는가. "난 지금, 니가 부끄러워. 너란 애를 지금껏 사귄게 후회가 돼."라고 비난하는 정미에게 순영은 자신의 혼란을 그대로 내보인다. "너처럼 심플하게 정리하고 헤어지면 도덕적이고, 나처럼 헤매면 비도덕적이란 거로구나? 그래, 난 하루에도 몇 번씩이나 내 삶이 역겹고 내 사랑이 치욕스러워지곤 해. 그래도 나는 이렇게라도 좋으니 만날 수만 있다면 좋겠다는 생각이 드는 걸 어쩌지? 정말 징그럽고 짜증스럽고 모욕스럽지만 그것조차도 내 사랑의 일부라는 생각이 든다구."

논리적으로 그녀(들)는 '자유로운 여자(들)'이지만 실상은 그러지 못하다.「안개 속에서 눈을 뜨다」역시 마찬가지의 현실 인식을 보여주고 있다. 아니, 오히려 혼란은 더욱 뒤죽박죽 뒤엉킨 상황이다. 먼저 과거를 뒤돌아보는 시선부터가 그러하다.

십여 년 전, 동지이자 연인이었던 남자를 감옥에 보낸 후 미혼모로서 그의 아이를 키우며 꿋꿋하게 살아가는 여자를 그린, 자전적 요소가 강한 그녀의 첫 작품은 제법 호응을 받았었다. 그러나 여자로서 누릴 수 있는 행복을 그 작품은 빼앗아 가버렸다. 당신의 손주가 있다는 것조차 모르고 있던 그의 부모가 그녀로부터 아이를 데려가 버렸으며 몇 년 후 감옥에서 나온 그는 다른 여자와 결혼했다.

죽을 작정을 했었다. 그녀의 상실감 앞에서 변혁이니 이념이니 하는 것들은 허깨비일 뿐이었다. 그럼에도 죽지 못하고 살아오는 동안 세상은 변했고 그녀는 정말이지 어디 한 군데 기대고 의지할 것도 없이 오직 살아가기 위해 자신의 재주를 파먹고 있었다.

이 정도라면 상당한 수준의 증오를 품는 것이 당연하다. 그렇지만, 증오에는 그리움이 함께 하고 있다. "덮어두려 했던, 치가 떨리게 증오스러운 시절이라고만 여겼던 그때를 사실은 못 견디게 그리워하고 있었다는 걸 깨달았다." 이유는 나와 있지 않다. 추측하건대 "정말이지 어디 한 군데 기대고 의지할 것도 없이" 살아가느라 외로웠기 때문일 것이다. 외로움의 깊이만큼 그녀의 사랑은 처절하다. 그런데, 그녀가 사랑하는 사람은 "사실, 그동안 많이 힘들었다. 아내에게도 미안하고……"라며 결별을 선언한다. 애초에 그녀는 사랑을 고백하는 "그 태도가 너무 당당해 그가 가장이란 것을 꿈에도 몰랐었다." 그렇다면 여자의 입장에서는 너무 일방적으로 당하는 것이 아닌가.

마치 숨바꼭질을 하듯 결혼의 틀 밖으로 나왔다가 다시 안으로 숨어버리는 남자에게 그것은 중요하지 않다(「절정」에 실린 대부분의 소설에서 남자는 이러한 모습을 보이고 있다). 결별의 선언 이후에도 갈구하는 사랑은 스토커의 집착과 다를 바 없을 뿐이다. 그런 점에서 그녀에게 맹목적으로 집착하는 스토커의 모습은 그를 사랑하는 그녀의 모습과 겹쳐진다. 그리고 그 위에는 "일방통행적인 사랑은 추해지거나 과격해지거나, 둘 중 하나야. 그런 것도 사랑이라고 부를 수 있다면 말이지."라는 남자의 목소리가 울려 퍼진다. 스토커에 대한 증오와 남자에 대한 사랑은 이렇게 하나가 된다. 십여 년 전의 기억이 증오와 그리움으로 뒤엉켜서 존재하는 것처럼 말이다. 과연 이런 상황에서 출구를 만들어낼 수 있을까. 현실은 그처럼 냉정하다. 그리고 결혼제도의 안과 밖이 나뉘는 경계에는 냉정한 현실을 감추는 안개가 피어오르고 있다.

결혼제도의 안과 밖을 넘나들며 숨바꼭질을 하는 사내 '재훈'이 갈등의 중심부에 놓인다는 점에서 「눈꽃」 또한 비슷한 관점으로 묶을 수 있다. 다만 다른 점은 꿈에서 죽은 '외할머니'와 종교가 등장한다는 사실이다. 소설의 첫머리에서 영혜의 꿈에 나타나서 "앤경을 찌고 자문 우야노."라는 상징적인 말을 남기고 사라졌다가 마지막 장면에서 다시 등장하여 "앤경을 찌고 자문 우야노."라는 말을 건네는 외할머니는 대모신(大母神, Great Mother)의 변형이라고 볼 수 있겠다. 이는 매우 중요한데, 「자유로운 여자들」이나 「안개 속에서 눈을 뜨다」의 절망적 인식이 죽고 새로운 인식이 싹트는 계기가 되기 때문이다. 다시 말해서, 외할머니와의 만남을 통해 작가의 의식이 무의식적인 차원에서 죽음과 재생을 겪고 있다는 것이다. 「눈꽃」이 종교적인 세계를 한 축에 거느리게 되는 이유도 여기에 있다. 그러니 생활인으로서 가 닿지 못한 종교에서의 깨달음이 놓인 자리와 여성의식이 거듭나는 장면을 지적하고 넘어가도록 하겠다.

㉠ 혜안스님의 화두는 '앞에는 은산 철벽, 뒤에는 시퍼런 강물에 갇혔을 때, 어떻게 할 것인가, 은산 철벽을 뚫어야 하지 않겠는가', 라는 것이었다.

봉황이 은산 철벽을 휙 날아갔다.

조실 : 그럼 은산 안은 무엇이더냐.

혜안 : 이것입니다.

조실 : 그럼 저것은 무엇이냐.

혜안 : 이것입니다.

㉡ 순간 영혜의 눈앞에 새하얀 눈꽃이 무더기 무더기 피어올

랐다. 아, 그랬었지. 그 장엄한 광경 속으로 성큼 들어간 일이 있었는데. 그랬다. 그것은 언젠가 영혜의 가슴에서 피워 올린 싸늘한 정염의 불꽃이었다. 감동으로 넋을 잃었던 것마저 잊고 있었는데, 이 순간 영혜의 눈앞에 다시 활짝 눈꽃이 핀 것이다. 어둡던 세상이 갑자기 환해지고 피로감으로 무거웠던 몸도 가벼워지는 것 같았다. 그때였다. 들판 한가운데서 외할머니가 걸어오더니 자동차문도 열지 않는 채 쑥 영혜 곁으로 다가왔다.

안경을 찌고 자문 우야노.

「눈꽃」에 제시된 이 두 개의 장면은 화두와 무의식적 층위의 내용이기에 선명하게 다가오지 않는다. 그럼에도 불구하고 「고요한 밤 거룩한 밤」, 「신성한 집」의 세계가 「눈꽃」에 나타난 종교적 색채와 외할머니와의 재회를 통해 가능해진 것은 분명하다. 여기에 대한 구체적인 설명은 잠시 뒤로 미루기로 하고, 「절정」에 대한 내용으로 우선 넘어가도록 하겠다.

「절정」에서도 「자유로운 여자들」, 「안개 속에서 눈을 뜨다」에 나타나는 절망감을 극복하고자 하는 시도가 나타난다. 그렇지만 「절정」은 「자유로운 여자들」의 절망감을 정반대로 뒤집어놓은 것에 불과하다. 왜냐하면, 결혼제도 속으로 되돌아간 「자유로운 여자들」의 유부남은 「절정」에서 결혼제도의 바깥, 그러니까 현실의 바깥이란 점에서 죽음의 영역으로 미끄러지고 있기

때문이다. 이에 따라 '제도'를 유지하는 일상의 지속적인 시간
은 부정하고, 대신 순간의 충일한 감정을 영원한 것으로 뒤바꾸
려는 관념적 전도가 일어나기도 한다. 작가는 간병인 이혼녀인
화자가 자신의 환자와 육체적 관계를 맺는 장면에서 다음과 같
이 '순간'을 '영원'으로 고양시키고 있다. "저는 느꼈습니다.
앞은 절벽이고 뒤는 벼랑인 그런 절체절명의, 이 순간이 생애
마지막이어도 미련이 없을 것 같은 바로 그 순간의 합일, 그리
하여 제도니 편견이니 하는 잣대가 어떻게 해 볼 수도 없이 훌
쩍 비껴서 있는 그런 완벽히 자유로운 상태에서의 합일. 만약
세상에 정말 사랑이란 것이 있다면, 바로 그런 순간에 찾아오는
게 아닐까 하고 말이지요."

　일견 「눈꽃」에 등장하는 혜안스님의 화두(앞에는 은산 절벽,
뒤에는 시퍼런 강물에 갇혔을 때)와 비슷하게 보이지만, 깨달
음의 긴장감은 관념적 전도로 뒤바뀐 느낌이다. 완벽에 달한 쾌
락이 죽음과 동등한 가치를 가질 수 있다는 듯한 처리도 마찬가
지다. "누군가는 평생을 살아도 누리지 못하는 한 순간, 바로
그 한 순간이 누군가에게는 평생처럼 영원하게 느껴지기도 하
는 게 아니겠습니까. 절정의 순간에, 한 생이 파노라마처럼 흘
러가는 듯 그윽해지던 그의 눈동자를 보면서 저는 가슴 깊이 느
꼈습니다. 바로 지금이, 이 사람의 생에서 가장 행복한 순간이
라는 것을. 그건 저로서도 예기치 못한 사고였지만, 어쩌면 그

는 그런 죽음을 꿈꾸고 있었던 건 아니었을까요?"

　내가 판단하기에 「눈꽃」의 세계는 「절정」의 세계보다 우위에
놓인다. 그래서 「눈꽃」은 「자유로운 여자들」, 「안개 속에서 눈
을 뜨다」에서 「고요한 밤 거룩한 밤」, 「신성한 집」으로 건너가
는 징검다리가 될 수 있다고 본다. 이에 비한다면, 「절정」은 이
제껏 결혼제도의 허술함을 그려내었던 여러 작가들의 일반적
인 방식으로 쉽게 기울어지고 마는 것은 아닐까. 비록 명목상으
로만 작동하는 결혼제도의 허술함을 설득력 있게 보여주고 있
지만 말이다.

　4. 「신성한 집」, 「고요한 밤 거룩한 밤」이 「절정」에 실린 다른
작품들과 다른 점이라면, 현실에 완전히 밀착하여 강력한 생명
력을 보이는 인물이 등장한다는 점이다. 「신성한 집」이 신성한
이유는 모든 곤란한 상황을 기꺼이 끌어안는 '이모'가 살고 있
기 때문이다. 얼핏 보기에 이모는 곤궁한 삶을 살았을 뿐이다.
젊은 날에는 "반신불수 된 어메 치다꺼리 다 하고, 시오마씨 눈
봉사 치매 4년 그거 수발 다 들었제. 거다가 남편은 혈압으로
쓰러졌제." 뿐만 아니라 상황이 딱한 친척의 자식들까지 모두
챙기는 형편이었다. "이 좁은 집에 식구가 열셋씩 이래 됐다.
너그 큰언니 아들 둘이, 신랑, 거다가 오빠 손자 둘이, 하나는
이혼하고 가뿌리니까 내가 키우고, 재취자리는 서울여잔데 돌

때 딱 갖다주고 가뿌리더라. 요새는 학교에 급식소라도 있지만 그때는 급식소도 없었거든. 하루 도시락 여섯 개 쌌다 카문 말 다 안 했나? 먹는 거 그거 만드는 기 어디 보통 일이가? 거다 빨래는 또 어떻노."

자신의 인생 내력을 구체적으로 길게 늘어놓는 이모는 이처럼 고난으로 점철된 삶을 살아왔다. 그러다 결국 고된 집안일로 인해 의사로부터 "할매, 연골이 하나도 없이 다 닳았습니다."라는 진단을 받게 되기도 한다. 이제 하반신을 사용하지 못하는 신세가 된 것이다. 그럼에도 불구하고 그는 아직도 누군가에게 버팀목이 되고 있다. 큰오빠의 손주를 돌보고 있기 때문이다. "여자복이 없는 건지 넘치는 건지, 재혼에 동거까지 한 큰오빠는 환갑을 바라보는 지금 혼자 살고 있으니, 그 아들이 이혼을 해도 아이 돌봐줄 할머니가 없어 어쩔 수 없이 증조할매인 이모가 세 살 나던 때부터 이 년째 돌보고 있다는 거였다."

이러한 이모의 이미지는 마치 공동체의 중심에서 땅의 질서와 하늘의 뜻을 잇는 신목(神木)처럼 다가온다. 이모의 품 안에서 비로소 다른 이들의 생활이 가능해지기 때문이다. 아니나 다를까, 죽음과 삶의 연속이 어떻게 이어지는가를 보여주기라도 하는 듯 이모의 품 안에서 죽었던 이들의 방안에서 살아있는 자들이 나오고 있다. 살아있는 자들의 아침은 그렇게 시작된다.

잠시 후, 아이들 기척소리에 고개 돌려보니 참으로 가관이었다. 어제 산 옷 말쑥하게 차려입은 당질녀 나오는 방은 이모부 돌아가신 방이었고, 외할머니 살던 방에서는 당질이 추리닝 바지 속에 손 넣고 엉덩이 북북 긁으며 나왔으며, 똥갑칠하다 돌아가셨다는 할매 살던 방에서는 꼬맹이가 부스스한 머리에 눈꼽을 떼며, 할매, 내는 고기반찬하고 밥 묵을란다, 하며 기어 나오고 있던 것이다.

　이모는 "태어날 때는 니나내나 마카 깨벗고 나오는 기 똑같은데, 죽을 때는 다 다른 기라."라면서 "그 중에 젤로 좋은 기 뭐겠노?"라고 자문하고는 "내는 고마 오메 뱃속에서 안 나오는 기 젤로 좋을 거 같다."라고 자답한다. 그렇지만, 그녀는 고단한 상황과 맞서면서 고난을 뚫어가면서 지금-여기까지 살아왔다. 이를 통해 산다는 것 자체가 위대한 것이며, 그 과정에 생성되는 무수한 의미들이 영롱하게 빛을 발하고 있음을 보여주고 있다. 죽고 사는 것들을 품 안에 거두어 시간의 의미를 깊게 만드는 존재가 「신성한 집」의 이모가 아닌가.

　「고요한 밤 거룩한 밤」에 등장하는 화자의 '엄마' 또한 마찬가지다. 딸의 카드로 함부로 돈을 뽑아 써서 처하게 된 곤란한 상황, 피라미드 조직에 가입한 사실, 부동산을 이용해 재산 증식에 나섰다가 번번이 실패하는 과정, 돈놀이를 하는 듯한 분위기 등 예쁘게 보려고 해도 뭐 하나 예쁜 구석이 없는 인물이 바로 엄마다. 하지만, 엄마의 변신이 아버지의 실직 이후 이루어졌다는 사실을 전제할 필요가 있다. 매일매일 술에 절어 사는 남편과는 달리 나름대로의 생명력을 드러내는 장면이기 때문이다. 그렇다면, 다음과 같은 장면은 남성을 끌어안는 여성의 면모를 보여주는 상징이 되지 않겠는가.

요새 아부지는 말끝마다 빨리 죽어버렸으면 좋겠다고, 고마 노래를 부른다. 어차피 죽을 때 죽을 낀데 뭐가 급해서 그라요? 그라믄, 아부지는, 내가 이래 오래 살지는 몰랐다, 이칸다. 아니, 자식새끼들이랑 마누라가 옆에 버젓이 있는데 그기 할 말이가? 그런 말 들으마 속에서 천불이 올라오다가도 가마 생각해보믄 또 불쌍타 아이가. 그래도 한 때는 자가용이 모시고 오고 잘 나가던 사람인데, 오죽하믄 그래 말하겠노 싶어서 말이다. 그때마다 내가 여보, 쪼매만 참으소, 이제 다 잘 될 깁니다, 내가 돈 많이 벌어서 용돈 많이 주고 그럴 거니까 쪼매만 참으소 그라마, 아부지는, 뭘 어떻게? 이런다. 퉁명하기 짝이 없는 목소리로 말이다. 내가 그래 말하마 고생한다, 하믄서 손이라도 잡아주고 그라믄 얼매나 좋겠노. 한 번도 그래 안 하는 기라. 그럴 때는 정나미가 뚝 떨어지제. 참 차가운 사람이다, 너그 아부지. 각방 쓰다가 이래 나란히 누워 있으면 손이라도 한번 잡아주고 그랄긴데 말이다.

362

그래도 내는 말이다, 아부지한테 전생에 무슨 빚을 진 기분인기라. 그래서 돈 많이 벌어서 아부지한테 용돈도 많이 주고, 그리고 집도 빨리 좋은 데로 이사도 가고 그리고 싶다.

　「신성한 집」의 '이모', 「고요한 밤 거룩한 밤」의 '엄마'는 「눈꽃」의 앞과 뒤를 감싸는 '외할머니'와 같은 계열에 놓인다. 세상을 감싸는 대모신의 이미지에 다가가 있다는 것이다. 그렇다면, '혜안스님의 화두'는 이 두 작품과 무슨 연관이 있을까. 혜안스님은 '앞에는 은산 철벽, 뒤에는 시퍼런 강물에 갇' 혀있다. 이는 마치 결혼제도의 안과 밖으로 나뉘는 「절정」의 여러 소설들의 상황과 흡사하다. 앞과 뒤, 혹은 안과 밖. 그런데, 혜안스님은 "이것입니다"라는 말을 두 번 반복하며 깨달음을 내보였다. 첫 번째 "이것입니다"라는 답변으로 앞과 뒤의 경계를 하나로 뭉뚱그려 경계를 뛰어넘었다면, 두 번째 "이것입니다"라는 답변으로 저기에 인욕과 물욕으로 펼쳐진 미망을 극복했던 것이다.

　「눈꽃」 뒤에 오는 「신성한 집」, 「고요한 밤 거룩한 밤」의 세계에도 안팎의 구별이 없다. 안팎의 구별 없이 오로지 현실('이것')만이 있을 뿐이다. 딸이 "엄마는 아버지 뭐가 좋아 결혼했어?"라고 묻기는 하지만, 엄마는 뒤돌아보지 않고 현실('이것')과 대면하며 앞으로, 앞으로만 나아간다. "하하, 그래서 내가 이기 무슨 운명인갑다 안 캤나."(「고요한 밤 거룩한 밤」) 물론 「신

성한 집」, 「고요한 밤 거룩한 밤」의 인물들은 그 삶이 어떻게
'신성한' 것인지, 어떻게 '고요한' 것인지 모른다. 그렇지만,
작가 이성아는 그러한 삶의 의미를 서서히 느끼면서 펼쳐 보이
고 있다. 시간 속에서 저 홀로 깊어져간 인물을 취재하여 「신성
한 집」, 「고요한 밤 거룩한 밤」을 써 내려갔다는 사실이 이를 증
명한다.

5. 「눈꽃」에는 '운허스님'의 화두도 나온다. "마음을 다 잡
아 '이 뭣고'를 화두로 정진을 거듭했다. 그리고 드디어 삼 일
째 이르는 날, 그는 돌연 눈앞이 환해지는 충만감에 휩싸였
다. '이 뭣고'라는 놈이 '이 뭣고'를 하고 있더라는 것이었다.
그것은 소를 타고 소를 찾는 꼴이었다. 그러나 이것이 진정
깨달음의 세계인지 확신할 수 없었던 그는 다른 공안을 들었
는데, 역시 눈앞이 환했다. 또 다른 공안을 들어도 마찬가지
였다. 그때 이후로 그 앞에 펼쳐진 세계는 전혀 다른 세상이
었다고 한다."

인간은 소를 타고서 소를 찾는 존재이다. 상처가 상처를 부
르고, 그 상처가 커지는 것도 그 때문이다. 개인의 차원에서이
든, 사회의 차원에서이든, 혹은 그 둘이 혼재된 상태에서이든
「절정」은 '80년대의 사랑'이 좌절된 곳에서 시작된 소설이다.
그 상처를 치유하기 위한 과정은 「절정」에 실린 아홉 편의 소
설로 남았다. 흔히들 치유라고 하면 상처를 입은 시간과 장소

로 되돌아가서 아픔을 무화시키는 것이라고 생각한다. 물론 그럴 수도 있을지 모른다. 하지만, 소를 타고서 소를 찾는 우를 범하게 될 위험 또한 만만치 않을 것이다. 그래서 나는 오히려 집착을 버리고 시간 속에서 스스로 상처의 아픔을 씻어내는 일이 낫다고 생각하는 편이다. '혜안스님' 식으로 말한다면 "저것은 무엇이냐"라고 묻는 데 대하여 "이것입니다"라고 답하겠다는 것이다.

그래도 여전히 '결혼문제'의 심각성이 남아 있다고 제기하는 사람이 있을지 모르겠다. 그 분들을 위해 두 가지만 덧붙인다. 첫째, 「임제록」의 한 구절을 빌려 말한다. "안으로나 밖으로나 만나는 것들은 모두 죽여 버려라. 부처를 만나면 부처를 죽이고, 조사를 만나면 조사를 죽이고, 친족을 만나면 친족을 죽여야만 비로소 해탈하여 모든 경계에서 투탈자재(透脫自在)할 수 있으리라." 만나는 족족 죽여 나가면 될 일이지, 만나지도 않은 문제를 찾아 공허하게 돌아다닐 필요가 있겠냐는 것이다. 둘째, 존재의 근거와 연관되는 문제는 스스로 해결해 나갈 수밖에 없다. 누군가가 무슨 해결책을 전해준다고 하더라도 그것은 결국 허공을 건네준 것에 불과하기 때문이다. 그러니 시간과 함께 스스로 깊어가는 개별 영역의 몫은 어느 정도 남겨두는 것이 나을 성 싶다. 사회적인 관점을 배척하는 것이 아니라면 말이다.

각설하고 「절정」의 해설을 마치는 즈음 하나의 화두가 자꾸 고개를 밀치고 올라온다. 이 오래된 거울에 비치는 말 많은 원숭이는 누구인가.

이룸의 소설

빈방

박범신 지음 | 값 9,000원

불임의 강을 건너야 하는 쓸쓸한 현대인의 초상을 6개의 시퀀스로 그려낸 박범신의 연작소설. 영원히 채울 수 없는 빈방을 은폐하기 위해 부단히 욕망을 덜어내고 채우는 인물들의 모습 속에 창조적 능력을 거세당한 채 결핍감에 몸부림치는 현대인의 모습이 투영된다. 삶도 죽음도 순환의 과정일 뿐이라는, 세월의 무게를 견뎌온 작가의 따뜻한 위로가 실존의 감동을 더한다.

세이렌

오현종 지음 | 값 9,000원

생을 추동하는 기제에 대한 끊임없는 탐구와 특유의 속도감 있고 영상미 넘치는 문체로 주목받은 작가의 첫 창작집. 낯익은 내용 요소를 통해 인간의 정체성과 삶의 추동력, 치열한 존재증명이라는 밀도 깊은 삶의 주제들을 다루고 있다.

철제계단이 있는 천변풍경

김도언 지음 | 값 9,000원

이상과 박태원의 문학 세계를 소화해낼 무서운 신예로 주목받은 작가가 펼쳐 보이는 11개의 낯선 풍경. '접속'이라는 코드를 통해 타자, 그리고 문화와의 소통 가능성을 열어 보이는 작품 속에 고독, 불안, 욕망이 점멸하는 영혼들의 이야기가 쇠라의 '그랑드 자트 섬의 일요일의 오후'에 나오는 인물들만큼이나 다양하게 펼쳐진다.

도취

박수영 지음 | 값 8,500원

무언가에 이토록 뜨겁게 도취된 적이 있는가? 어느 한 시대정신에 열렬히 경도되었던 사람들. 서로 사랑했지만 당대의 정신 속에서 자신의 고유한 존재성을 잃어버린 사람들. 현재성을 상실해버리고 과거에서 의미를 찾으려는 한 개인과 그의 주변인들의 노스탤지어.

거미여인의 집

류가미 지음 | 값 8,500원

어머니의 자살, 학대, 무관심 등으로 씻을 수 없는 상처를 입은 두 주인공, 유리와 클락이 유년의 기억을 떨쳐내지 못한 채 얼룩진 청춘 시절을 겪어나가는 과정을 풍부한 상상력과 신화적인 모티브를 바탕으로 그린 작품.

현기증

고은주 지음 | 값 8,500원

《아름다운 여름》으로 오늘의 작가상을 수상했던 작가의 작품. 사랑을 통속적이라 여기는 '나'와 진실한 사랑을 위해서라면 갈등 따위는 두려워하지 않겠다는 유진의 이야기. 유진은 사고로 세상을 떠난 '나'의 일기와 편지를 읽으며 '나'가 어떤 사랑을 했는지 알게 된다. 사랑이란 스쳐가는 것일 뿐이었던 유진에게 드디어 사랑은 치명적인 무언가가 된다.

사흘 동안

박청호 지음 | 값 8,000원

돈을 좇는 군상들이 펼치는 주체할 수 없는 욕망의 질주. 주요한 사건이 사흘 동안 빠른 속도로 진행된다. '사흘'은 또한 암호명 '요나'가 새로운 인물로 태어나기 위해 절대적으로 필요한 시간이기도 하다.

된장

문순태 지음 | 값 8,500원

그동안 천착해왔던 한국전쟁과 80년 광주학살이라는 고정된 인식 틀을 벗어나 사람 사이의 따스한 정이 흘렀던 과거와 고향을 회상하고 핵가

족화 이후 가족의 의미마저 상실하고 살아가는
현대인들에 초점을 맞추고 있다.

카르마

박영한 지음 | 값 7,800원

작가는 장애와 불우한 가족사 등 온갖 고통에 신
음하는 등장인물들을 통해 업과 윤회, 전생의 의
미를 되새기고 있다. 이 책은 작가가 몇 년 전
강원도 산골에서 만난 기이한 형제의 이야기와
작가 자신의 가족사를 병치시키면서 진행된다.

그 여자 무희

정길연 지음 | 값 8,000원

머리가 뜨거워지는 사랑 속에서 안절부절못하는
이진, 사랑은 가슴과 그 아래로 흐르는 어떤 것
이라는 무희. 그 둘은 정명이라는 한 남자를 사
랑하고 있다.

늘 푸른 소나무 상·중·하

김원일 지음 | 값 각권 15,000원

《늘 푸른 소나무》는 적나라한 일제시대상과 함
께 주인공 주율이 고뇌와 고통 속에서 그 자신의
삶을 완성해가는 과정을 그리고 있다. 민족의 자
긍심 고취가 그 어느 시대보다 요구되던 당시의
시대상과 암울한 현실을 뚫고 자아 실현에 따른
생의 총체적인 모습을 볼 수 있는 작품이다.

물 속의 사막

김이정 지음 | 값 8,000원

사랑을 할 땐 누구나 생에 대해 진지해진다. 명
확했던 모든 것들이 불분명해지는 대신 찰나를
통찰하는 혜안을 얻게 된다. 사랑하는 동안, 우
리는 타인에 너그러워지는 대신 자신에게는 몹
시 가혹해진다.

열정의 습관

전경린 지음 | 값 7,500원

이 책의 주제인 섹스에 대한 편견을 미홍, 인교,
가현 등 30대 여성 주인공들을 통해 작가 특유의
도발적이고 불온한 언어로 소독해주었으며, 육체
에 대한 감각적이며 섬세한 묘사를 저자 특유의
매혹적인 문체로 담아내고 있다.

운주 1~5

박혜강 지음 | 값 각권 8,000원

80년대와 90년대 한국 리얼리즘 문학의 든든한
허리 역할을 해온 소설가 박혜강이 7년이라는
세월을 바쳐 완성한 역사소설. 운주사 천불천탑
의 대역사(大役事)를 둘러싼 전설과 신비의 역사
를, 생생하게 펼쳐지는 시대 배경 속에서 감동적
으로 소설화한 《운주》는 박혜강 문학의 자존심인
것이다.

부엌

오수연 지음 | 값 7,500원

오수연의 《부엌》은 인간관계의 무대를 가득 채
운다. 모든 일들은 부엌에서 일어나며, 먹고 먹
히는 것으로 단순화되어 있다. 인도라는, 이국적
인 배경에서 펼쳐지는 다소 엽기적인 이야기를
소설에서 보기 드문, 완전한 구어체 문장으로 표
현했다.

외등

박범신 지음 | 값 8,500원

해방 후의 현대사의 흐름을 같이 걸어온 주인공
서영우와 민혜주, 노상규. 작가는 이 세 인물들
을 통해 잃어버린 사랑의 원형을 찾아 결국엔 죽
음에 이르는 핏빛 사랑을 그려내면서 해방 후 현
대사를 전해준다.